KB253095

흑사자 마왕
黑獅子 魔王

김운영 판타지 장편 소설
FANTASY FRONTIER SPIRIT

흑사자마왕 4

김운영 판타지 장편소설

초판 1쇄 찍은 날 § 2012년 1월 3일
초판 1쇄 펴낸 날 § 2012년 1월 10일

지은이 § 김운영
펴낸이 § 서경석

편집부장 § 권태완
편집책임 § 어정원

펴낸곳 § 도서출판 청어람
등록번호 § 제1081-1-89호
등록일자 § 1999. 5. 31
어람번호 § 제1-1316호

주소 § 경기도 부천시 원미구 심곡2동 163-2 서경B/D 3F (우) 420-822
전화 § 032-656-4452 팩스 § 032-656-4453
http://www.chungeoram.com
E-mail § chungeoram@chungeoram.com

ISBN 978-89-251-2734-7 04810
ISBN 978-89-251-2323-3 (세트)

전생의 비밀

◆ 4

[완결]

黑獅子 魔王

흑사자 마왕

도서출판
청어람

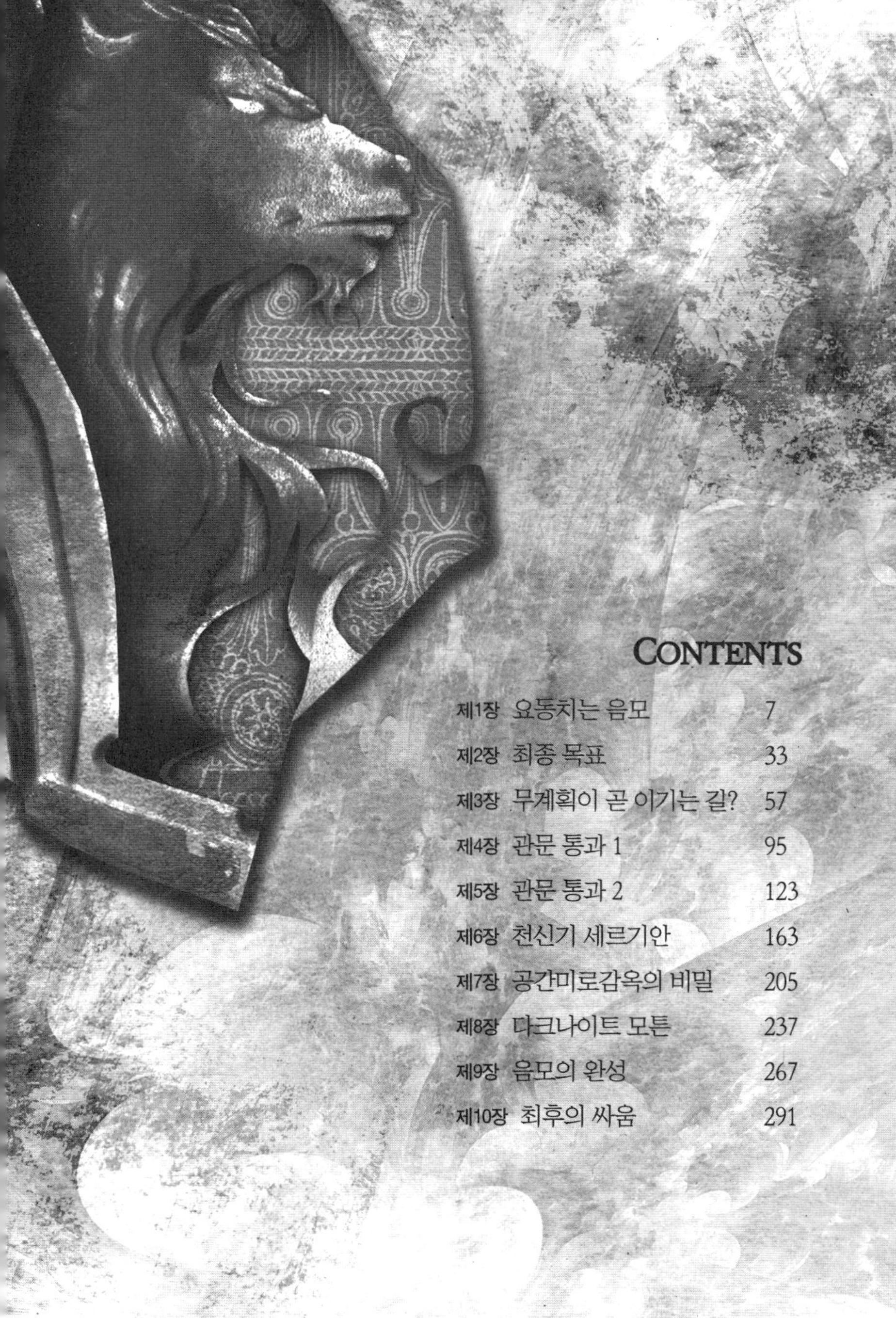

CONTENTS

Chapter 01
요동치는 음모

흑사자
마왕

디온은 마법사 베리얼로부터 흑왕 투투가 토베 왕국을 침략, 수도를 점령한 사실을 알게 되었다.

동명이인이 아닐까 하고 생각을 해보았지만, 거대한 체격에 거대한 흑마를 타고 다닌다고 하니 거의 의심할 여지가 없는 듯했다.

전쟁을 일으키다니!

디온은 잠든 사이 시간이 흐르면서 일어날 수 있는 일을 몇 가지 예측한 적이 있다. 하지만 그중에서 이런 사태는 없었다.

막아야 한다, 이것만큼은 무엇보다 우선해서.

　디온은 그 길로 토베 왕국을 향해 떠났다. 가장 빠른 말을 구해 밤낮을 가리지 않고 쉬지 않고 달렸다.

　"명상에서 깨어난 후 시간 낭비하지 말고 그놈들이 뭐하고 있는지 확인해야 했어."

　후회가 되었다. 마족 수하들과 있으면 마기가 다시 차오를 거라는 생각에 투투와 렉스를 찾지 않았다. 명령이 없으면 그냥 조용히 있을 거라고 생각했는데, 설마 이런 큰일을 일으킬 줄은 몰랐다.

　"어, 그러고 보니 그놈들이 나쁜 짓을 하면 어마마마가 그냥 놔두지 않았을 텐데?"

　디온은 달리던 말의 고삐를 잡아 멈춰 세웠다. 문득 떠오른 생각이 금세 의혹으로 번졌다.

　베리얼은 말했다. 토베 왕국의 실력자인 도도리안 후작은 누군가의 명을 받아 일부러 왕국을 망하게 하려 한다고.

　무역상과 같이 여행을 떠날 때 고참 용병들의 말도 생각났다.

　"흑왕의 뒤에는 누군가 있어. 괜히 귀족이 되려고 거기 들어갔다가는 실컷 이용만 당할 뿐이야."

　맞는 소리다. 투투와 렉스가 단독으로 그런 일을 할 리가 없다.

“그렇다면 설마 어마마마가?”

디온의 안색이 어두워졌다. 그럴 리가 없다고 생각했지만, 단호하게 부인할 수도 없다.

암흑제국 레이어스. 말만 제국이지, 실제 국력은 왕국 중에서도 소왕국 수준에 불과하다.

디온이 마왕이기 때문에 지금은 양대 제국의 비호를 받고 있지만 디온이 인간이 되면 그 힘도 사라지는 셈이 된다. 그 후엔 레이어스의 미래가 극히 불투명해질 수 있다는 것이다.

사비너도 그 점을 알고 있다. 디온이 인간으로 남길 바라는 사비너라면 그전에 레이어스를 명실공히 제국에 어울리는 영토와 국력을 가진 강대국으로 키워야 한다고 결심했을지도 모른다. 그것이 이전의 그녀가 가진 가치관과 전혀 다른 행동일지라도 자식을 위해서라면 무엇이든 하는 존재가 바로 어머니 아니겠는가.

“아니야. 어마마마는 그럴 분이 아니야.”

디온은 고개를 흔들며 중얼거렸다. 하지만 마음 한구석에선 그럴지도 모른다는 속삭임이 들리는 듯했다.

“어쨌든 일단 투투를 만나보자. 자초지종을 들어보고 결단을 내려야 해.”

디온은 생각을 멈추고 다시 말을 몰아 달리기 시작했다.

*　　　*　　　*

흑왕 투투는 오늘도 전장의 한가운데에 서 있었다.

토베 왕국의 수도를 점령했지만 아직 왕국의 주력군이 붕괴된 것은 아니다.

놀랍게도 왕국의 고위 귀족 중 한 명인 도도리아 후작이 수도를 빠져나온 후 각지에 흩어진 토베의 주력군을 긁어모았다. 거기에 동맹국인 베로디스와 샤난의 군대도 합류하여 대규모 연합군을 형성했다.

수도가 함락되면 지방군은 서로 연락할 방법이 없어 쉽게 움직이지 못하는 게 정상인데, 도도리아 후작은 이들을 모두 제어하여 유기적으로 군을 재정비하는 데 성공한 것이다.

도도리아 후작은 이들을 이용해 수도 인근에 주둔한 흑왕 투투의 군대를 삼면으로 포위하는 데 성공했다.

거의 기적에 가까운 일이다.

하지만 포위를 했다고 해서 전면전을 벌일 수 있는 것은 아니다. 수도를 전장으로 만들 수도 없고, 흑왕 투투를 상대할 만한 자도 없다.

그래서 어쩔 수 없이 택한 전략이 바로 국지적 다지점 동시 전투였는데, 쉽게 말하면 소규모 국지전을 동시에 여러 곳에서 벌여 적의 병력을 갉아먹는 전법이다.

이 작전은 상당한 효과를 볼 수 있었다.

흑왕 투투는 이렇다 할 대응책을 찾지 못하고 오늘은 이쪽에서 싸우고 내일은 저쪽에서 싸우는 등 바쁘게 움직였지만 그건 대세에 큰 영향을 주지 못했다.

투투는 옆에 있는 백왕 라이번에게 말했다.

"투투, 놈들이 모두 흩어져서 싸우려 하지 않는다."

"그들에게는 그게 최상의 전법일 걸세."

"투투, 그럼 이제 어떻게 뽀개냐?"

"히히히힝."

렉스가 갑자기 울었다. 마치 말참견을 하는 듯한 타이밍이다. 투투는 고개를 살짝 끄덕이며 라이번에게 말했다.

"투투, 렉스는 어차피 시간문제이니 그냥 이대로 싸우면 된다고 한다."

라이번도 동의한다는 표시를 했지만 잠시 고민하다가 다시 말했다.

"렉스 경의 의견이 틀린 건 아니지만, 뭔가 이상하네."

"투투, 뭐가 이상하냐?"

"도도리아 후작, 토베의 실권자 중 하나로 능력에 대해 의심한 적은 없지만, 이렇게 전격적으로 군을 재정비할 거라고는 생각지 못했네. 지방군의 붕괴를 전제로 수도 함락 작전을 세운 건데, 예상외로 그들이 뭉치는 바람에 오히려 포위되어 움직이기 어렵게 됐지."

"투투, 적이 강한 건 나쁜 일이 아니다. 뽀개는 맛이 있다."

"그게 아니라, 도도리아 후작은 오히려 수도가 함락되기를 기다려서 일을 처리한 게 아닐까 하는 생각이 든다.”

“히히히히힝!”

“투투, 렉스도 일리가 있다고 한다. 내가 알 수 있게 설명
좀 해봐라.”

“그자는 처음 우리가 토베 왕국에 협조 요청을 보냈을 때,
다른 귀족들과는 달리 반대를 하지 않고 신중하게 검토하자
는 의견을 냈다고 했지. 하지만 그 의견과는 반대로 암중으로
는 우리의 존재를 이용해 왕국의 귀족들을 하나로 모으고 왕
으로부터 전쟁의 결의를 얻어내는 움직임을 보였네.”

“투투, 그건 나도 들었다.”

수도를 점령한 뒤 포로로 잡힌 귀족들을 조사하는 과정에
서 그동안 있었던 일을 거의 정확히 알 수 있었다.

토베 왕국이 다른 두 왕국의 군대를 끌어들이면서까지 흑
왕과의 전면전을 일으킨 데에는 도도리아 후작의 힘이 컸다
고 했다.

라이번은 계속 말했다.

“투투 경의 힘을 모르는 상황에서 그건 최고의 작전이었
네. 하지만 그들의 예상과는 다르게 우리는 강했고, 그들은
수도 함락이라는 최악의 결과를 맞이했지.”

“투투, 지난 일은 설명 안 해도 된다. 투투는 판단력은 나
빠도 기억력은 좋다.”

“내 말은 최고의 작전을 실행할 때에 과연 패배를 염두에

두었을 건가 하는 점일세. 수도 함락 이후 도도리안 후작의 행동은 미리 함락을 예측하고 대비하지 않으면 불가능한 것이지."

그제야 투투도 이해했다는 듯한 눈빛으로 반문했다.

"투투, 그러니까 그놈은 질 줄 알고 있었다?"

"그렇지. 질 줄 알면서 전쟁을 일으키고, 수도가 함락당한 후에 남은 군대를 손에 넣은 게 아닐까 하는 거지. 너무 작위적이지만 그렇게밖에 해석이 안 되네."

"히히히히힝."

"투투, 렉스가 그렇다면 그놈이 내 정체를 알고 있다는 소리란다."

"그렇지."

라이번은 무거운 표정으로 고개를 끄덕였다. 렉스까지 그렇게 생각한다면 라이번의 추측은 진실일 가능성이 높다. 라이번은 무거운 목소리로 말을 이었다.

"그리고 정말 그렇다면 도도리안 후작은 우리를 이용해서 토베 왕국의 왕이 되려는 생각일 걸세."

무서운 일이다. 라이번의 추측이 맞는다면 도도리안 후작의 야망은 결코 작은 것이 아니고, 그에 걸맞은 준비가 되어 있을 것이다.

하지만 투투는 별로 심각하게 생각지 않았다.

"투투, 그놈이 왕이 되든 말든 나한테 걸리면 죽는다."

“우리를 이용하려 했다면 우리를 상대할 방법이 있다는 의미가 되지.”

“투투, 그놈이 뭔 짓을 해도 나를 이길 순 없다.”

라이번은 한숨이 나오려는 것을 참았다. 하긴, 단순히 무력으로만 따지자면 투투는 물질계에서 가장 강한 존재라고 할 수 있다. 하지만 세상은 그렇게 단순하지 않다.

“꼭 그렇지도 않다네. 투투 경의 정체를 안다면 우리와 여왕 폐하의 관계도 알 테니까.”

“투투, 여왕 폐하!”

“히히히힝!”

투투와 렉스는 동시에 놀라 소리쳤다. 확실히 사비너 여황의 이름은 이들에게 있어 건드릴 수 없는 성역과도 같은 것. 만약 이들의 행동으로 인해 사비너 여황에게 좋지 않은 영향이 미친다면 그냥 끝나지는 않을 터이다. 그녀는 마신의 아내이자 마왕의 어머니이기 때문이다.

라이번은 겨우 두 마족이 사태를 이해한 듯하자 단호한 목소리로 말했다.

“시간은 우리 편이 아닌 것 같네. 어쩌면 하루라도 빨리 증거를 없애고 사라지는 게 나을 수도 있어.”

라이번의 말에 투투는 더 이상 자신있게 승리를 장담할 수 없었다. 뽀개는 걸로 안 끝난다는 것을 깨달아 버렸다.

“투투, 그럼 당장 모은 놈들을 다 해산시키고 우린 사라져 버리자. 문제될 것 같으면 무조건 빼는 게 좋다."

과격하지만 확실한 투투의 제안이다. 그러나 그렇게 하면 해산된 부하들은 연합군의 포위를 견디지 못하고 궤멸될 게 뻔하다.

당장 증거 인멸을 할 수는 있을지 몰라도 인간적으로 해서는 안 되는 행위이다.

마족이니까 가능한 발상이다. 또한 그렇게 행한다고 해도 차후에는 더 큰 문제로 돌아올 가능성이 크다.

라이번은 고개를 살짝 저으며 말했다.

"이건 어디까지나 가능성이 희박한 예측일 뿐이니 벌써부터 심각하게 고민할 필요는 없네. 조금 더 조사를 해보면 도도리안 후작의 정체와 수법이 밝혀질 테니 지금은 전쟁을 승리로 이끄는 데에 집중하게."

"투투, 잽싸게 뽀갠다."

투투는 결단을 내렸다. 일이 터지기 전에 도도리안 후작을 잡아 족치면 만사가 해결된다고 생각한 것이다. 익숙하지 않은 생각하기를 끝낸 투투는 머리 쓰느라 극심하게 소모된 에너지를 보충하기 위해 열심히 밥을 먹었다.

라이번도 일단은 불확실한 예측보다는 현재 행동할 수 있는 전술 쪽으로 화제를 돌리며 식사를 계속했다.

그날부터 투투는 더욱 열심히 싸웠다. 도도리안 후작을 찾아내어 뽀개 버리리란 생각에 거의 잠도 안 자고 전장을 휩쓸고 다니며 연합군의 본진을 찾으려 했다.

그러나 연합군의 대비도 만만치 않아 그들은 최대한 투투와의 전투를 피하고 연합군 본진의 위치도 감추었다.

그로부터 며칠 후, 라이번의 불안감은 거의 예언처럼 들어맞았다. 토베 왕국에서 대대적인 발표를 한 것이다.

―흑왕은 남대륙을 정복하려는 암흑제국의 선봉군이다!
―암흑제국의 여왕은 흑마법사, 마족과의 계약을 통해 힘을 얻었다!
―흑왕 투투는 인간이 아니다. 여왕이 소환한 마족이거나 적어도 마족의 힘을 받은 인간이다.
―북대륙의 양대 제국은 암흑제국과 모종의 계약을 맺고 이 정복전쟁을 묵인했다.

하나같이 충격적인 내용뿐이다. 믿기 어려운 황당한 소리도 적지 않게 섞여 있다.

처음 이 말을 들은 대부분의 사람들은 토베 왕국이 위기에 몰리자 말도 안 되는 헛소문을 퍼뜨린다고 욕을 했다.

아무리 정보전으로 대의명분을 주장한다고 해도 말이 되는 소리를 해야 씨가 먹힐 것이 아닌가.

마족이라니? 암흑제국의 남대륙 정복을 신성제국을 포함한 양대 제국이 묵인한다는 건 진짜 말도 안 된다.

　　신과 드래곤의 가호를 받는 두 제국은 꼭 정의라고는 말할 수 없는 존재지만 절대로 마족과는 타협을 안 한다는 게 그들 공통의 대의명분이다. 그런데 자국의 정복정책도 아닌, 마족을 이용한 암흑제국의 정복전쟁을 두 눈 뜨고 멍하니 지켜보기만 한다는 것은 열 살짜리 어린애도 믿지 않을 이야기다.

　　하지만 곧이어 토베 왕국에서 하나씩 공개한 증거물은 그들의 주장이 거짓이 아님을 뒷받침해 주었다.

　　암흑제국의 여왕 사비너의 직인이 찍힌 밀서, 그 안에는 흑왕에게 지시를 내리는 내용이 적나라하게 적혀 있었다.

　　또한 드라켄 제국의 귀족인 소므린 백작이 양심선언과 함께 암흑제국에 보낸 밀서도 공개했다. 밀서의 내용은 암흑제국이 수하인 흑왕을 이용해 남부에서의 세력을 확보하여 대규모 마법 의식을 행할 것을 권하고 있었다.

　　결정적으로 마탑의 세 명의 수장 중 하나인 아크메이지 구파 노사가 나섰다.

　　―나의 몸 안에 존재하는 마나에 걸고 흑왕은 인간이 아니다. 이미 나의 제자들이 조사를 끝냈는데 마족임이 판명되었다.

　　도대체 신성제국은 무슨 이유로 마족의 존재를 묵인하는지 이해가 되지 않는다.

마탑의 수장 중 하나라면 소국의 왕보다 지고한 지위라 할 수 있다. 그런 자가 근본이 되는 본신의 마나를 걸고 진실을 말했다.

투투는 마족이다!

암흑제국에서는 마족을 소환했고, 마족을 앞세워 남대륙을 정복할 계획이다!

일파만파, 소문은 걷잡을 수 없이 퍼져 나갔다.

북의 양대 제국은 침묵을 지켰고, 암흑제국에서도 이렇다 할 답변이 없었다. 아마도 대책 회의에 밤잠 못 이루고 고심하고 있으리라.

아크메이지 구파 노사는 제자들과 함께 마탑을 나와 토베 왕국군에 가담했다.

토베의 임시 총사령관인 도도리아 후작은 감격의 눈물을 흘리며 스승의 예로써 구파 노사를 맞이했다.

드라켄 제국의 소므린 백작도 전 재산을 털어 고용한 용병들과 함께 합류했다.

이에 상황을 지켜보던 인근 왕국들도 하나둘씩 토베 왕국에 군을 파견하여 간악한 암흑제국의 선봉인 흑왕의 군대를 물리치기로 결의하기 시작했다.

*　　　*　　　*

“갑자기 계획을 변경하다니! 이제 우리가 어떻게 그대들을 신용할 수 있겠소?”

탐단 왕국의 사자는 불칸에게 거세게 항의했다. 옆에 있는 다른 왕국의 사자들도 상당히 화난 표정을 짓고 있었다.

애초의 계획은 토베 왕국이 멸망한 후 진실을 밝히고 흑왕을 몰아내는 것이 아니었던가. 그래야만 탐단을 비롯한 여섯 왕국이 무주공산이 된 토베 왕국의 국토를 갈라먹을 수 있으니까.

그런데 불칸은 정보를 토베 왕국의 도도리안 후작에게 팔아먹었다. 그리고 오히려 이들 여섯 왕국에게 토베 왕국을 돕자고 제의한 것이다.

불칸은 태연하게 대답했다.

“계획은 항상 변경될 수 있습니다. 그렇기에 받은 대금의 절반을 돌려드렸고, 이렇게 다시 설명을 할 자리를 만들지 않았습니까?”

“절반을 돌려주고 생색을 내겠다는 거요? 그대들이 진실로 성의가 있다면 전액을 환불해야 할 것이오.”

“일단 설명을 듣고 나서 변경된 계획을 인정하기 어렵다고 하신다면 나머지 절반도 돌려드리고 우리는 이번 일에서 완전히 손을 떼겠습니다.”

불칸의 말에 다른 사신이 탐단 왕국의 사신을 말렸다.

“자자, 불칸 경이 저렇게까지 말을 하니 일단 설명을 들어

봅시다."

겨우 사람들이 진정하자 불칸은 자리에서 일어나 천천히 걸음을 옮기면서 설명을 시작했다.

"먼저 사전 양해도 없이 급하게 계획을 변경한 것에 대해 사과드립니다. 하지만 이쪽에도 사정이 있습니다. 애초에 우리의 대표인 구파 노사가 직접 움직여야 할 정도의 일입니다."

"으음, 아크메이지 구파가 그대들의 대표였다니……."

확실히 구파의 명성은 높다. 왕국을 대표하는 사자들의 기세가 확 줄어든 게 느껴진다.

불칸은 계속 말했다.

"며칠 전 암흑제국에서 새로운 힘을 얻었습니다. 확실하지는 않지만 구파 노사의 예측으로는 지금 손을 쓰지 않으면 우리가 어떻게 대응하든 암흑제국이 남대륙을 정복하는 걸 막기 어렵게 될 정도라고 했습니다."

"새로운 힘을? 설마 더 강한 마족을 소환하기라도 했단 말이오?"

"그건 잘 모릅니다. 어쨌든 이제는 토베 왕국을 도모하는 것보다 흑왕 무리를 하루라도 빨리 남대륙에서 몰아내고, 정치적으로 북의 양대 제국을 압박하여 암흑제국이 더 이상 남대륙에 마수를 뻗지 못하게 하는 게 중요합니다."

"으으음."

　불칸의 말에 각국의 사자들은 신음성만 흘렸다. 지금까지 보여준 불칸의 정보는 거의 확실한 것들이었다. 그만큼 불칸의 말에는 신용이 있다고 봐야 한다.

　그런데 불칸은 암흑제국이 남대륙을 정복할 충분한 힘을 얻었다고 한다. 이건 이익을 따지기 전에 자국의 안전에 대해 논의해야 할 상황이다.

　불칸은 사자들의 얼굴에 불안감이 퍼지는 것을 기다렸다가 다시 말했다.

　"그리고 변경된 계획이라고 해도 여러분의 왕국에는 상당한 이익이 돌아갈 것입니다."

　"그건 또 무슨 소리요?"

　"정보에 의하면 도도리아 후작이 토베 왕국을 도모할 야심을 품고 있다고 합니다."

　"뭐라고?"

　"도도리아 후작의 수하가 탈출한 왕족 중 몇 명을 쥐도 새도 모르게 제거한 게 우리 쪽 이목에 포착되었습니다. 수도에는 태자를 비롯해 상당수의 왕족이 생존해 있지만, 아마 전쟁을 하면서 모두 제거할 것으로 보입니다."

　"그게 정말이오?"

　"거의 확실합니다. 그래서 우리 계획은 도도리아 후작이 야망을 이루도록 돕자는 겁니다. 토베의 왕족을 모두 없앨 수 있게 말입니다."

“오, 혹시 그렇다면 일이 끝난 후에 다시 도도리아 후작을 제거하자는 소리요?”

눈치 빠른 탐단 왕국의 사자가 감탄하며 물었다. 조금 전의 불안한 표정은 이미 사라지고 다시 탐욕의 불길에 두 눈에서 불타고 있었다.

불칸은 씨익 웃으며 고개를 끄덕였다.

“바로 그겁니다. 이미 그자의 수하가 왕족을 제거한 증거는 입수한 상황이니 우리는 언제든지 그자를 몰락시킬 수 있습니다. 그리고…….”

“뜸들이지 말고 시원하게 다 설명해 주시오.”

“토베의 왕족 중 하나를 확보했습니다. 나이도 어리고 똑똑하지는 않지만 핏줄만큼은 확실하지요.”

“푸하하하! 과연 그대들의 계획은 빈틈이 없구려. 말하자면 대의명분은 언제나 우리에게 있는 셈이구려.”

“그런 것입니다. 어떻습니까? 계획이 마음에 드십니까?”

“물론이오. 우리 탐단 왕국은 그대들에게 적극 협조하겠소.”

다른 왕국의 사자들도 별 이견이 없었다. 암흑제국의 음모를 먼저 공표하여 토베 왕국에 힘을 실어준 대신 그 중심점이 되는 자의 약점을 잡은 셈이다.

방법은 바뀌었지만 결과는 같다. 그들에게는 토베 왕국의 드넓은 토지가 골고루 돌아갈 것이다.

불칸은 말했다.

"대금의 반을 돌려드린 것은 그대들의 왕국이 토베를 도와 흑왕과의 전쟁을 수행해야 하기 때문입니다. 애초에는 정치적으로 압력만 가해 이쪽은 전혀 피해 없이 일을 처리할 생각이었지만, 이제 그건 불가능해졌습니다."

"그렇구려."

"하지만 반대로 연합군을 결성하여 토베 내로 군대를 들여보내면 유사시 땅을 점령하기가 훨씬 쉬워집니다. 나름 장점이 있는 셈이지요."

불칸의 설명은 사람을 묘하게 끌어들이는 매력이 있었다. 무식한 바바리언으로 보이는 그의 체격과 얼굴만 보고는 도저히 믿기 어려운 달변이다.

결국 사람들은 불칸의 계획에 따라 충실하게 이행하기로 맹세했다.

그렇게 각 왕국들은 겉으로는 암흑제국의 야망을 저지하기 위해서, 그러나 속으로는 잘하면 왕족이 모두 죽은 토베 왕국의 영토와 재물을 얻을 수 있지 않을까 하는 욕심으로 참전을 결정했다.

도도리아 후작은 이미 각 왕국에 밀사를 통해 확실한 보상을 약속했다. 토베 왕국은 상당히 큰 왕국인 만큼 영토의 3분의 2 정도를 떼어내도 충분히 왕국으로서 존재할 수 있다.

도도리아 후작은 연합군에 참가한 왕국들에게 이점을 주

지시키고, 전쟁이 끝난 후 자신이 왕이 된다면 토베 왕국의 수도를 중심으로 하는 최소한의 영토만을 차지할 것이라고 말했다.

이것으로 대의명분과 실리가 모두 맞아떨어져 주변 왕국들은 거의 전부가 적극 협조하기로 비밀 맹약을 맺었다.

＊　　　＊　　　＊

사람들이 모두 방에서 나간 후 불칸은 자신의 방으로 들어가 수정 구슬을 꺼냈다.

우우웅 하고 수정 구슬이 울리며 안에 아크메이지 구파의 영상이 떠올랐다.

구파는 불칸을 보자 정중히 인사를 했다.

"사부님, 부르셨습니까?"

불칸은 희미한 미소를 지었다. 자신의 정체를 아는 몇 안 되는 인간인 구파는 전대에 그가 기른 제자다. 말이 제자지 거의 양아들이나 마찬가지인데, 불칸이 전생을 해서 이제는 구파가 노인이고 불칸은 장년기 전사의 모습이다.

"난 이미 네 사부가 아니다. 네 사부는 이미 100년 전에 죽었지 않느냐?"

"육체는 유한하지만 영혼은 무한합니다. 당신은 다시 태어났지만 여전히 제 사부님이십니다."

구파의 정중한 음성에서 희미하지만 강렬한 욕망이 느껴진다. 하긴 늙어서 죽을 날만 기다리는 실력자는 누구나 불노불사나 전생을 원하게 마련이다.

불칸은 이런 인간을 보면 왠지 모르게 쾌감을 느낀다. 끊임없이 강해질 수 있는 전생체를 이룬 그로서는 유한한 자들의 막연한 바람이 얼마나 이루기 힘든 것인지를 잘 안다. 하지만 그래도 그들은 모든 것을 바쳐서라도 불칸과 같은 존재가 되기를 원한다.

눈앞의 구파도 마찬가지다. 그나마 이자는 가능성이 있다. 본인도 그걸 알고 있기에 이렇게 명령 한마디에 자신의 모든 것을 건다.

"크크크, 계획은 잘 되어가고 있나?"

"저와 제 부하들이 마법병단을 조직했습니다. 흑왕이 나오면 일시적으로 정체를 드러내게 할 것입니다."

"좋아, 그걸로 모든 사람들이 이쪽의 주장을 믿어 의심치 않게 되겠지."

불칸은 계획이 착착 이루어지는 것에 만족한 미소를 지었다. 그때, 구파가 조심스럽게 물었다.

"그런데 사부님."

"뭐지?"

"어째서 갑자기 계획을 변경한 것입니까? 제가 정체를 드러내 마탑을 나와야 할 정도의 일이라니, 상상이 가지 않습니다."

"크크크, 넌 아직 알 수 없다. 하지만 만약 이번 계획이 제대로 이루어지면 그땐 자격이 생길 것이다."

불칸의 의미심장한 말에 구파의 늙은 얼굴에 격한 기대감이 떠올랐다.

불칸이 전생자임을 안 후 그가 항상 꿈꿔왔던 것! 드디어 때가 왔다는 느낌이 왔다.

구파는 흥분한 표정으로 불칸에게 물었다.

"그렇다면 저에게도 기회가 온 것입니까?"

"그렇다. 내가 모시는 분께서 또 하나의 전생자를 탄생시킬 힘을 얻으셨다. 그리고 이번 계획의 결과에 따라 그 힘을 너에게 내리겠다는 약속을 하셨다."

불칸의 선언에 구파는 전신을 부르르 떨었다. 다른 건 몰라도 불칸이 자신에게 이런 일을 속이지는 않을 거라 믿고 있는 구파였기에 자신의 소원이 이루어지려는 순간에 감동을 느낄 수밖에 없었다.

"오오, 그런 영광이 저에게 내리다니! 이제 수명이 10년도 남지 않았는데!"

"전생의 기적은 가장 위대한 영광이다. 이 세계의 모든 필멸자 중 그 영광을 얻은 사람은 아직 둘밖에 없다. 네가 세 번째가 되는 것이지."

"모두 사부님의 은혜입니다. 저는 앞으로 열 번을 전생해도 사부님의 은혜를 잊지 않을 것입니다."

“아직 일이 결정된 게 아니다. 실패할 가능성은 항상 있다. 그리고 절대로 죽지 마라. 흑왕 투투가 미쳐 날뛰기 전에 그 자리를 빠져나와야 한다.”

“알고 있습니다, 상급 마족이 전력을 발하면 어떻게 되는지는. 제자는 이미 빠져나올 수 있는 준비를 끝냈습니다. 연합군이 멸망할 때 제자는 사부님의 곁에 있을 것입니다.”

“크크크, 그럼 우리는 암흑제국의 남대륙 정복 성공에 대한 축배를 같이 올릴 수 있겠군.”

남대륙 연합군 전체가 사라지면 암흑제국이 좋든 싫든 남대륙은 그들의 소유가 된다.

불칸의 꼬임에 넘어가 욕망에 눈이 멀어 모인 자들은 자신들이 제물이라고는 꿈에도 상상하지 못할 것이다.

수없이 많은 피가 흐르는 가운데 세상은 조금 더 종말에 가까워진다!

“계획대로 진행해라.”

“알겠습니다, 스승님.”

불칸이 웃으며 손을 젓자 수정의 영상이 사라졌다. 이로써 준비가 끝난 셈이다.

불칸은 위스키 병을 꺼내 잔에 가득 따라 벌컥벌컥 마셨다. 독하기로 유명한 술인데 그걸 물컵에 가득 따라 마셨다.

“크, 맛이 괜찮군.”

불칸은 다시 위스키를 잔에 가득 따랐다. 일단 의도한 대로 일이 진행되고 있기는 하지만 이게 애초의 계획은 아니었다.
아쉬운 점도 없진 않았다.

"하필이면 디온이 지금 깨어나다니, 반년 정도만 더 자고
있었으면 애초의 계획대로 일을 진행했을 텐데."

디온이 종적을 감춘 뒤 불칸을 비롯한 몇몇 음모에 가담한
자들은 절호의 기회가 왔음을 깨닫고 이번 계획을 세웠다. 그
리고 계획이 막 꽃을 피우고 결실을 맺으려 하려는데 디온이
깨어나 버렸다.

불칸은 자신이 모시는 자로부터 신탁을 받고 운명의 장난
에 한탄하며 서둘러 계획을 수정했다.

다행히도 바뀐 계획도 그다지 나쁘지 않다.

"중요한 건 디온이 어디 있는지 조금이라도 빨리 알아내야
한다는 거다. 그자가 지금 어디 있느냐가 지금 최대의 변수니
까. 큭, 크크크크."

불칸은 웃었다.

사실 디온이 어디 있든지 큰 상관은 없다. 그가 갈 만한 곳
에는 이미 불칸이 가장 신임하는 자들이 지키고 있다.

흑왕 투투를 포위하는 토베의 군에는 아크메이지 구파가
있고, 암흑제국의 황궁이나 드라켄 제국, 신성제국에도 사람
이 있다.

가장 결정적인 건 디온은 누가 적이고 누가 아군인지 전혀
모른다는 점이다. 그가 어디에 나타나든지 불칸의 수하가 계

획에 따라 디온을 속일 것이고, 그럼으로서 계획은 완성되게
된다.

생각만 해도 웃음이 나왔다.

불칸은 예전부터 디온과 한번 붙고 싶었다. 정확하게는 디
온이 아닌 디온의 전생체와 싸워보기를 원했다.

역사상 가장 강한 인간. 인간의 한계를 초월하여 신의 간섭
으로부터 벗어난 자.

진정한 전생자!

져도 상관없다. 이겨도 끝나지 않는다.

불칸은 영겁에 가까운 시간 동안 디온의 전생체와 수도 없
이 얽히게 되어 있는 운명이라는 걸 알고 있었다.

원래 전생체가 감당해야 할 가장 큰 괴로움은 바로 허무함
과 심심함이다. 끊임없이 되풀이되는 인생의 굴레에 망각이
사라지면 어느 순간 모든 일에 흥미를 잃고 무기력한 존재가
되어버릴 수 있다. 그러나 불칸은 디온의 존재를 안 이후 한
번도 심심하단 생각을 하지 않았다.

신도 겁내는 사상 최강의 인간을 꺾고 언젠가는 자신이 최
강의 칭호를 얻기 위해 전생을 할 때마다 쉬지 않고 수련을
쌓았다. 이제는 그 무엇도 이길 수 있다는 자신이 생겼다.

해볼 만하다!

하지만 이번에는 각성하지 못한 디온과 싸워야 한다.

각성을 못한 디온이라면 이건 승부도 되지 않을 터이다. 설

령 디온이 마왕의 힘을 쓴다고 해도 이길 자신이 있는 불칸이었다.

"디온, 그대가 마왕이 되든 아니면 인간으로서 나에게 죽든 상관없다. 나에게 시간은 무한에 가까울 정도로 많으니까."

이번에는 내가 이긴다.

"어서 나타나라. 그리고 나의 계획대로 움직여라. 크하하하하!"

불칸은 술잔을 들어 다시 단숨에 위스키를 마셨다.

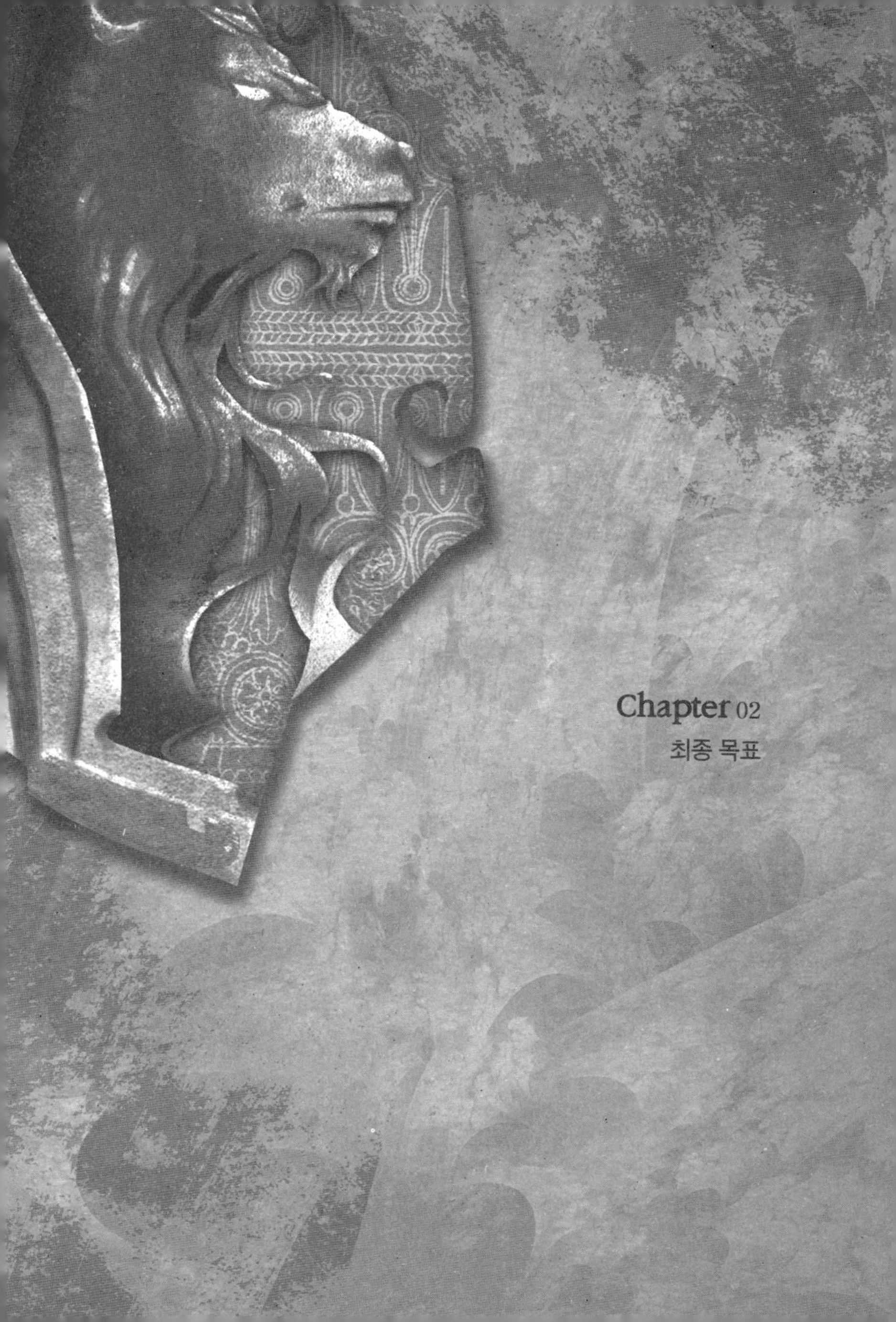

Chapter 02

최종 목표

흑사자
마왕

성녀인 리네 프리윈드는 천신기 세르기안의 주인이다.

정신봉이라는 별명으로 불리는 세르기안은 접촉한 모든 사악한 것을 파괴하고 오염된 영혼을 정화한다.

하지만 그건 세르기안의 기본적인 능력에 불과했다. 몇 년 전, 세르기안이 정식으로 리네를 주인으로 받아들이면서 리네의 몸에는 상급 천족의 그것에 해당하는 신성력이 흘러들어 갔다.

리네는 아직 모르고 있지만, 그녀는 이미 인간이라고 하기 힘든 존재가 되었다. 늙지도 않고 병에도 걸리지 않으며, 드래곤보다 더한 일만 년이라는 수명을 누릴 터이다.

말하자면 리네는 인간이면서 천족이 된 셈이다.

리네에게 세르기안을 건네준 천족 엘미르는 이러한 사실을 알면서도 굳이 설명을 하지 않았다. 어느 순간이 오면 리네가 자연스럽게 깨달을 거라 생각했다.

지금은 그녀가 원하는 대로 마법을 배우고, 성녀로서의 의무를 다하면서 디온이 다시 나타났을 때 좋은 영향을 줄 수만 있으면 되는 것이다.

그런데 이번에 일이 터졌다.

암흑제국 레이어스가 흑왕 투투를 앞세워 남대륙 정복의 음모를 꾸몄다는 이야기는 신성제국에도 퍼졌고, 하녀들의 입을 통해 리네에게도 들어갔다.

하녀를 탓할 수도 없다. 리네는 디온에 관계된 모든 정보에는 귀를 기울인다. 그런데 세르기안이 그런 리네의 의도에 도움을 주기 위해 디온, 레이어스 같은 단어를 찾아 리네에게 알려준다. 궁성 내부에서 리네와 세르기안의 이목을 피할 방법은 없다.

리네는 안색이 변해 엘미르에게 어떻게 된 거냐고 물으러 왔다.

엘미르는 인상을 쓰며 뭐라고 설명해야 할까 고민했지만, 세르기안의 소유자에게 거짓을 말할 수도 없었다.

"그렇게 돼서 남대륙에 디온이 있는지 알기 위해 대규모 마법 의식을 행하려 했던 거야. 그런데 토베 왕국이 요청을 받아들이지 않고 선제공격을 가하자 흑왕은 어쩔 수 없이 맞서 싸운 거고."

"그렇군요. 하지만 그게 옳은 일인가요?"

"그건 말할 수 없어. 대륙 전체를 위해서는 해야 할 일이지만······."

"결국 천족이나 마족들이 디온을 마왕으로 만들려는 것과 다름없군요. 대를 위해서 소를 희생하려는. 하지만 토베 왕국 사람들은 절대로 옳다고 생각하지 않을 거예요."

리네의 말에 엘미르는 고개를 끄덕이며 말했다.

"리네, 네게 어떤 생각이 있다면 그걸 행하도록 해. 그게 우리가 존재하는 이유니까."

대의명분이 아닌 소수의 뜻과 희생되는 자의 억울함을 위해 물질계에 내려온 엘미르다. 리네 역시 엘미르의 가르침을 받아 알게 모르게 그런 의식이 강했다.

리네는 그 말에 결심이 선 듯 입술을 살짝 깨물며 말했다.

"저는 흑왕에게 가겠어요. 흑왕이 투투님이라면 제 말을 들어주겠죠. 전쟁은 성녀의 권한으로 막아볼 거예요."

"좋아. 그럼 신성제국은 성녀의 주장에 따라 암흑제국이 남대륙에 손을 대지 못하도록 경계하겠다는 발표를 내도록 하지."

엘미르는 바로 일어나며 말했다.

그 후 두 사람은 직속의 성기사단을 대동하고 남대륙을 향해 떠났다.

＊　　　＊　　　＊

디온은 토베 왕국의 국경에 도착했다. 그곳에서 디온은 군대의 이동을 목격할 수 있었다.

토베 왕국으로 진군하는 주변 왕국의 지원군인 듯했다.

흑왕 투투와 대치한 군대는 이미 토베 왕국군이 아닌 남대륙 연합군이라고 불리는 상황이다.

"대단하군. 이게 전쟁이라는 건가."

디온은 아직 대규모 군대의 이동 광경을 본 적이 없다. 레이어스 제국의 중요 행사 때 기사단의 사열식을 본 적은 있지만, 이렇게 일반 병사들과 보급대까지 갖춘 정규군의 모습을 보니 상상했던 것보다 훨씬 대단했다. 단순히 눈에 보이는 느낌으로 말하자면 장관이라고 할 만했다.

하지만 이들은 파괴와 살육의 도구, 군대가 이동하는 곳엔 참혹한 결과만이 있을 뿐이다.

"서두르자."

디온은 말에서 내렸다. 사람들의 이목을 피하며 가야 하기 때문에 이제는 말을 달릴 수 없다.

디온은 허리에 찬 틸리아를 손으로 잡고 말했다.

"틸리아, 나에게 투명 마법을 걸어줘."

[예, 디온님.]

슈욱.

말을 하자마자 디온의 모습이 사라졌다.

디온은 달리기 시작했다. 조금 가니 틸리아가 말했다.

[디온님, 앞에 마법 탐지막이 있어요. 카운터 할게요.]

“응.”

틸리아가 조금 떨리더니 디온은 몸 주변에 얇은 막이 씌워진 것 같은 느낌이 들었다.

원래는 투명 마법을 사용한 채 이동을 하면 마법 탐지막에 걸릴 수밖에 없는데, 틸리아는 그 위로 다시 탐지 방어막을 둘러씌운 것이다.

이건 원래 마법의 상리를 벗어난 모순적인 현상이지만 틸리아는 아무렇지도 않게 상반된 두 마법을 동시에 사용했다.

디온은 신기하다는 생각을 했지만 지금 그런 걸 물을 여유는 없기에 그냥 나아갔다.

덕분에 디온은 사람들 눈에도 띄지 않고 마법 탐지에도 걸리지 않은 채 군의 한가운데를 뛰어서 지나칠 수 있었다.

그렇게 며칠을 가자 드디어 토베의 수도가 나왔다.

사방으로 지평선을 덮을 정도의 군세가 진을 치고 있고, 안쪽으로는 높은 방어 성채의 모습이 보였다. 방어 성채의 벽에는 흑왕의 군임을 나타내는 깃발이 일정한 간격으로 걸려 바람에 휘날리고 있었다.

디온은 검을 뽑아 앞으로 내밀며 말했다.

"틸리아, 날아줘."

[옛.]

검신 주변에 커다란 날개가 생기며 디온의 몸이 틸리아와 함께 허공으로 떠올랐다.

디온은 단숨에 내성까지 날아갈 생각으로 검끝을 조정했다. 그런데 조금 있으니 틸리아가 급하게 말했다.

[디온님, 탐지되었어요. 공격이 올 거예요.]

"뭣?"

[이곳은 아크메이지의 공간사유화가 되어 있어요. 들키지 않고 통과하는 건 불가능해요.]

"뭣, 공간사유화?"

최고 경지에 이른 마법사가 주변 공간의 마나를 재배열하여 자신의 마력은 증가시키고 다른 자의 마법은 방해를 하는 수법이다. 주로 연구실 내부에 마법진으로 설치를 하는데, 이런 탁 트인 장소에서 공간사유화가 펼쳐졌다는 건 믿기 어렵다.

설마 연합군이 진을 친 구역 전체에 공간사유화를 걸었단 말인가?

디온이 놀라는 사이 군대 쪽으로부터 파란 뇌전이 쏘아져 날아오는 게 보였다.

순간 틸리아는 건 마법을 모두 해제하며 전면에 여섯 개의 배리어를 쳤다.

꽈드드드둥!

배리어 다섯 개가 깨어졌다. 하나만 더 뚫렸으면 디온은 벼락세례를 받았을 것이다.

날개마저 사라졌기에 디온의 몸은 땅을 향해 추락했다. 하지만 디온은 몸 안의 기운을 끌어올리며 자세를 바로 해 사뿐하게 착지했다.

"아크메이지가 있었단 말이지?"

고위 마법사 중에서도 최고의 경지를 이룬 자에게 주어지는 칭호. 기존의 마법이 아닌 자신만의 독특한 상급 마법의 길을 열어 마법의 발전에 크게 기여했다는 의미다.

현재 아크메이지의 칭호를 받은 사람은 다섯 명. 마탑의 세 탑주와 드라켄 제국의 궁정마법사, 그리고 디온의 모친이자 암흑제국 레이어스의 여왕인 사비너뿐이다.

"공간사유화라면 아크메이지 구파의 장기였던 걸로 기억하는데, 설마 마탑이 연합군에 가담한 건가?"

디온은 그동안 열심히 달려오느라 급변한 국제 정세의 정보를 들을 기회가 없었다.

디온이 아는 것은 흑왕이 투투라는 것, 도도리안 후작이 뭔가 음모를 꾸미고 토베의 왕자를 마탑에 보내 가두었다는 것뿐이다.

"맞다. 도도리안 후작하고 마탑과 모종의 연관이 있다고 했지. 그게 아크메이지 구파였던 모양이군."

디온은 간단한 추리를 하고 뇌전이 날아온 쪽을 보았다. 밤인데도 환한 빛을 뿜어내는 자체 발광 로브를 입은 노마법사의 모습이 보였다. 구파이리라.

구파도 디온 쪽을 보고 외쳤다.

"일반 경계에 걸리지 않은 것으로 보아 상당한 실력의 마법사다. 결계를 강화하라."

구파의 명에 사방에 포진해 있던 마법병단의 마법사들은 정신을 집중하여 구파의 공간에 마력을 더했다.

틸리아는 당황한 음성으로 디온에게 말했다.

[마나의 흐름이 너무 격렬해서 마법을 쓸 수가 없어요. 이 공간을 벗어나는 게 좋겠어요.]

"알았어."

마법은 못 써도 몸이 안 움직이는 건 아니다. 디온은 즉시 구파가 있는 방향과 정반대로 뛰기 시작했다.

"멈춰라!"

주변의 병사들이 창을 겨누며 외쳤지만 디온이 그걸 들을 이유는 없다.

디온은 검을 휘둘러 창대 몇 개를 잘라내고는 오히려 병사들 사이로 뛰어들었다.

"스턴 클라우드!"

마법병단의 마법사 하나가 공격 마법을 사용했다. 주변의 병사들을 생각해서인지 살상력 없는 마비 효과가 있는 구름을 소환했다.

디온은 몸 안의 기운을 끌어올려 마법이 침투하는 것을 막았다. 주변의 병사들이 모두 쓰러지는 사이 잽싸게 다른 병사들 사이로 들어가 버렸다.

그때 구파가 허공을 날아서 디온의 머리 위쪽으로 다가왔다.

"으, 저자는 따돌리기 힘들 것 같네."

디온은 가능하면 연합군과 싸우기 싫었다. 그러나 순순히 잡힐 수도 없는 상황이다.

구파만 없으면 공간의 제어가 풀려 마법도 쓸 수 있다. 디온은 결심을 하고 틸리아에게 말했다.

"틸리아, 반격한다."

[예.]

"차앗!"

기합과 함께 디온의 몸이 구파를 향해 쏘아져 나갔다. 하늘을 나는 새에게 화살을 쏜 것과 같은 광경이었다.

디온은 검을 양손으로 쥐고 머리 위에서 내려칠 듯한 자세를 취하고 있었다.

검신에서 파지직 하고 스파크가 일었다. 녹색의 스파크는 이게 보통 뇌전이 아님을 암시하듯 검끝을 타고 뻗어 나가니 검의 길이가 두 배나 길어지게 보였다.

구파는 그런 디온을 비웃듯이 말했다.

"나 구파에게 그런 하찮은 공격이 통하리라 보는가?"

구파의 몸이 세 개로 불어났다. 세 개의 몸은 빛의 끈으로 이어져 삼각형을 그리고 있었다. 그들은 동시에 주문을 외우기 시작했다.

"허상이 아닌 실체의 분리?"

환영 마법은 디온에게 통하지 않는다. 하지만 세 개의 구파는 어느 것도 환영이 아니었다. 막강한 마력을 보유한 육체의 존재가 셋 모두에게 느껴졌다.

이건 기존 마법에 없는 수법이다. 디온은 깨달았다.

구파는 지금 자신이 개발한 비전의 마법을 사용하고 있는 것이다. 아마도 그건 치명적으로 위험한 공격 마법이거나 디온의 공격을 완벽하게 막아낼 수 있는 방어 마법일 수도 있다. 공간사유화를 이용한 마나의 강화를 응용했으리라.

"이판사판!"

디온은 과감하게 공격하기로 하고 오히려 더욱 기운을 모았다. 그리고 처음 노렸던 원래 자리의 구파의 몸을 정면으로 내려쳤다.

콰콰쾅!

마신기 틸리아가 뿜어낸 녹색 뇌전이 구파의 몸을 그물처럼 감쌌다. 디온의 오러를 머금은 검신이 구파를 둘로 갈랐다.

그러자 구파의 몸이 폭발하며 엄청난 충격파가 발생했다.

디온은 큰 충격을 받고 뒤로 튕겨나가며 생각했다.

'방금 그건 반격기였군. 내 공격을 그대로 내가 뒤집어쓴 셈이야.'

[디온님, 괜찮으세요?]

틸리아가 걱정스러운 표정으로 물었다. 디온은 허공에서 몸을 뒤집어 땅에 착지하며 대답했다.

"난 죽지 않는 몸이잖아."

[하긴 이 정도로는 디온님께 큰 해를 가하지 못하죠.]

디온은 아직 완전한 인간이 아니다. 마왕의 힘을 거의 쓰지 못하게 되었지만 불사성만큼은 여전히 가지고 있다.

오히려 불사성을 인식하고 그걸 이용하게 되면서 인간이 감당할 수 없는 공격을 받아도 그냥 그을린 수준으로 끝나게 되었다.

어설픈 칼질에는 상처가 날 수 있지만 정말 죽을 것 같은 공격은 불사성이 적용되는 것이다.

"어떻게 살아 있지?"

당황한 것은 구파다. 분신거울폭탄이 정통으로 들어갔는데 상대가 멀쩡하다. 그로서는 이해할 수 없는 현상이다.

그러나 곧 구파는 알았다는 듯이 크게 웃음을 터뜨렸다.

"크하하하하하! 누군가 했더니 그대였군. 내 공격을 받고 무사할 수 있는 사람은 대륙을 통틀어도 거의 없지."

구파는 입을 다물고 텔레파시 마법으로 디온에게 말했다.

[그렇지 않은가, 위대하신 마왕 폐하?]

"나를 알고 있다니? 네 정체가 뭐지?"

[마왕이 세상에서 사라져야 한다고 믿는 사람이지.]

"쩝, 그건 반박하기 좀 어렵네."

[수하들을 구하기 위해 왔는가, 마왕이여?]

"아니, 꼭 그런 건 아닌데."

[어쨌든 너를 보낼 순 없다. 이왕 만났으니 내 모든 것을 걸고 너를 잡아 봉인하겠다!]

집념에 불타는 구파의 텔레파시에 디온은 대답할 말을 잃었다. 아무래도 구파라는 아크메이지는 목숨을 걸고 물질계의 위기를 막아내려는 숭고한 용자적 맹세를 한 모양이다.

알고 보면 그건 구파가 디온을 헷갈리게 하기 위한 거짓말로 구파는 불칸의 부하이자 제자로 음모의 주체자 중 하나지만 그것까지 알 수는 없다.

다시 구파의 공격이 시작되었다.

"나보고 어쩌라고!"

디온은 마음 한구석이 찝찝해짐을 느끼며 구파와 맞서 싸웠다. 구파를 죽이고 싶은 마음은 없었다. 하지만 그렇다고 해서 순순히 봉인되고 싶은 마음도 없다.

투투를 부를까? 여기서 부르면 올 거다.

"그건 아니지."

디온은 고개를 저었다.

지금 투투를 부르면 전쟁이 나도 아주 크게 난다. 투투가 이들을 가만 놔두지 않을 게 틀림없고, 설령 투투가 싸우지 않아도 연합군 전체가 광분해서 달려들 거다.

디온은 투투를 말리기 위해 이곳에 온 거지 싸우게 하기 위해 온 게 아니다.

"좋아, 셋을 모두 동시에 베어버리면 어떻게 되나 보자."

디온은 허공에 떠 있는 세 명의 구파를 보며 이를 악물었다. 어느새 파괴되었던 구파도 다시 복원된 상태다.

"차앗!"

디온은 다시 날아올랐다. 하지만 이번에는 구파를 향해 일직선으로 날아간 게 아니라 틸리아의 날개를 소환하여 더욱 높이 올라갔다.

구파는 디온을 올려다보며 알았다는 듯이 중얼거렸다.

"마법 검인가? 최상급 프라임 아티팩트인가 보군."

마왕의 힘을 쓰지 않는 디온의 전투력은 일반 마스터의 그것에 불과하다. 아크메이지의 상대는 될 수 없다.

하지만 마스터의 손에 강력한 무구가 들리면 승부는 예측하기 어렵다. 스스로 마법을 쓰는 아티팩트라면 더욱 그렇다.

"그렇다면 일단 저 검을 빼앗아야겠군."

세 명의 구파가 동시에 주문을 외우기 시작했다. 그러자 중앙에 검은 구체가 생성되더니 커다란 손의 모습으로 변했다.

"블랙 핸드, 저놈을 잡아라!"

구파의 명을 받은 블랙 핸드는 손을 활짝 편 채 디온을 향해 날아갔다.

[디온님, 저건 아공간 결계예요. 저거에 붙잡히면 아공간 속으로 빠져들어 가요.]

"파괴할 수는 없어?"

[혼자서는 힘들어요. 디온님의 마기를 사용해야 할 것 같아요.]

"어쩔 수 없네. 사용하도록 해."

디온의 몸에는 아직 마기가 계속 생성되고 있다. 하지만 마기를 이용하면 인간의 능력 개발이 상대적으로 둔화된다.

디온은 그걸 깨달은 후부터는 마스터의 능력만을 이용하려 하고 있었다. 마기는 그냥 하루 한 번씩 방출을 해버린다.

마기를 사용하지 않고 인간만의 능력을 개발하여 초인의 경지에 들어서기로 결심한 이후에는 계속 그렇게 해왔다.

하지만 지금은 이 상황을 벗어나서 투투를 만나는 게 중요하다.

디온의 결정에 틸리아는 약간 기쁜 듯한 목소리로 말했다.

[마기 사용 승인. 틸리아, 전투 모드로 전환합니다.]

우우우우우웅!

공간이 거세게 진동하며 틸리아의 검신이 세 배쯤 커졌다. 동시에 디온의 몸 안에 있던 마기가 틸리아 쪽으로 흘러들어

갔다.

[아공간에는 아공간으로 부딪치는 게 제일이에요.]

틸리아의 색이 검게 변했다. 디온을 향해 날아오는 블랙 핸드처럼 빛을 반사하지 않는 심연의 검은색이었다.

디온은 그걸로 블랙 핸드를 베었다.

파시시시시시!

검이 블랙 핸드를 둘로 가르자 블랙 핸드는 형체를 잃고 안개처럼 사방으로 흩어졌다.

"좋았어!"

디온은 자신감에 가득 찬 외침과 함께 구파의 세 몸체를 동시에 베었다.

콰콰콰콰콰콰쾅!

허공에서 거대한 폭발이 일어나 땅에까지 미쳤다. 아래쪽에 있던 기사들이 비명을 지르며 쓰러졌다.

디온 역시 힘을 잃고 바닥으로 추락했다. 세 몸의 연쇄 폭발은 너무나도 강력해서 불사성이 발휘된 디온의 몸에도 어느 정도 타격을 주었다.

그런데 구파의 세 몸체는 폭발을 한 다음에 다시 허공에서 먼지가 모이듯 모여 금세 원 상태가 되었다.

"으, 저거 거의 무적인 건가?"

디온은 겨우 일어나며 중얼거렸다.

[아니에요. 힘이 많이 약해졌어요. 지금 다시 공격하면 소

멸시킬 수 있어요.]

"그래? 그럼 끝장을 보자."

디온은 검을 들어 구파를 겨누었다. 그러자 구파는 안 되겠다고 생각했는지 하늘을 날아 도망가기 시작했다.

"어, 불리해지니까 도망을?"

디온이 황당해하는데, 구파는 한술 더 떠서 큰 목소리로 외쳤다.

"마법병단은 전원 저자를 공격하라!"

디온은 왠지 모르게 기분이 나빠졌다. 수하들을 시간 끌기 용으로 쓰려 하다니?

더군다나 디온은 대량 학살을 할 마음이 없었다.

"젠장, 이러는 사이 저자가 힘을 회복하고 오겠지?"

도망을 가려면 지금뿐이다.

디온은 일단 몸을 빼기로 했다. 결심을 하자 곧 디온은 구파가 날아간 반대편을 향해 달렸다.

서로가 도망을 가는 상황이다. 그리고 구파 이외에는 디온을 막을 수 있는 자가 없다. 결국 디온은 연합군 마법병단의 추적을 완전히 뿌리칠 수 있었다.

디온은 얼른 틸리아에게 명해 투명 마법과 탐지 방어막을 걸었다. 구파의 사유공간영역에 들어가지 않는 한 다른 사람에게 모습이 드러날 일은 없게 되었다.

"휴, 이거 참 문제네."

디온은 나무 그늘에 주저앉으며 중얼거렸다.

멀리 지평선 너머로 수도의 방어 성채가 살짝 보인다. 그 너머에는 투투가 있을 터인데, 연합군과 구파 때문에 들어갈 수가 없는 것이다.

[아무래도 저쪽 주변엔 모두 공간사유화가 되어 있는 모양이에요. 구파란 자의 마력이 진짜 대단하네요.]

"들키지 않고 들어갈 방법이 없을까?"

[디온님이 게이트를 열면 돼요. 하지만 그러려면 삼 일 정도는 꾸준히 마기를 모아야 할 거예요.]

"그 수밖에는 없나."

공간 이동 게이트를 여는 권능은 디온의 주특기로 인간의 능력을 완전히 벗어난 힘이다. 특히 마법사가 아닌 디온이 앞으로 아무리 수련해도 얻기 어려운 능력이 바로 이 게이트 능력이다.

고위 마법사라면 단거리 텔레포트를 할 수 있지만, 지금처럼 중간에 공간이 이상해진 경우엔 사용할 수가 없다.

그게 아니라면 대형 마법진을 설치해서 공간을 완전히 안정화시켜야 하는 것이다.

하지만 디온이 여는 게이트는 어떤 곳에서든 안전하게 이동할 수 있다.

디온은 고민했다.

가능한 한 마왕의 능력을 쓰지 않으려 했는데 벌써 한 번

써버렸고, 이제는 가장 쓰기 싫은 게이트 능력까지 써야 할 상황이다. 그러나 이번에는 방법이 없다고 생각했다.

어떻게든 전쟁은 막아야 한다.

"좋아, 그럼 삼 일 동안 마기를 모을게."

[예.]

디온은 결심을 한 후 아예 나무 그늘에 드러누워서 잠을 청했다. 생각해 보니 지금까지 거의 잠도 못 자고 하루 종일 달리기만 했다. 여유가 있을 때 조금은 쉬면서 여유를 가지는 것도 나쁘진 않을 것 같았다.

＊　　　＊　　　＊

"크하하하하, 역시 그쪽에 나타났나?"

불칸은 구파의 보고를 받고는 크게 웃음을 터뜨렸다.

수정구 안의 구파도 미소를 지은 채 보고를 계속했다.

"예, 사부님. 보고에 의하면 신성제국의 성녀도 이곳을 향해 오고 있다고 하니 곧 필요한 모든 사람이 집결하게 되는 셈입니다."

"그렇지. 예상했던 가장 좋은 시나리오로 일이 흘러가는 거야."

"하지만 디온의 능력이 생각보다 강력합니다. 본인의 능력은 둘째 치고 소유하고 있는 검이 믿을 수 없는 힘을 지니고 있는 것 같습니다.”

“크흠, 막기 어렵나?”

“일단 이 일대는 제가 공간사유화를 걸어놓았기에 막을 수 있습니다. 하지만 변수가 있을 경우 완벽하게 막을 수 있다고 장담은 드리기 어렵습니다. 실제로 그자의 공격에 제가 한번 물러섰습니다.”

“네가?”

불칸은 놀란 표정으로 되물었다.

아크메이지라는 칭호는 쉽게 얻어지는 것이 아니다. 초인의 경지에 이른 마법사인 것이다. 그런데 아무리 마왕의 그릇이라고 해도 삼십도 되지 않은 디온에게 물러섰다는 건 말이 되지 않는다. 특히 자신의 공간에 속해 있는 구파는 불칸도 쉽게 보지 못하는 강함이 있다.

얼마나 대단한 마법 검이기에 불칸을 물러나게 했을까?

구파는 불칸을 보며 말했다.

“그렇습니다. 검이 변화해서 아공간까지 부수는 힘을 발휘하니 대응하기가 극히 어렵습니다.”

“아공간까지 부술 정도면 모든 배리어가 무효하다는 소리군. 아무래도 이상한데? 물질계의 어떤 무구도 그 정도 힘을 발휘할 수는 없을 텐데 말이야.”

불칸은 말을 하며 손을 들어 자신이 등에 메고 있는 대검의 손잡이를 잡았다.

우웅 하고 검이 울렸다.

불칸의 검 또한 에고를 가지고 있는 프라임 아티팩트다. 아무래도 호승심이 생기는 듯 불칸에게 싸우고 싶다고 응석을 부리는 것이다.

불칸은 자신의 검을 달래고는 구파에게 말했다.

"어쩌면 디온이 본격적으로 마왕의 힘을 쓴 것인지도 모른다. 그렇다면 어떤 수단으로도 그를 막을 수 없으니 조심해라."

"성녀 리네가 도착하기 전에 디온이 투투를 만나면 어떻게 할까요?"

"오히려 그게 더 좋을 수도 있다. 그럴 경우 투투가 힘을 쓰지 않을 테니 전력을 다해 디온에 공격을 집중해라. 중요한 것은 성녀가 도착하기 전에 그곳이 지옥으로 변해 있어야 한다는 것, 그리고 디온이나 투투 둘 중 하나가 진심으로 연합군과 싸워야 한다는 것이다."

"예. 꼭 성공시키겠습니다."

"잊지 마라. 이번 작전은 여러 가지 목적을 지니지만 그중 가장 중요한 것은 성녀가 자신의 의지와 생각으로 천신기의 힘을 완전히 개방하는 것이다. 다른 모든 것은 부수적인 일이고, 오직 그게 이루어져야만 네가 전생의 기적을 얻게 된다."

"명심하겠습니다."

수정구의 빛이 꺼졌다.

불칸은 자신이 세운 계획이 거의 완성된 것에 미소를 지었다.

아무도 모르리라. 가장 중요한 것은 디온이 아니다. 바로 인간이면서 천신기를 얻어 천족이 되어버린 성녀 리네다.

그녀가 천족이 되는 것을 거부하고 인간으로 남는다면? 천신기의 힘을 물질계에서 완전히 개방하면 천신기는 주인의 속성에 따라 물질계의 마나에 적응해 버린다.

원래 천신기는 천상계의 물건으로 물질계에 들어오면 물질계의 마나가 거부 반응을 일으키는데, 그걸 막기 위해서 힘을 제한하면 진짜 힘의 100분의 1정도밖에 사용할 수 없다. 마족이 물질계에서 힘이 제한되는 것과 마찬가지다.

그러나 천신기가 인간에게 종속되어 버리면 자신의 속성을 물질계의 그것으로 바꾸고 모든 힘을 발휘할 수 있는데, 그건 바로 물질계를 완벽하게 파괴할 수 있는 새로운 힘의 탄생을 의미한다.

이것이야말로 불칸과 불칸의 주인이 궁극적으로 원하는 것!

디온이 마왕이 되어도 성녀 리네가 인간으로 남는 것이 성공하면 그들이 원하는 종말이 이루어질 가능성이 부쩍 높아지는 것이다.

"성녀 리네여, 그대와 같이 자격이 없는 자가 무한에 가까운 힘을 얻은 것을 축하한다. 크크크크."

불칸은 자신의 미래를 짐작하지 못한 채 운명의 장소로 향하고 있을 리네에게 종말의 축복을 기원했다.

새로운 종말의 씨앗이 곧 탄생한다. 그것도 가장 위험한 씨앗이다. 그 씨앗을 손에 넣어 조종할 수만 있다면 천신도 마신도 종말을 막을 수 없으리라.

"이제는 나도 가야겠군. 변수를 최대한 막기 위해서는 나도 그곳에 있어야 하니까."

개방된 디온이나 투투의 힘을 어느 정도 막을 수 있는 것은 불칸밖에는 없다.

능력도 능력이고, 죽음을 전혀 두려워하지 않아도 되는 존재이기 때문에 최후의 순간에는 비장의 자폭기를 쓸 수도 있다. 감당할 수 없는 힘의 움직임은 조정하기 어렵지만, 불칸이 존재하기에 충분히 감당할 수 있다. 조정할 수 있다!

불칸은 떠났다. 자신의 계획에 최후의 마무리를 짓고 디온과 결판을 내기 위해서.

Chapter 03
무계획이 곧 이기는 길?

흑사자
마왕

디온은 최대한 편하게 쉬었다. 그러면서 다시 한 번 냉정하게 생각해 보았다.

투투가 전쟁을 일으켰다는 것에 놀라 급히 뛰어오긴 했지만 세상만사 서둘러서 좋게 처리되는 법이 드물다는 것은 알고 있다.

그런데 여유있게 마음을 안정시키고 생각을 해보니, 이건 투투를 만난다고 해서 끝나는 일이 아니다. 이쪽이 싸울 일이 없다고 해도 연합군 쪽에서 흑왕군을 고이 놔두진 않을 터이다.

결국 투투를 만나도 해결책이 뚜렷이 나오는 게 아니라는 결론이 된다.

"어떻게 할까?"

몸 안에 마기가 쌓이는 것이 느껴진다. 이제 오후가 되면 게이트를 열 수 있다.

"원래는 모라님을 만나 조언을 들으려 했어. 그런데 투투에 대한 말을 듣고 방향을 바꿨지. 과연 그게 옳은 일일까?"

가장 중요한 것은 디온 자신의 문제다. 물질계 전체에 영향을 미칠 수 있는 일이니 확실하게 처리해야 한다.

하지만 한 왕국의 운명이 걸린 전쟁도 결코 작은 일이 아니다.

한참 고민하던 디온은 드디어 결심을 했다.

"일단 모라님을 만나자. 그녀라면 전쟁을 막을 방법도 알지 몰라."

디온은 모라의 능력과 자신에 대한 호의를 믿어보기로 했다. 만약 그녀가 좋은 방법을 모른다면 그때부터 다시 마기를 모아 게이트를 열면 된다.

며칠 차이로 전투가 벌어질지도 모르지만, 그걸 두려워해서 투투를 먼저 만나면 해결책없이 서로 머리만 움켜잡고 끙끙댈 가능성이 높다.

"좋아."

디온은 벌떡 일어나 틸리아에게 말했다.

"틸리아, 지금 게이트를 열 수 있지?"

[예. 마기는 충분히 모였어요.]

"그럼 모라님에게 가는 게이트를 열어."

[알았어요. 그럼 시작할게요. 마기 흡수 승인.]

우우웅!

틸리아의 검신이 다시 몇 배로 커졌다. 검은 기운이 허공으로 퍼지며 공간에 원이 생겨났다. 원 안쪽이 함몰되어 아공간이 형성되니 안쪽은 무엇인가가 소용돌이치는 듯한 느낌이 난다.

[열렸어요. 들어가세요.]

"알았어."

디온은 7년 전에 한 번 들어가 봤기 때문에 이번에는 당황하지 않고 구멍 속으로 몸을 날렸다. 급속도로 추락하는 듯한 느낌과 함께 디온의 몸은 드라켄 제국의 뒷골목에 튀어나왔다.

"여기는?"

디온이 보니 모라가 있는 상점 거리의 구석이었다. 여전히 투명 마법이 걸린 채라서 사람들은 허공에 나타났다 사라진 게이트를 보고 놀랄 뿐 디온을 알아보지는 못했다.

디온은 얼른 그곳을 빠져나와 모라네 가게로 향했다.

문을 열고 들어가니 라블이 정리를 하고 있다가 디온을 보며 미소 지었다.

"디온님, 어서 오세요."

"라블, 오랜만이야. 그런데 내가 보여?"

"이 가게에 들어오시는 순간 웬만한 마법은 모두 사라지거든요."

라블의 말에 손을 보니 과연 투명화 마법이 사라졌다.

"모라님은 계시니?"

"예. 기다리고 계세요. 며칠 전부터 디온님이 오실 때가 되었다고 하시더라고요."

"하하하, 역시 모라님은 모든 것을 알고 계신가 보네."

"글쎄요? 모든 것이라고 할 수는 없지만 남들이 모르는 걸 꽤 많이 알고 계시죠. 아, 저기 나오시네요."

라블의 말대로 안쪽에서 가면을 쓴 모라가 걸어나왔다. 그런데 모라의 옆에는 붉은 머리카락을 한 소녀가 있었다.

"디온님, 어서 오세요."

"안녕하세요, 모라님. 묻고 싶은 것이 있어서 왔습니다."

"그래요? 그럼 안으로 들어가세요. 단, 때에 따라서는 공짜로 대답할 수 없을지도 몰라요."

"대가가 필요하면 지불하겠습니다."

"그러세요. 그리고 이 아이를 소개시켜 드릴게요. 제 친구의 손녀인데, 이름은 포포르예요."

포포르는 최대한 정중하게 인사를 했다. 그동안 모라에게 철저한 교육을 받아서 디온에게는 레드드래곤 특유의 광폭한 성격을 절대로 드러내지 않게 되었다.

"처음 뵈어요. 포포르라고 합니다."

"어, 안녕. 난 디온이야."

디온은 포포르의 귀여운 모습에 미소를 지었다. 그러나 포포르는 속으로 중얼거렸다.

'기가 막혀서. 언제 봤다고 반말이야? 내가 너보다 살아도 몇 배는 더 살았거든.'

인간 주제에. 대충 봐도 30년도 안 산 것 같은데 수백 년이나 산 드래곤에게 반말을 해도 되는 거냐고 쏘아주고 싶었다.

하지만 그런 생각은 어디까지나 속으로 삼키고 겉으로는 반대로 '그래요. 나 귀여운 여동생이에요'라는 표정으로 활짝 웃었다.

모라는 포포르가 성질을 내지 않는 것에 살짝 미소를 지었다.

디온은 모라의 휴게실로 들어가 소파에 앉았다.

잠시 후, 라블이 시원한 마실 것을 내오니 모라는 포포르와 라블은 나가 있으라고 한 후에 디온에게 물었다.

"질문이 뭔가요?"

디온은 차분히 해야 할 말을 마음속으로 정리한 후 설명을 시작했다.

"남대륙에 전쟁이 일어났습니다. 그런데 알고 보니 그걸 일으킨 사람이 저와 연관이 있더군요. 정확히 말하자면 투투라는 친군데, 제 부하이고 마족입니다."

“그런가요.”

역시 모라는 이미 모든 것을 알고 있는 듯 전혀 놀란 표정이 아니다.

디온은 설명을 계속했다.

“전쟁을 막고 싶은데, 이미 투투의 군대와 연합군의 군대가 대치하는 상황이라 어떻게 손을 써야 할지 모르겠습니다. 그래서 투투를 만나러 갔다가 일단 이쪽으로 먼저 왔습니다. 좋은 방법이 없을까요?”

모라는 미소를 지었다. 디온이 어떻게 투투에게 직접 안 가고 자신에게 올 생각을 했는지는 몰라도 이걸로 하나의 길이 열린 셈이다.

“그리로 안 가고 저한테 먼저 오신 건 정말 잘하셨어요. 아마 제가 도울 방법이 있을 거예요.”

“정말입니까?”

“예, 전쟁이 안 일어나게 도와드릴게요.”

“감사합니다.”

다행이다. 디온은 속으로 안도의 한숨을 내쉬었다. 그러자 모라가 다시 물었다.

“그러면 질문은 그걸로 끝난 건가요?”

“아, 아닙니다. 사실은 원래 모라님께 묻고 싶은 게 따로 있습니다.”

“뭔가요? 알고 싶은 게 있으면 모두 하세요. 저는 조금 있

으면 새로운 약의 제조에 들어가야 하기 때문에 당분간은 타
인과 만날 수 없으니까요."

"그렇군요. 그럼 묻겠습니다."

이번 질문이야말로 디온이 7년간 명상을 하면서 느낀 가장
큰 의문이다. 디온은 살짝 심호흡을 해서 정신을 가다듬고 모
라에게 물었다.

"저는 인간으로 남기로 결정했습니다. 하지만 저를 둘러싼
적지 않은 음모가 있음을 알았기에 당장 인간이 될 수는 없다
고 느꼈습니다. 인간이 되는 순간 죽이겠다고 하는 자도 있으
니 말입니다."

"계속 말씀하세요."

"그런데 생각해 보니 이건 굉장히 불리한 게임과도 같다는
생각이 들더군요. 음모를 꾸미는 자들은 많은 것을 알고 있습
니다. 반대로 제가 아는 것은 제한되어 있지요. 그런 만큼 제
가 어떻게 생각하고 행동해도 음모의 주재자들 손바닥 위에
서 노는 셈이 아닐까요? 마치 상대는 저의 패를 다 보는데 저
는 못 보는 것처럼 말입니다."

모라는 미소 띤 얼굴로 살짝 고개를 끄덕였다. 디온의 판단
이 옳다는 뜻이다.

"그래요. 이 일에 관련해서 음모를 꾸밀 수준의 존재라면
디온님이 어떤 결정을 내리든 상관없이 자신들의 목적을 달
성할 정도의 능력이 있어요."

"그래서 저한테 생각하지 말고 그냥 마음이 끌리는 대로 정하라고 하신 건가요? 어차피 지는 게임이란 의미로?"

"그건 아니죠. 의외로 디온님이 가진 것도 적지 않고 이길 가능성이 없는 것도 아니에요."

"모라님은 그 방법을 알고 계시겠군요."

"솔직히 말씀드리자면, 저는 알고 있어요. 하지만 그걸 디온님께 말씀드릴 수는 없어요."

"그럴 거라 생각했습니다. 그래서 저는 다른 질문을 하려고 합니다."

"예."

"모라님이나 음모를 꾸미는 자들 말고 저에게 모든 것을 알려줄 수 있는 존재가 있나요? 대답을 해줄 만한 존재 말입니다."

"그런 존재가 있다면 직접 가서 물어보시게요?"

"그래요. 전 모든 것을 알고 싶어요. 그래야 어떻게 대응할지 제대로 판단할 수 있으니까요."

디온의 단호한 말투와 진지한 눈빛은 그의 결심이 굳다는 것을 대변하고 있었다. 모라는 잠시 디온을 바라보다가 천천히 고개를 끄덕였다.

"좋아요. 디온님이 그렇게 판단하셨고, 제가 대답할 수 있는 질문을 하셨어요. 그러니 대답해 드리지요."

모라는 몸을 일으켜 안쪽으로 들어갔다. 그리고 조금 있으니 두 손에 하나의 검을 받쳐 들고 나왔다.

전체적으로 약간 커서 한 손으로 휘두르기엔 쉽지 않을 정도였는데 검 자루는 파란 빛을 띠고 손잡이 부분은 은처럼 약간 광택이 있는 하얀색이었다.

모라는 검을 조심스럽게 테이블 위에 놓았다.

"지금부터 디온님이 진실을 알기 위해 만나야 하는 분은 보통 사람은 절대로 갈 수 없는 장소에 있어요. 하지만 이 검을 가지고 가면 그곳에 들어갈 수 있을 거예요."

"열쇠의 역할을 하는 검인가요?"

"열쇠라기보다는 신분증명서 같은 거예요. 보통 사람은 이 검을 만지지도 못하지만 디온님은 괜찮으니 가지고 가세요. 하지만 절대 다른 사람이 만지지 못하게 해야 합니다."

모라는 아주 진지하게 주의를 주었다.

"일단 누군가 검을 만지면 그 사람이 죽을지 살지는 오직 검의 기분에 달렸어요. 살 가능성은 만의 하나 정도겠지만요."

"무서운 검이군요."

"자존심이 아주 강해요."

"알겠습니다. 다른 사람은 못 만지게 주의하죠."

디온은 대답을 하면서 손을 뻗어 검을 손에 쥐려고 했다. 그런데 모라가 급히 디온의 손목을 잡아 막았다.

"그리고 또 한 가지. 디온님은 이 검 이외에 어떤 검도 몸에 지니시면 안 돼요. 다른 검을 지니시면 즉시 못 쓰게 변해버릴 거예요."

모라는 눈짓으로 디온이 지니고 있는 마신기 틸리아를 가리켰다.

"그건 제가 보관하고 있을게요. 이리 주세요."

"저, 이거 마신긴데요. 아무리 그 검이 강하다고 해도 마신기를 못 쓰게 만들 수가 있을까요? 반대라면 몰라도."

디온은 틸리아를 놔두고 가기 싫었다.

딱히 모라를 못 믿어서가 아니다. 그동안 틸리아의 조언과 마법은 디온에게 상당한 도움이 되었다. 급하면 마왕의 힘을 쓸 수 있는 매개체이기도 하기에 틸리아가 없으면 아무래도 불안했다.

모라가 내민 검이 아무리 강력해도 틸리아보다 더 쓸모가 있을 것 같지도 않고, 틸리아를 못 쓰게 만들 수는 더더욱 없을 것 같았다.

마신기 틸리아. 물질계에 이걸 부술 수 있는 건 없다고 들었는데 다른 검의 질투 따위에 못 쓰게 될 리가 있나?

그게 디온의 생각이었다.

그러나 모라는 그게 아니라는 듯이 고개를 살짝 저었다.

"확실히 디온님의 검은 굉장한 아티팩트예요. 마신기라는 명칭이 말해주죠. 그러나 이 검은 마신기와는 비교도 안 되는 명칭이 있어요."

"마신기보다 더한 명칭이 있다고요?"

"예, 천족과 마족 중 이 검을 알고 있는 자들은 입에 올리기조차 두려워하는 명칭이에요."

모라는 호기심에 가득 찬 디온의 눈을 직시하며 말을 이었다.

"이 검은 살신기라고 불려요."

"살… 신… 기!"

"그래서 마신기는 오히려 더 위험해요. 신의 힘의 일부가 변한 검인만큼 살신기가 만에 하나뿐인 자비조차 절대로 베풀지 않을 테니까요."

"그렇군요."

납득을 한 디온은 틸리아를 모라에게 넘기고 살신기라고 불리는 검을 쥐었다.

틸리아는 디온의 손을 떠나기 싫은 듯 우웅거렸지만 모라에게 넘어간 이후로는 잠잠해졌다. 살신기는 전혀 반응을 보이지 않았다.

모라는 틸리아를 한쪽에 내려놓으며 말했다.

"혹시 모르니 검을 한번 뽑아보시겠어요?"

"예."

디온은 살신기를 두 손으로 잡고 뽑으려 했다. 그러나 검과 검집이 하나인 것처럼 꿈쩍도 하지 않았다.

"안 뽑히는데요?"

"그러네요. 살신기는 스스로 인정한 주인에게만 자신을 뽑을 수 있게 허락해요. 디온님은 주인이 아니라는 거죠."

"하하하, 하긴 제가 이 검을 뽑을 수 있어도 신을 죽일 수 있는 능력은 발휘할 수 없을 테니까요."

"뽑을 수만 있다면 가능할 거예요. 어쨌든 그걸 지닌 채 마탑의 공간미로감옥에 뛰어들면 디온님이 원하시는 존재를 만날 수 있을 거예요."

"마탑의 공간미로감옥! 거길 그냥 뛰어들란 말씀이신가요?"

마탑의 공간미로감옥은 대책없이 뛰어들면 영원히 그 안에서 나오지 못한다고 알려져 있다. 그래서 들어가기 전에 특유의 소환 주문을 알고 있는 마탑의 고위 마법사의 허락을 받고 등록을 해야 한다. 미리 등록을 하지 않으면 소환도 안 되는 특이한 아공간인 것이다.

디온은 모라의 옆에 세워져 있는 틸리아를 보았다. 틸리아만 있으면 게이트를 열 수 있으니 아공간 감옥에 빠져도 다시 돌아올 수 있다.

하지만 틸리아도 없이 아공간에 갇히면 어떻게 될까? 불사 이외에는 인간의 한계를 벗어나지 못한 디온이다. 진짜 영원히 그 안에서 나오지 못하고 헤매게 될 가능성이 크다.

거기까지 생각한 디온은 새로운 사실을 깨달았다.

"그러고 보니 제가 그렇게 사라지는 것도 한 가지 방법일 수 있겠네요.”

디온의 말에 모라는 무슨 뜻인지 이해를 못하고 눈을 두어 번 깜박인 후 피식 웃었다.

“호호호, 설마 제가 디온님을 아공간에 봉인하려 하겠어요? 디온님은 이미 그곳에 등록이 되어 있어요. 더군다나 다른 마법사의 도움이 없어도 그냥 나올 수 있고요.”

“소환 주문이 없어도 나올 수 있다고요?”

“마탑의 공간미로감옥은 제 제자가 만든 거예요. 그가 처음 감옥을 만들 때 저와 디온님, 본인, 그리고 마탑의 탑주는 스스로 나올 수 있게 아크 마스터 등록을 해놨어요.”

“제자분이 만드셨다고요?”

마탑의 공간미로감옥은 마탑이 처음 생길 때부터 있었다고 했다. 마탑의 역사는 수천 년이나 된다.

그렇다면!

그제야 디온은 모라가 인간이 아니라는 것을 깨달았다. 사실은 이미 전부터 어렴풋이 짐작은 했지만 확신은 할 수 없었다.

전생의 부인이었다고 하니 백 년 정도는 살았을지도 모른다는 생각도 했다. 그런데 수천 년이나 살아온 존재라면 무한한 정신력을 지닌 드래곤 아니면 천족, 마족밖에는 없다. 엘프도 천 년 이상은 살지 못한다.

“저… 혹시 저도 전생에 천족이나 마족이었나요?”

“아니요. 디온님은 계속 인간이셨어요. 한 번도 인간 이외의 존재로 전생한 적이 없어요. 반마왕이라니, 저도 이번엔 상당히 놀랐거든요.”

“그렇군요.”

“예, 아무튼 디온님은 공간미로감옥에서 언제든지 나올 수 있으니 염려 마세요. 하지만 감옥이 있는 곳까지 가려면 마탑의 고위 마법사의 허락이 필요하니 그건 알아서 해결하셔야 해요.”

“알겠습니다. 참, 그런데 안에 갇힌 사람을 데리고 나올 수는 없나요?”

“가능은 해요. 단지 찾는 게 문제겠지요. 공간미로감옥 안에서 정신을 집중하면 다른 사람의 기척을 느낄 수 있어요. 기척을 쫓아가면 갇혀 있는 사람들을 만나게 되는데, 단지 문제가 되는 건 그렇게 만난 사람이 찾으려는 사람이라고는 장담할 수 없어요. 더군다나 상대가 이미 정신이 붕괴되어 있는 경우라면 문답무용으로 공격을 해올 수도 있어요.”

공간미로감옥의 내부는 너무나도 넓다고 모라는 설명했다. 이 대륙 전체 정도의 넓이이고, 그게 전부다 미로로 되어 있기에 무섭다는 것이다.

“그건 좀 곤란하군요. 알겠습니다. 일단 마탑으로 가보도록 하죠.”

디온이 자리에서 일어나자 모라도 같이 일어나며 말했다.

“그럼 저는 전쟁을 막아야겠네요.”

“부탁드립니다.”

“그리고 혹시 모르니 아까 소개시켜 드린 포포르 양을 데리고 가세요.”

“포포르 양을요?”

목숨을 걸고 마탑에 가는데 어린 여자 아이를 데리고 가라니? 디온은 무슨 소리냐는 눈으로 모라를 보았다.

“포포르 양은 나이는 어리지만 마법사예요. 또한 그녀의 할아버지로부터 몇 가지 마법 아이템을 받은 게 있어서 여러 모로 도움이 될 거예요.”

“하지만 위험할지도 모르는데…….”

“마법사는 스스로를 지킬 수 있는 수단이 많아요. 아마 디온님이 걱정하지 않으셔도 될 거예요.”

모라는 그래도 디온이 내키지 않는 표정을 짓고 있자 다시 말했다.

“마탑에 들어가는 데에는 마법사의 도움이 필요해요. 포포르 양이라면 도울 수 있을 거예요.”

“그렇게까지 말씀하시니 같이 가겠습니다.”

“잘 생각하셨어요. 이미 포포르 양에게 말을 해놓았으니 잔심부름도 시키시고 편하게 대하세요.”

“예.”

디온이 대답하자 모라는 테이블 아래에서 작은 방울을 하나 꺼내 흔들었다.

띠링 하는 소리가 울리자 곧 포포르가 들어왔다. 어느새 여행복으로 갈아입고 등에도 붉은색의 작은 배낭을 메고 있는 것이 미리 준비를 하고 기다린 듯했다.

"부르셨어요, 모라님?"

"응, 전에 말한 대로 디온님께 널 부탁하기로 했어. 같이 가서 최대한 도와드리도록 해."

"알겠어요."

"특별히 부탁드려서 맡아주시기로 한 거니까 조신하게 잘 행동해야 한다."

모라의 타이르는 말에 포포르는 속으로 온갖 욕을 다 했지만 그걸 겉으로 드러낼 수는 없었다.

"염려 마세요. 말 잘 들을게요."

"그럼 디온님."

"예, 예, 포포르 양. 잘 부탁할게."

"저야말로 잘 부탁드립니다."

인사를 끝낸 디온은 모라와 작별 인사를 하고 가게를 나가려다가 문득 생각이 나서 다시 모라를 보았다.

"그런데 라블은 어디 갔나요? 인사를 하고 싶은데요."

"라블에게는 심부름을 시켰어요. 좀 시간이 걸리는 일이라 아마 디온님이 다시 돌아오실 때까지는 가게에 없을 거예요."

"다음에 봐야겠네요. 그럼 모라님, 다녀오겠습니다."

"잠시만요. 마지막으로 이걸 드릴게요."

모라는 인사를 하고 떠나려는 디온에게 책 하나를 건넸다. 갈색의 가죽으로 된 커버에 은색으로 '그랜드 마스터의 실전 기술' 이라고 쓰여 있는 책자였다.

디온은 책자를 받으면서 물었다.

"이건 뭔가요?"

"전생에 디온님께서 가지고 계시던 검법서예요. 아직 디온 님이 이걸 다 이해하기는 힘들겠지만 한번 읽어보세요. 도움 이 될 거예요."

"전생의 제가 지녔던 검법서라고요? 음, 저는 전생에도 검 사였나 보군요."

"세상에서 제일 강한 검사였다고 말씀 안 드렸던가요? 아 무튼 마스터 이상의 경지에 오른 존재가 사용할 수 있는 기술 이 정리되어 있으니 보다 보면 깨닫는 게 있을지도 몰라요."

"고맙습니다."

디온이 책을 품속에 넣자 모라는 미소를 지었다.

아득히 먼 옛날, 그녀는 이걸 디온의 전생체에게 주었다. 선물로 준 게 아니고 단순히 시험을 해보려는 의도였는데, 디 온의 전생체는 순식간에 모든 것을 익혀 버렸다.

이번에는 선물로 준 셈인데, 과연 이 남자가 얼마나 깨달을 수 있을까 하는 기대감이 생겼다.

"그럼 이제 가보세요. 디온님의 앞길에 항상 축복이 깃들기를 기원할게요."

"감사합니다. 모라님께도 항상 즐거운 일이 가득하기를."

디온은 포포르와 함께 떠났다. 도시 외곽으로 가서 마차를 구해 여행을 떠날 것이다.

모라는 디온이 길모퉁이를 돌아 사라질 때까지 서서 배웅했다. 그러다가 문득 생각이 난 듯 손으로 입술을 살짝 가리며 중얼거렸다.

"아, 나도 모르게 축복을 해버렸네. 뭐, 상관없겠지, 그 정도는?"

말로는 태연하게 상관없을 거라고 했지만 사실은 엄청난 결과가 일어날 수도 있다는 것을 모라는 알고 있었다. 그녀의 노골적인 축복은 사람의 운명을 바꾸고 기적을 일으킬 수 있는 힘이 된다. 어쩌면 대륙의 운명까지도.

그래도 모라는 신경 쓰지 않기로 했다. 마지막 시험을 위해 떠나는 디온에게 보이지 않는 하나의 힘이 되어줄 수 있다면 대륙의 운명 따위는 어떻게 되어도 좋았다.

모라는 다시 안으로 들어갔다.

손수 홍차를 타서 소파에 앉은 모라는 여유롭게 차를 마시고는 품속에서 얇은 책과 펜을 꺼내놓았다. 그러자 펜은 저절로 떠올라 책 안에 대고 글을 쓰기 시작했다.

책의 겉표지에는 디온의 일생이라는 제목이 붙어 있었다.

모라는 지켜보는 자로서 디온의 모든 것을 기록하는 취미 생활을 즐기는 중이다.

"호호호, 디온님이 토베 왕국을 떠나 이곳으로 왔으니 그놈들이 리네 양을 폭주시킬 방법이 사라진 셈인가? 역시 운명은 재미있어."

모라는 웃음을 참을 수 없었다.

원래 그들이 원하는 시나리오는 디온이 전쟁에 휘말려 다른 마족들과 함께 힘을 쓰고, 그걸 리네가 보고 말리기 위해 천신기의 힘을 극한까지 사용하는 것이다.

그런데 가장 중요한 순간에 디온이 갑자기 이쪽으로 와버렸다. 음모를 꾸미던 자들에게는 그야말로 마른하늘에 날벼락 같은 일이라 할 수 있겠다.

"이제 그자들이 할 수 있는 일은 전쟁을 일으켜 대륙 남부를 황폐화시키는 것. 그리고 그걸 레이어스 제국의 음모로 몰아붙여 레이어스 제국에 전쟁을 일으키는 것인가?"

모라는 차분하게 상황을 정리했다. 모든 것을 아는 존재는 그녀에게 있어서 종말의 음모 따위는 동네 아이들의 장난과 크게 다를 바가 없다.

전쟁이 벌어지면 디온은 어쩔 수 없이 마왕의 힘을 쓰기 시작할 터이다. 아무리 냉정하려 해도 조국과 모친의 위기를 눈 뜨고 지켜볼 수는 없을 테니까.

그다음에는 역시 리네가 디온을 말리기 위해 천신기의 힘을 끌어내게 된다. 어떻게든 그들은 리네를, 아니, 리네의 천신기를 물질계에 완전 동화시키려는 속셈이다.

"부탁을 받았으니 전쟁을 막아야겠지?"

먼저 도와주는 건 안 된다. 하지만 디온이 직접 대놓고 부탁을 한 이상, 어느 정도의 도움을 줄 수 있다.

관망하는 것이 모라의 역할이지만 그쪽이 먼저 부탁을 하면 관망자의 굴레를 벗어날 수가 있는 것이다. 물론 그에 따라 일어나는 모든 업보, 카르마는 모라의 책임이지만 그 정도는 충분히 감당할 수가 있다. 물질계가 통째로 날아가는 일이 벌어져도 모라는 피할 방법이 있는 것이다.

기록을 마친 모라는 머리에 매고 있던 녹색의 리본을 풀어 바닥에 내려놓았다.

이 리본은 모라가 아주 옛날부터 애용하던 변신의 리본으로 착용자를 무슨 생물이든 변하게 한다. 하지만 지금은 리본도 강화되어 스스로 변신을 하게 되었다.

스르륵.

리본이 저절로 떠올라 디온이 놓고 간 틸리아를 둘둘 감으며 뭉치더니 하나의 새가 되었다.

작지만 빠르기로는 대륙 제일이라는 썬더이글이다.

모라는 주먹만 한 구슬을 꺼내 썬더이글에게 건네며 명했다.

"이걸 토베 왕국에 대치하고 있는 양군의 사이에 떨구렴.

그리고 투투에게 내 말을 전하고.”

뺘우웅.

썬더이글은 발톱으로 구슬을 움켜쥐고 하늘로 날아올랐다. 이름처럼 노란 섬광을 남기고 구름 속으로 사라지는 데 거의 눈 깜박할 시간밖에 걸리지 않았다.

그 길로 썬더이글은 잠시도 멈추지 않고 하늘을 날아 삼 일 후에는 토베 왕국에 도착할 수 있었다.

흑왕군과 연합군은 이미 몇 번이나 전투를 벌인 듯 성벽 주변에 적지 않은 시체가 있었다. 연합군이 진을 형성하고 다시 공격 준비를 하는 중인 것 같았다.

썬더이글은 수도의 방어 성벽과 연합군의 진세 중간에 구슬을 떨어뜨렸다.

휘잉, 퍽.

구슬은 땅에 떨어지자 유리처럼 산산이 깨어졌다. 그리고 안에서 검은 안개가 확 하고 퍼져 나갔다.

순식간에 안개는 사방으로 퍼졌고, 위로도 차올라 성벽을 넘을 정도가 되었다.

“저건 뭐지?”

병사들이 동요하자 마법사들은 역풍 마법으로 안개를 밀어내려 했다. 그런데 아무리 강한 바람을 일으켜도 안개는 전혀 영향을 받지 않고 곧 연합군의 병사들을 덮어버렸다.

“이거 마법적인 안개야!”

"혹시 독이 있는 건가?"

"피해야 해."

병사들은 필사적으로 안개로부터 벗어나려 했다. 그러나 안개가 퍼지는 속도는 말이 전력으로 달리는 것보다 빠르다.

그사이 썬더이글은 흑왕이 있는 왕성 안으로 날아갔다.

흑왕 투투와 백왕 라이번은 이 예기치 못한 사태에 대한 보고를 받고 왕성의 위쪽으로 가서 직접 상황을 살펴보려 하고 있었다.

뿌우우!

썬더이글은 투투를 발견하고는 크게 울부짖으며 일직선으로 내려갔다.

"투투, 뭐냐?"

투투는 마치 자신을 공격하려는 듯한 기세로 쏘아져 오는 썬더이글을 노려보았다. 하지만 썬더이글은 투투의 머리 위쪽에서 한 바퀴 선회를 하고는 옆쪽에 내려앉았다. 그리고는 사람의 목소리로 말을 했다.

"디온님의 뜻으로 전쟁을 말리러 왔다. 지금 밖에 퍼지고 있는 안개는 시야를 모두 막을 뿐 아니라 일체의 탐색 마법을 튕겨내는 성질이 있다. 투투는 모든 부하들과 함께 안개 속에 숨어 이곳을 벗어나라."

"투투, 우리보고 도망가라고?"

투투의 사전에 도망이나 후퇴는 없다.

뜬금없이 날아온 새가 마음에 내키지 않는 명령을 내리자 기분이 나쁜 듯 인상을 찡그렸다. 그러나 옆에 있던 백왕 라이번이 썬더이글에게 물었다.

"실례지만 그대가 디온님의 뜻으로 이곳에 온 걸 우리가 어떻게 믿을 수 있겠소?"

썬더이글은 뿌웅 하고 한 번 울고는 입을 크게 벌렸다. 그러자 안으로부터 하나의 검이 튀어나왔다. 바로 틸리아였다.

라이번은 단번에 틸리아를 알아보았다.

"디온님의 검이군. 과연 틀림없군. 흑왕, 아무래도 이 새의 말을 따르는 게 좋겠소."

"투투, 디온님의 명은 무조건 따른다."

"히히히힝."

투투도 렉스도 틸리아를 본 이후로는 전혀 불만을 표시하지 않았다. 그들은 즉시 전군에 명령을 내려 각 부대별로 밧줄로 서로의 몸을 묶어 연결하게 했다.

썬더이글은 말했다.

"길 안내는 내가 한다."

"투투, 그래라."

투투는 자기 눈으로도 검은 안개 안을 들여다볼 수 없다는 점에 상당히 놀라했다.

이미 지평선 끝까지 안개가 덮여 있어 수도 방어 성채 바깥쪽은 안개 이외에는 아무것도 보이지 않게 되었다. 안개가 성벽을 넘어 들어오면서 성벽 쪽도 서서히 잠기는 상황이다.

이 정도 넓이로 안개가 퍼지는 것만 해도 대단한데, 그게 마족의 시야마저 가릴 정도의 마력을 지니고 있다면 이건 인간이 한 짓이라고 보기 어렵다.

그리고 바로 앞에 있는 썬더이글만 해도 순수한 생명체는 아닌데 마치 살아 있는 것처럼 움직인다. 렉스도 그 점이 이상하다고 말했다. 마족의 상식으로도 이해하기 어려운 신비한 일이다.

어쨌든 흑왕의 군대는 모두 밧줄로 연결하여 하나가 되었다. 시간이 많지 않아 챙길 것도 제대로 챙기지 못했다.

빠져나갈 병사들을 정렬시키는 데에만 몇 시간이 걸렸다.

그사이 연합군 측은 완전한 혼란 상태에 빠졌다.

한 치 앞도 보기 어려운 검은 안개 속에 갇힌 병사들은 주변에 있는 동료들의 손을 잡고 웅크리고 벌벌 떨기만 했다. 다행히도 소리만큼은 어느 정도 퍼지기 때문에 주변에 있는 사람을 찾는 건 어렵지 않았다.

지휘관들은 거의 더듬다시피 회의실로 모였다. 앞은 보이지 않지만 목소리만으로 긴급 회의를 열었다.

"혹시 이게 흑왕의 짓이라면 우리는 죽음을 각오해야 할 것이오."

만약 흑왕의 병사들이 안개 속에서 자유롭게 볼 수 있다면 연합군은 일방적으로 당할 수밖에 없다. 연합군 지휘관들은 등에 칼이 겨누어지고 있는 심정이었다. 그들은 불안한 눈으로 마지막 희망인 구파를 쳐다보았다.

"구파 노사께서는 대처할 방법이 없으십니까?"

"없소. 믿을 수 없지만 이 안개는 내가 걸어놓은 마법을 모두 해체시켰소. 뿐만 아니라 새로 마법을 쓰는 데에도 평소보다 몇 배나 큰 마나가 소모되오. 아마 하급 마법사들은 마법을 쓸 수도 없을 것이오."

"으으, 마족의 힘이 이 정도란 말인가?"

아크메이지인 구파조차 손쓸 방법이 없다고 선언하자 연합군의 지휘관들은 절망에 빠졌다. 사방에서 구원을 청하는 병사들의 소리가 그들의 귀를 통해 들어와 머리를 어지럽게 했다. 거의 이성을 잃을 지경이다.

그때, 그나마 냉정한 도도리아 후작이 말했다.

"일단 후퇴를 해서 군을 재정비합시다. 통제가 안 되는 상황에서 기습이라도 받으면 승산을 점치기 어렵소."

"어떻게 후퇴를 하자는 거지요?"

"안개가 시야는 가려도 소리는 들리니 무조건 남쪽으로 후퇴하라고 명령을 내리면 되지 않겠소?"

"그게 좋겠구려. 지금 가장 급한 건 이 안개 밖으로 물러나는 거요."

"찬성이오."

만장일치로 후퇴가 결정되었다. 그들의 목소리에는 이미 전의라고는 눈곱만큼도 보이지 않았다.

만약 이 안개를 무사히 빠져나갈 수 있다면 그대로 자국의 병사들을 이끌고 귀국하리라고 마음속으로 결정짓고 있었다.

평야 전체가 검은 안개로 덮였다. 이것이 흑왕의 짓이라고 생각하니 마족에게 칼을 들이댄 것이 무척이나 후회가 되었다.

구파도 반대는 하지 않았다. 그러나 찬성을 할 수도 없었다.

그의 임무는 때가 되었을 때 연합군이 흑왕의 군대와 정면으로 격돌하여 투투가 마족의 힘을 써서 연합군을 괴멸 상태로 몰아가도록 하는 것이다.

그런데 흑왕 투투라는 자는 피를 흘리며 싸우지 않고 검은 안개로써 연합군을 공포에 빠뜨려 버렸다. 이것으로 연합군은 상급 마족의 힘을 뼈저리게 느끼고 전의를 잃어버리게 되었다.

'믿을 수 없군. 조사에 의하면 흑왕이라는 자는 단순무식해서 절대 이런 식으로 싸우지 않고 이기는 수법을 쓰지 않는다고 했는데.'

어쨌거나 지금은 구파도 조금이라도 빨리 검은 안개에서 벗어나고 싶었다. 마법사에게 있어 마법이 제한되는 공간에 머무는 것은 미친 짓이나 다름없다. 하물며 공간사유화도 통하지 않는 안개라니!

지금 흑왕이 나타나면 도망도 못 가고 죽을 가능성이 크다.

"결정되었으면 빨리 시행합시다."

"그럽시다."

지휘관들도 흑왕이 나타나기 전에 도망가야 한다고 판단한 듯 즉시 움직이기 시작했다. 그들은 회의실을 벗어나자마자 측근들로 하여금 사방으로 소리를 지르게 했다.

"남쪽이다! 남쪽으로 이동하라!"

"어디가 남쪽인지 모르면 가만히 서 있다가 다른 사람이 다가오면 같이 이동하라!"

"정신을 똑바로 차려라! 당황하지 않고 모두 뭉쳐서 이동하면 검은 안개로부터 벗어날 수 있다!"

참모진들이 외치는 소리에 병사들이 서서히 안정을 되찾고 명령에 따라 이동했다. 그들은 자신들이 움직이는 쪽이 남쪽인지 북쪽인지 구분할 수 없었지만, 일단 조심스럽게 이동하면서 점점 주변 병사들과 뭉쳤다.

＊　　　＊　　　＊

백왕 라이번은 연합군이 외치는 소리를 듣고는 흑왕 투투에게 말했다.

“잘됐군. 저들이 남쪽으로 이동한다면 우리는 북쪽으로 갑시다. 그러면 서로 싸울 일이 없을 것이오.”

“투투, 북쪽으로 이동한다.”

뿌우웅!

투투가 말하자 썬더이글이 한 번 크게 울더니 투투의 어깨 위에 올라탔다. 그러자 신기하게도 투투는 안개를 뚫고 앞을 볼 수 있게 되었다.

“투투, 다 보인다.”

뿌우웅!

썬더이글은 북쪽을 부리로 가리켰다. 어서 가자고 재촉하는 듯했다.

“투투, 근데 너 이제 사람 말 안 하냐?”

투투가 썬더이글에게 묻자 썬더이글은 시큰둥하게 대답했다.

“새가 사람 말 자주 하면 성대 상한다. 자꾸 말 시키지 마라.”

“투투, 그러냐?”

투투는 더 이상 썬더이글에게 말을 걸지 않고 묵묵히 걸음을 옮겼다. 라이번은 병사들에게 명령해 투투의 뒤를 따르도록 했다.

가끔씩 연합군 소속의 병사들이 고립되어 서 있는 모습이 보였지만 투투는 그들을 무시하고 아무도 없는 곳으로 병사들을 이동시켰다.

그렇게 검은 안개가 대지를 덮은 가운데 흑왕의 군대와 연합군은 서로 싸우지 않고 남과 북으로 각각 이동했다.

*   *   *

불칸은 산 위에서 평야를 덮고 있는 검은 안개를 보고 있었다.

"으으, 나의 힘으로도 꿰뚫어 볼 수 없다니!"

불칸은 산을 넘어 연합군 쪽으로 가려다가 평야에 안개가 깔려 있는 것을 보았다. 범상치 않은 마법적 힘이라고 느낀 불칸은 지니고 있던 스크롤을 사용하여 스스로에게 진실의 시야를 걸었다.

진실의 시야는 모든 환각 마법을 무시하고 진실로 존재하는 실상만을 볼 수 있게 하는 마법이다.

순식간에 평야 전체로 퍼지는 검은 안개가 환상이라고 판단한 불칸이었다. 그러나 여전히 검은 안개는 존재했다.

불칸은 당황하지 않고 투시 스크롤을 사용했다. 벽도 꿰뚫어 보는 마법이니 안개 정도는 문제가 되지 않을 거라고 확신했다.

그런데 투시 마법을 사용해도 안개 속이 보이지 않았다. 고개를 돌려 옆을 보니 나무들이 투명하게 변해 뒤에 있는 벌레들이 보인다.

불칸은 수정구를 꺼내 구파와 연결을 하려 해보았다. 하지만 전혀 연결이 되지 않았다. 저 안개 속으로는 텔레파시 마법도 통하지 않는 것이다.

황당했다. 이건 상식적으로 말이 안 되는 현상이다.

몇 백 년을 전생하면서 이 세상의 신비로운 힘의 대부분을 알게 되었다고 생각했는데, 이 안개만큼은 어떤 건지 전혀 설명을 할 수가 없다.

불칸은 경거망동하지 않고 그 자리에 서서 평야의 안개가 걷히기를 기다렸다.

그러나 하루가 꼬박 지나도 안개는 여전히 사라지지 않았다.

불칸은 슬슬 구파가 걱정되기 시작했다. 무슨 일이 있어도 가능하면 새로운 전생자로 지정된 구파는 살리고 싶었다.

"직접 들어가 봐야 하나?"

알 수 없는 현상 속으로 들어가는 건 위험을 각오한 행위다. 하지만 최악의 경우 죽어도 불칸에게는 큰 문제가 되지 않는다. 곧 다시 태어날 테니까.

단지 디온을 죽이지 못하고 죽으면 기분이 나쁠 것 같았다. 하지만 언제까지나 여기에 서 있기보다는 안으로 들어가서 안개의 비밀을 파헤쳐 보고 싶었다.

불칸이 고민할 때 안개 속으로부터 일단의 병사들이 나타났다. 그들은 앞이 보이자 크게 환호성을 지르며 앞으로 달리기 시작했다. 다시 안개에 삼켜지면 이번에는 영원히 못 빠져나올지도 모른다는 생각에 필사적으로 산을 올랐다.

"잘됐군."

불칸은 그들의 지휘관에게 갔다. 불칸을 발견한 지휘관과 병사들은 놀라서 경계를 했지만 불칸이 연합군 참모의 패를 꺼내 보이자 곧 경계를 풀며 경례를 했다.

"어떻게 된 거요?"

"모르겠습니다. 갑자기 검은 연기가 퍼졌고, 지휘부에서 무조건 남쪽으로 이동하라고 외치는 소리를 들었을 뿐입니다."

"갑자기? 누가 했는지도 모른단 소리군."

"그렇습니다."

"아크메이지 구파님도 아직 안에 계시오?"

"다른 부대의 일은 잘 모르겠습니다. 저희도 빠져나오기 바빠서 말입니다. 저 안에서는 정말 아무것도 보이지 않습니다."

"그렇군."

불칸은 안개 속으로부터 나오는 다른 사람들을 보며 중얼거렸다.

나오는 사람들의 얼굴 표정은 거의 죽음에서 탈출한 것처럼 피곤함 속에 환희로 가득 차 있었다. 그만큼 안개 안에서 불안감이 컸다는 소리다.

　불칸은 다시 몇 명의 사람들에게 사정을 물었다. 모두 처음과 대동소이한 대답을 했다.

　사방이 보이지 않게 되자 불안에 떨다가 지휘관이 남쪽으로 이동하라고 해서 필사적으로 걸었다는 내용이다. 일반 병사들뿐만 아니라 마법사들도 마찬가지다. 단지 그들은 마법의 사용도 불가능했다는 이야기를 더했다.

　불칸은 조용히 구파가 나오길 기다렸다. 구파라면 또 다른 단서가 있을 것 같았다.

　한참을 기다리니 구파가 도도리안 후작과 같이 안개 속으로부터 걸어나왔다.

　구파는 안개로부터 나오자마자 불칸의 존재를 인식하고는 얼른 달려왔다.

　"스승님을 뵙습니다."

　"주변에 보는 눈이 많으니 인사를 할 필요는 없다. 어떻게 된 거냐?"

　"알 수 없습니다. 보시는 대로 평야 전체를 검은 안개가 뒤덮었는데, 대응할 방법이 없었습니다. 허락하신다면 제가 스승님께 묻고 싶습니다. 이게 상급 마족의 힘입니까?"

　"그럴지도 모른다. 하지만 내가 아는 한 흑왕은 아니다. 흑왕의 힘은 파괴에 치중되어 있으니까."

　"그렇다면 또 다른 상급 마족이 나타났단 말입니까?"

"어쩌면 디온의 힘일지도 모른다."

"디온의 힘이 이 정도란 말입니까?"

"제대로 각성을 한다면 충분히 가능하겠지. 어쨌거나 그는 마왕이니까. 으음."

불칸은 고민을 했다. 정말 디온이 인간의 길을 포기하고 마왕으로 각성한 것일까? 분명히 며칠 전까지는 인간이었다. 그리고 완전히 마왕이 되었다면 신탁이 내려왔을 것이다.

"흑왕의 군세는 움직이지 않았나?"

"안개 속에서는 확인할 방법이 없었습니다. 잠시만 기다려 주십시오. 지금 보겠습니다."

구파는 짧은 마법 시동어를 외쳤다. 그러자 그의 몸이 반투명하게 바뀌면서 세 개로 불어났다.

그리고 세 몸의 가운데에 하얀 구체가 형성되더니 하늘로 쏘아져 날아갔다. 자세히 보면 커다란 눈알처럼 생겼다.

"으음, 성채 안에 흑왕의 군세가 보이지 않습니다."

구파가 신음성을 흘리며 말했다. 일반 시민들은 보이는데 흑왕의 병사들은 한 사람도 보이지 않았다.

구파는 다시 소환된 거대 눈알을 사방으로 날려 흑왕의 병사들 흔적을 찾았다.

잠시 후, 구파는 북쪽 산맥 입구로부터 안개를 빠져나가고 있는 흑왕을 찾을 수 있었다. 그러나 흑왕을 보는 순간 흑왕이 타고 있는 말이 거대 눈알을 보았다. 그러자 눈알이 퍽 하고 터져 버렸다.

"으윽."

마법이 깨지면서 실제로 구파의 눈도 타격을 받았는지 구파는 손으로 눈을 가렸는데, 손가락 사이로 피가 흘러나왔다. 구파는 고통을 참고 불칸에게 말했다.

"흑왕의 군세는 북쪽으로 이동했습니다. 아무래도 그들은 싸움을 피해 물러가려는 모양입니다."

"칫, 역시 그런가? 믿을 수 없군. 싸우기 위해서가 아니라 피하기 위해서 능력을 사용하는 마족이라니."

"디온의 명령이 있었을지도 모릅니다."

"그럴 가능성이 크겠지."

"그럼 이제 어떻게 할까요?"

"성녀 리네의 위치는?"

불칸의 질문에 구파는 눈을 감고 잠시 집중을 하고는 대답했다.

"도착하려면 3일 정도 걸릴 것 같습니다."

"그렇다면 아직 포기할 수는 없다. 연합군의 지휘관들을 설득해서 흑왕의 군대를 추적하라."

"쉽지 않을 것 같습니다. 연합군의 지휘관들은 이미 전의를 상실했습니다."

"이번 기회를 놓치면 다시 성녀를 움직이게 하기 어렵다. 마법으로 현혹을 써서라도 전쟁을 벌여야 한다."

“마법을 써도 된다면 방법은 있습니다.”

마법으로 사람을 현혹시키면 당장은 효과가 크지만 얼마 못 가 들통이 난다. 그러면 구파는 전쟁을 일으킨 주범이 되어 지금까지 내세워 온 대의명분이 모두 사라지고 오히려 음모의 주체가 버린다. 전쟁이 끝난 후에는 모든 왕국이 구파를 죽이려 할 것이다.

하지만 구파는 불칸의 명을 거역하지 않았다. 천하의 악당이 되어 죽어도 된다.

임무만 성공하면!

전생을 할 수만 있다면!

구파는 도도리안 후작과 함께 다른 지휘관들에게 갔다.

얼마 후, 안개를 빠져나온 연합군의 병사들은 순서대로 정렬하여 이동을 시작했다. 처음에 그들은 이 이동이 후퇴를 위한 것으로 생각했지만 시간이 지나자 안개 지대를 빙 둘러 흑왕의 부대를 추적하고 있다는 것을 깨달았다.

사람들은 동요했지만 그들은 왕국의 정식 병사로 오합지졸이 아닌 나름 정예병이다. 지휘관들의 냉혹한 명령에 따라 그들은 죽음을 각오한 얼굴로 행군을 계속했다.

불칸은 그러한 연합군의 행렬 후미에서 묵묵히 따라갔다.

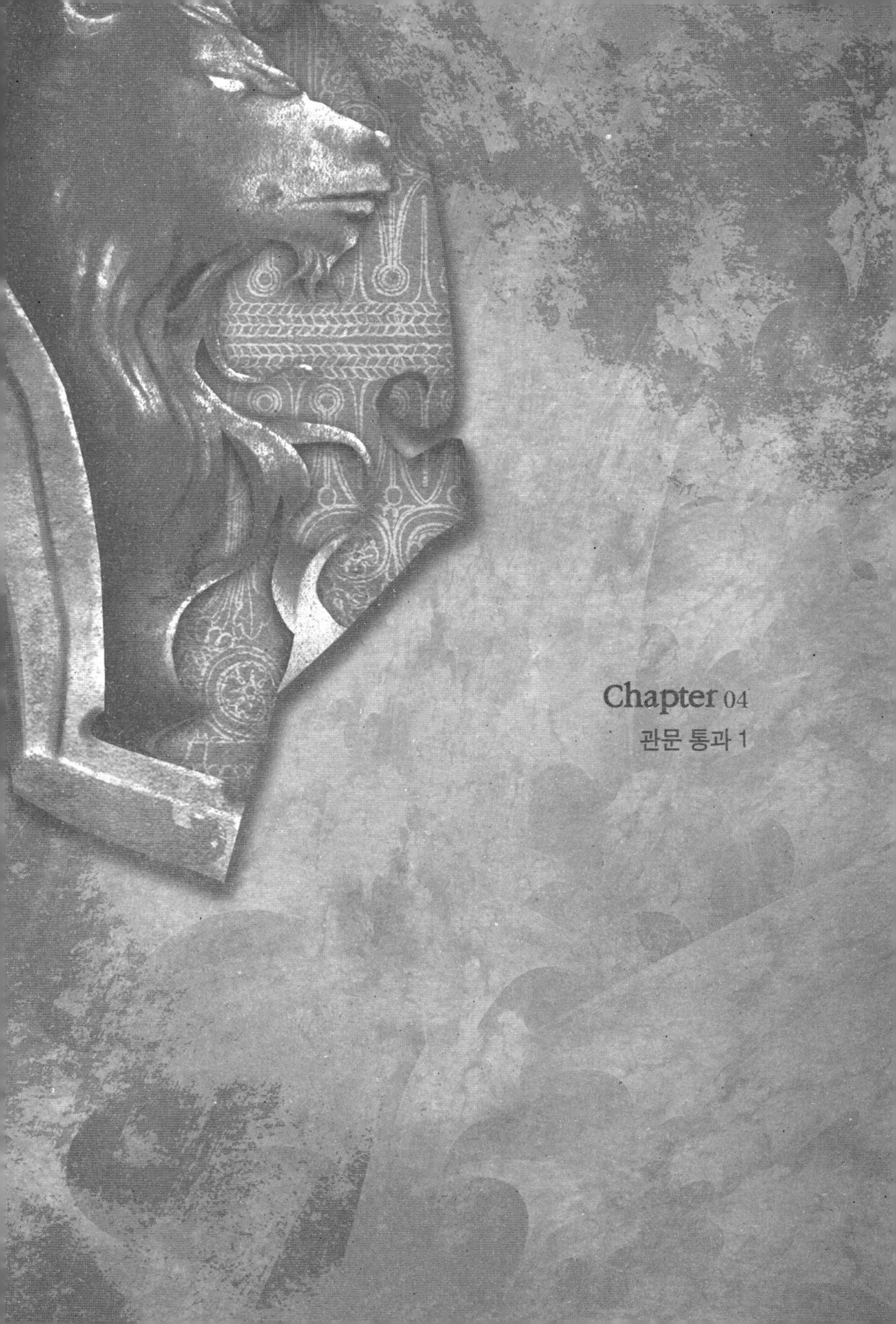
Chapter 04
관문 통과 1

흑사자
마왕

디온은 포포르와 함께 마탑으로 향했다. 처음에는 마차를 빌려 타고 가려고 했지만 포포르는 그럴 필요가 없다고 말하며 등에 진 배낭으로부터 뭔가를 꺼냈다.

그것은 손바닥만 한 두루마리였는데, 펼치는 순간 점점 넓어지면서 사람 서넛이 충분히 앉아 있을 만한 크기로 변했다.

"짜잔, 이게 바로 나는 양탄자예요. 장거리 이동엔 이거보다 좋은 게 없다고요."

"이야, 나는 양탄자? 말로만 들어봤는데 실제로 있었구나."

사람 여럿을 태우고 장시간 날아다니는 아이템은 흔치 않

다. 특히 양탄자와 같이 사람을 고정하는 부분이 없는 물건은
위에 탄 사람을 보호할 수 있는 다른 장치가 되어 있다고 봐
야 한다.

디온은 감탄하며 양탄자 위에 올라가 앉았다.

포포르는 앞쪽에 앉아 더듬이처럼 생긴 두 개의 끈을 잡았
다.

"그럼 갈게요."

휘익, 파라라라!

양탄자 끝이 새가 날갯짓을 하듯 거세게 떨리며 바람을 토
해내는 듯하더니 하늘로 날아올랐다. 신기하게도 디온이 앉
아 있는 부분은 전혀 떨리지 않았고, 바람도 거세게 느껴지지
않았다.

"전에 마법 지팡이를 한 번 타본 적 있는데, 그땐 바람도 거
세고 자꾸 머리가 아래로 돌아가 버려서 고생한 기억이 있어.
그런데 양탄자는 괜찮네."

"지팡이랑 양탄자를 비교하면 곤란하지요. 특히 이건 물질
계에서 제일 뛰어난 양탄자라고요. 배리어가 쳐져 있어 웬만
한 공격 마법은 다 튕기고요. 탑승자가 떨어지지 않게 안전장
치도 있어요. 또 사람이 많으면 크기도 저절로 커지니 쾌적하
게 여행을 할 수 있지요."

"사람이 많으면 양탄자가 저절로 커진다고? 몇 명까지 탈
수 있는데?"

“글쎄요. 500명 정도?”

“헉, 정말 그렇게나 탈 수 있어?”

“오우거 100마리를 태우고 날았다는 기록이 있어요.”

“오우거 100마리? 그 정도면 정말 사람은 500명도 타겠다.”

디온은 연신 감탄했고, 그 모습을 본 포포르는 별것 아니라는 듯 미소를 지었다.

디온에게 이야기는 안 했지만 이 양탄자는 성체가 된 드래곤을 태우고도 날 수 있으니 용적 용량은 거의 무한에 가깝다고 할 수 있다.

‘이 정도면 이 포포르님의 능력을 알아 모시겠지. 난 당신 같은 인간이 부릴 정도로 만만한 드래곤이 아니다 이 말이야. 그러니까 알아서 모시라고.’

포포르는 속으로 중얼거렸다.

아무리 모라의 명이라고 해도 인간의 시중을 드는 것은 드래곤의 자존심이 무척 상하는 일이다. 하물며 조신하게 있다가 정말 하녀처럼 부림을 당한다면 참기 어려울 것이다.

그래서 이렇게 인간이 상상하기 어려운 마법 물품으로 디온을 압도하려 했다.

모르긴 몰라도 디온이란 인간은 포포르가 범상한 신분이 아니라는 것을 눈치챘을 터. 이제부터는 여행의 동료 정도로 지내면 될 것이라고 포포르는 생각했다.

그러나 그건 어디까지나 포포르의 생각이고 디온은 암흑 제국의 황태자이고 본인은 마왕 후보다. 마법의 양탄자가 아무리 훌륭한 마법 물품이라고 해도 디온이 기가 죽을 이유가 없다.

디온이 들고 다니던 검만 해도 세상에 둘도 없는 아티팩트가 아니겠는가. 그저 좋은 양탄자구나 하고 감탄만 했을 뿐 곧 그의 생각은 얼마 후 도착할 마탑에 집중되었다.

'마탑에 신분을 감추고 몰래 들어가는 건 불가능하겠지? 당당하게 내 이름을 밝혀야 하나? 아니야. 지금 분위기를 보면 내 정체가 은근히 알려져 있어. 마탑의 미친 마법사들 중에 나를 연구해 보고 싶어 하는 자가 있을지도 몰라.'

신분을 밝히는 건 별로 좋은 생각이 아닐 것 같은 느낌이 들었다. 마법과 연구에 미친 자들에게 있어 디온의 몸은 세상에서 둘도 없는 보물이나 다름없을 테니까.

'그럼 어떻게 신분을 위조하지?'

고민하던 디온은 포포르를 보았다. 분명히 모라가 마탑에 들어가는 데 마법사인 포포르가 도움이 될 거라고 했다. 디온은 포포르에게 물었다.

"포포르 양, 마탑에 내 신분을 밝히지 않고 들어갈 수 있는 방법이 있을까?"

"그거야 어렵지 않지요. 짜잔."

포포르가 호들갑스럽게 효과음을 내며 꺼내 든 것은 작은 막대기였다.

순간 디온은 리네의 정신봉이 머릿속에 떠올라 움찔했지만 그런 게 또 있을 리 없다고 생각했다.

"그게 뭐니?"

"폴리모프 스틱이에요. 이걸 사용하면 다른 생물로 변할 수 있어요. 거기다가 마법 탐지에 안 걸려요."

"에? 어떻게 마법 탐지에 안 걸릴 수 있지?"

"아주 강력한 변신 마법은 마법 탐지에 안 걸리게 되어 있어요."

"아주 강력한 마법이라……. 뭐 그럴 수도 있겠네."

이론적으로 불가능한 것은 아니다. 물론 그 아주 강력한 변신 마법이라는 게 인간에게는 불가능하다는 걸 쉽게 짐작할 수 있다. 예를 들어 드래곤의 폴리모프 능력은 마법 탐지에 걸리지 않는다고 한다.

'얘도 인간은 아니구나.'

디온은 그냥 납득하기로 했다.

"그럼 이걸로 쥐나 고양이 같은 걸로 변신해서 들어가자는 거구나?"

"그래도 되고요. 아니면 그냥 다른 사람으로 변할 수도 있어요."

"도플갱어처럼 다른 사람과 똑같이 변할 수 있다고?"

이번에는 디온도 놀랐다. 복제와 변신은 전혀 다른 마법이다. 그런데 하나의 마법봉으로 두 가지 마법을 쓸 수 있다고 한다. 그것도 인간의 한계를 벗어난 힘을 발휘하는 마법이다.

'애는 무슨 꺼냈다 하면 특급 아티팩트냐.'

포포르의 의도가 조금은 먹혔다. 디온은 내심 감탄하며 잠시 고민하다 포포르에게 말했다.

"그럼 네가 마법사로 변신하고 난 너의 동료 검사로 행세하면 되겠네."

"헤헷, 그게 좋겠네요."

동료라는 말에 포포르는 두 눈을 반짝이며 폴리모프 스틱으로 자신의 머리를 툭 쳤다. 그러자 포포르의 몸이 하얀 빛을 발하며 변하기 시작했다.

곧 포포르는 중년의 여마법사의 모습이 되었다.

눈가의 팔자주름과 얇은 입술 주변의 잔주름이 완고한 성격을 나타내는 듯했다. 하지만 눈은 붉은 색으로 맑게 빛나고 있어 특이한 매력이 있었다.

"어때요?"

"목소리가 그대론데?"

"아참, 이러면 됐지요?"

디온이 지적하자마자 어린 소녀의 목소리가 허스키하게 변했다. 디온은 고개를 끄덕인 후 말했다.

"그럼 나도 변신시켜 줘. 나이는 포포르 양과 비슷하게 중년이면 될 듯해."

"그러죠."

포포르가 다시 폴리모프 스틱을 휘두르자 곧 디온도 냉막한 표정의 중년 검사의 모습이 되었다. 복장도 저절로 변해 흑갈색으로 칠한 가죽 갑옷이 되었다.

디온은 손으로 가죽 갑옷을 툭툭 두드려 보았다. 질감도 완전히 갑옷의 그것이다.

"이거 실제 갑옷 역할이 돼? 환상이라서 검에 찔리면 그냥 들어가는 건 아니지?"

"실제 갑옷처럼 몸을 방어해 줘요. 뭐하면 아예 전신 갑옷 차림의 기사로 변하실래요?"

"아니, 이게 편하지. 전신 갑옷을 입고 다니는 건 미친 짓이야. 하하하!"

"그럼 가요."

포포르는 당당하게 앞장서서 마탑 쪽으로 걸어갔다. 마치 진짜 숙련된 마녀인 것처럼 턱을 꼿꼿하게 쳐들고 오만한 표정을 짓고 있었다.

마탑의 정문을 지키는 경비병들은 그런 포포르에게 정중하게 인사를 했다. 디온은 조용히 그 뒤를 따랐다.

마탑의 안내소는 바닥과 천정에 거대한 마법진이 그려져 있는데, 선에 따라 은은하게 무지갯빛이 흐르듯이 빛나고 있었다.

포포르가 들어서자 머리를 올백으로 넘긴 창백한 얼굴의

남자가 다가와 물었다.

"무슨 일로 오셨습니까?"

"서쪽 숲의 마녀 포포르예요. 가공된 마정석을 구하러 왔어요."

"정식으로 등록되신 분이신가요?"

"30년 전에 등록했어요."

포포르는 대답을 하며 손목에 새겨진 마탑 소속자의 인증을 보였다. 그러자 상대는 다시 정중하게 인사를 하고 손으로 한쪽에 있는 문을 가리켰다.

"귀환한 자를 환영합니다. 3번 입구로 들어가시지요."

"고마워요."

두 사람은 지시대로 문을 열고 들어갔다. 긴 복도가 앞으로 뻗어 있고, 바닥에는 부드러운 카펫이 깔려 있었다.

포포르는 익숙하게 복도의 갈림길을 이리저리 꺾어 들어갔다. 그러자 포포르의 연구실이라고 쓰인 문이 보였다. 거대한 마수가 새겨진 문이었는데 그들이 다가가자 마수가 눈을 떠서 포포르를 보고는 다시 감았다.

포포르와 디온은 문을 열고 안으로 들어갔다. 중앙에 소파만 놓인 빈 방이었다.

"일단 여기서 하루 정도 있다가 내일 움직여요. 마탑 내의 마나 체커가 외부에서 들어온 자들의 마나를 탐색하거든요. 하루 지나면 탐색 대상에서 제외되니까요."

디온은 포포르에게 감탄한 표정으로 말했다.

"헤에, 포포르 양, 이제 보니 마탑에 와본 적이 있구나?"

"예, 이곳은 물건을 보관하기 딱 좋은 곳이거든요. 그래서 할아버지나 다른 아저씨들도 대부분 마탑 마법사 신분증 하나씩은 파세요."

"하긴, 마탑 마법사들의 연구실에는 도둑이 들어갈 수 없겠지."

"그렇죠. 그래서 다들 연구실을 하나씩 만들어놓고 중요한 물건은 그 안에 보관하는 거예요. 저도 할아버지 소개로 여기 등록했거든요."

포포르가 말을 안 했지만 마탑이 이토록 오랜 세월 동안 힘을 잃지 않고 영향력을 행사할 수 있는 데에는 드래곤의 힘이 컸다.

마탑이 처음 세워졌을 때, 드래곤 중 몇몇이 마탑의 보호 마법 설치에 힘을 보탰는데, 그러면서 그 드래곤들이 자신들의 비밀 공간을 마탑 내부에 만들어 보물이나 마법 무구를 보관했다.

그런데 이 일이 다른 드래곤들에게 알려지면서 드래곤들이 신분을 위장해 마탑 내에 연구실을 만든 후 보물 창고로 사용하는 것이 유행처럼 번지게 되었다.

뿐만 아니라 그렇게 자신의 보물을 감춘 드래곤들이 기존의 마탑 경비 체제에 안심을 하지 못하고 하나둘씩 추가로 방어와 경계 마법을 설치하니, 현재에는 세상에서 가장 무서운 곳 중 하나가 되어버렸다.

이 사실은 마탑의 탑주를 비롯한 고위 마법사들도 전혀 모르는 일인데, 엄밀하게 따지자면 마탑의 진정한 주인은 탑주라기보다는 드래곤로드라고 해야 할지도 모른다.

드래곤로드가 마음만 먹으면 마탑의 탑주를 비롯한 모든 마법사들은 들어오지도 나가지도 못하게 될 것이다.

포포르는 드래곤로드의 손녀로서 이곳의 거의 모든 경비 체제로부터 예외 대상으로 등록이 되어 있다. 오로지 다른 드래곤의 연구실과 공간미로감옥에만 못 들어갈 뿐이다.

디온은 포포르의 말대로 소파에 편하게 앉았다. 포포르가 벽 속에 손을 넣더니 마실 것과 과일을 꺼냈다. 아무래도 사방의 벽은 환상인 듯했다.

"그런데 이 안에서는 감각이 이상하게 꼬이네. 눈으로 보이는 것과 귀로 들리는 것 이외에는 아무것도 느껴지지 않아."

포포르가 어깨를 으쓱하며 대답했다.

"공간이 심하게 왜곡되어 있어요. 한정된 공간에 수백 년 동안 계속해서 연구실을 만드느라 거의 터질 정도로 공간을 겹쳐서 사용하는 중이래요. 여기에 있는 모든 마법이 풀리면 겹쳐진 공간이 급격히 팽창되면서 그 충격파로 아마 왕국 하나 정도는 통째로 날아갈 걸요."

"크, 마탑 자체가 그런 위험한 폭탄과도 같은 장소였단 말
이지?"

"공간미로감옥만 해도 그게 얼마나 넓은지 아무도 몰라요.
다른 세계와도 연결이 되어 있다는 소문이 있다고요."

"그렇구나. 그런데 포포르 양도 공간미로감옥 내부에 대해
서는 잘 몰라?"

"예, 할아버지가 거긴 절대 들어가지 말라고 하셨어요. 일
단 들어가면 안에서는 마법도 못 쓰고 방향 감각이 완전히 사
라지고요. 무슨 일이 일어날지 모른대요."

"으음, 생각보다 위험할 수도 있다는 소리네."

포포르의 이야기를 들어보니 아무래도 그녀가 공간미로감
옥 안까지 따라오는 건 기대하기 어려울 듯하다.

'하긴 공간미로감옥 입구까지 큰일없이 갈 수 있어도 훌륭
하지.'

디온은 공간미로감옥에 혼자 들어가기로 결심했다.

*　　　　*　　　　*

연합군은 죽어라고 흑왕의 군대를 추적했다. 평야의 검은
안개는 며칠이 지난 지금까지 사라지지 않고 있었다.

병사들은 그걸 보며 과연 이 추적이 의미가 있는 것인지,
오히려 잠자는 사자의 코털을 건드리는 행위가 아닌지 걱정

했지만 위로부터 단호한 명령이 내려왔기에 행군을 멈출 수
는 없었다.

그러나 평야가 아닌 산길을 빙 돌아 추적하는 게 쉬울 리
없다. 행군 속도도 느렸다.

그사이 흑왕의 군대는 평야를 가로질러 북쪽 산맥을 넘었
다. 마법사들의 탐색도 거의 걸리지 않을 정도로 거리가 벌어
져 버렸다.

그러나 구파가 만들어내는 초장거리 '탐색의 눈'은 흑왕
의 군대를 놓치지 않았다. 비록 보내는 족족 렉스의 감각에
걸려 터져 버리는 바람에 구파의 눈에서는 피가 마를 날이 없
었지만 그래도 구파는 추적을 포기하지 않았다.

그렇게 며칠을 움직이니 드디어 평야를 완전히 빙 돌아 흑
왕의 군대가 넘어간 북쪽 산맥 기슭에 도착할 수 있었다.

"이제는 되었다. 우리는 정예이고 저놈들은 잡병들이니 같
은 길을 이동한다면 충분히 따라잡을 수 있다."

연합군의 지휘관들은 다 잡은 것처럼 병사들을 선동했다.
병사들도 정규군의 자존심을 걸고 꼭 따라잡고 말겠다고 결
심했다.

구파와 그 제자들의 마법력이 연합군 전체를 뒤흔들고 있
는 상황이다. 인간의 한계를 넘어선 매혹 마법!

구파는 이러한 힘을 발휘하기 위해 그가 가진 모든 마법 강
화 아이템과 비장의 마법진을 모두 사용하고 스스로의 몸에

저주까지 걸었다. 그의 내장은 점점 모래로 바뀌어가고 있었
다. 앞으로 보름만 지나면 심장까지 모래로 변해 가죽만 남아
버릴 것이다.

"보름, 보름이면 충분하다!"

구파는 자신의 임무를 보름 안에 성공시키기로 결심했다.
이렇게 무리를 하지 않아도 어차피 10년밖에 남지 않은 수명
이다. 10년을 투자해서 영원을 얻겠다!

구파의 눈이 집념으로 검게 빛났다.

*　　　*　　　*

다음날, 디온과 포포르는 연구실을 나와 공간미로감옥으
로 향했다. 그러나 그곳은 마탑의 시설 중에서도 가장 중요한
곳 중 하나로 일반 마법사는 접근 허가가 안 나온다고 한다.

"허락 없이 들어가려면 관문을 두 개 정도 뚫어야 해요."

"들키지 않고 갈 수는 없다는 소리군."

"아뇨. 그게 사람이 지키는 게 아니거든요. 제 생각엔 일단
통과만 하면 외부에 알려지지는 않을 거 같아요."

정말 중요한 장소에는 사람이 지키지 않는다. 왜냐하면 이
곳에 침투할 정도의 능력을 가진 존재라면 웬만한 마법사는
현혹을 시킨다거나 하는 방법으로 오히려 이용당해 버릴 가
능성이 크다. 그렇다고 해서 고위 마법사가 항상 지키고 있을

수도 없다.

그래서 진짜 중요한 장소는 가장 강력한 마법진으로 방어할 뿐, 사람은 끼어들지 않는다.

또 마법사들의 자존심상 이렇게 최선을 다해 마련한 방어 장치를 통과할 수 있는 자라면 그곳에 들어갈 자격이 있다는 주장도 있다. 하지만 그만큼 방어 장치가 무섭다는 의미도 된다.

"그거 다행이네. 어서 가자."

디온은 각오를 다지고 걸음을 빠르게 했다. 아무리 강력한 방어 장치라도 뚫을 수 있다는 신념이 그의 눈에서 빛이 되어 흘러나왔다.

*   *   *

리네는 드디어 목표 지점인 토베 왕국의 수도가 보이는 언덕에 도착했다. 그러나 그녀가 볼 수 있는 것은 수도의 성벽이 아니라 평야 전체에 걸쳐 드리워져 있는 검은 안개뿐이다.

"저게 뭐죠?"

리네는 엘미르에게 물었다. 엘미르는 미간을 살짝 찌푸리며 대답했다.

"아주 강력한 마법이야. 믿을 수 없을 정도로."

"평야 전체에 안개를 덮을 수 있는 마법이 있다고요?"

“강력한 드래곤이라면 가능하겠지. 하지만 저건 그 정도가 아니야. 믿을 수 없어.”

엘미르는 안개를 뚫고 안을 볼 수 있다. 그리고 마법에 대해 강력한 권능을 지닌 그녀였기에 안개의 성분과 효능에 대해서도 어느 정도는 파악할 수 있었다.

더군다나 주변의 마나가 요동치는 상태로 봐서 저건 생긴 지 최소한 일주일은 넘은 것이다. 마나가 새로운 흐름에 정착하기 시작했으니 어쩌면 열흘이 넘을지도 모른다. 마법의 안개가 열흘이나 사라지지 않고 여전히 효력을 발휘하다니!

엘미르의 놀람은 누구보다도 컸다.

그녀는 리네에게 말했다.

“저건 마법에 능한 상급 마족이라고 해도 불가능할 정도로 강력한 안개야. 흑왕이라고 해도 저걸 만들었다고 볼 수는 없어.”

“예에? 그럼 누가 만들었을까요?”

“생각할 수 있는 건 셋인데, 드래곤로드하고 암흑제국의 여황, 그리고…….”

“디온이군요?”

리네의 눈동자가 흔들렸다. 엘미르가 무슨 말을 하려다 말았는지 알 수 있다. 디온이 마왕의 힘을 쓰면 이런 기적과도 같은 힘을 일으킬 수 있다.

그리고 지금 여기에 안개를 뿌릴 가능성이 가장 큰 사람은 디온이다.

"가야겠어요."

"위험해. 저 안에서는 일체의 시야가 제한되고 마법도 크게 제약받을 거야."

"그래도 가야 해요. 저길 지나가지 않으면 디온도 투투도 만날 수 없잖아요."

리네는 결심을 굳힌 듯 두 손으로 천신기 세르기안을 꾸욱 쥐고 걸음을 옮기기 시작했다. 그러자 갑자기 천신기 세르기안으로부터 눈부신 백색의 광휘가 뿜어져 나오며 거대한 빛의 날개로 변했다.

지켜보던 엘미르가 놀란 표정으로 중얼거렸다.

"광휘의 날개! 세르기안 너!"

광휘의 날개는 세르기안 본신의 힘이다. 물질계에서는 제한되어 쓰지 못하는 부분인데 리네의 의지에 반응해서 발현된 모양이다.

화르르르르!

광휘의 날개는 엘미르가 부르는 소리에 대답이라도 하듯 기운차게 날갯짓을 하고는 리네를 하늘로 띄워 올렸다. 그리고는 리네가 쳐다보고 있는 곳―바로 수도의 성채가 있는 위치―을 향해 일직선으로 날아가기 시작했다.

놀라운 것은 날개에 닿는 검은 안개가 화르륵 하고 하얗게 타서 사라져 버린다는 점이다. 검은 안개 한가운데에 커다란 구멍이 뚫리는 듯한 광경이다.

"이런!"

엘미르는 급히 비행 마법을 시전해서 리네의 뒤를 쫓았다. 안개가 다시 원상 복구 되면 비행 마법을 쓰기 힘들어지니 바로 뒤에 붙어서 따라가야 했다.

이렇게 되니 남겨진 수행원들은 멀뚱멀뚱 날아가는 두 사람을 쳐다만 볼 뿐이다. 그들도 나름대로는 상당한 능력을 갖춘 사람들이지만 리네와 엘미르의 뒤를 쫓을 재주는 없었다.

＊　　　＊　　　＊

몇 개의 지점을 지나 드디어 첫 번째 무인 관문에 도착했다. 그곳에는 통로를 꽉 틀어막고 있는 하나의 검은 구체가 존재했다. 그런데 그 구체는 마치 살아 있는 것처럼 조금씩 꿈틀거렸다.

포포르는 눈살을 찌푸리며 말했다.

"여기는 공간 왜곡이 너무 심해서 단거리 순간이동도 힘들겠어요."

"그럼 저걸 치우고 지나가야 한다는 소리네."

"작은 날파리 같은 걸로 변해서 틈사이로 지나가 볼까요?"

"가능할까?"

"잠시만요. 시험해 볼게요."

포포르는 품속에서 작은 약병을 꺼내 뚜껑을 열었다. 그러자 약병 속에서 파란 빛을 내는 조그마한 벌레들이 날아올랐다.

우우우우웅!

"저기를 지나가서 건너편에 뭐가 있는지 보고 오렴."

포포르가 말하자 벌레들은 허공에서 작게 원을 그린 후 구체와 벽 사이의 틈 사이로 날아갔다.

그러나 구체에 접근을 한 순간 구체가 꿈틀거리며 틈을 막았고, 벌레들은 미처 피하지 못하고 구체에 달라붙었다. 그리고 곧 벌레들은 구체 속으로 빨려들어 갔다. 벌레들을 삼킨 구체는 다시 원래대로 돌아가 버렸다.

디온은 고개를 살짝 저으며 말했다.

"안 되겠는데?"

"이익, 내 탐색충들이! 잠시만요."

포포르는 자존심이 상한 듯 눈에 쌍심지를 켜고 다시 작은 인형을 하나 꺼내 바닥에 세웠다. 그러자 인형이 점점 커지더니 거대한 오우거가 되었다.

크르르르!

오우거 특유의 숨소리가 낮게 울렸다. 오우거는 한 손에 거대한 몽둥이를 든 채 포포르의 지시를 기다렸다.

"저 안으로 들어가서 뭐가 있는지 보도록 해. 들어갔다가 나올 수 있는지도 보고."

크르르르!

명이 떨어지자마자 오우거는 걸음을 옮겨 서슴없이 구체를 향해 다가갔다. 구체는 이번에도 어김없이 반응하여 오우거를 집어삼켰다.

구체의 표면이 닿는 순간 오우거는 반사적으로 뒤로 물러나려 했지만 소용없었다. 늪에 빠지는 것처럼 스르륵 하고 구체 속으로 들어가 버렸다.

포포르는 화가 치미는 듯 발을 동동 굴렀다.

"정신 감응이 끊겼어요. 저건 거의 아공간과 비슷해요. 물질이 아니라 공간 결계가 마치 생물처럼 움직이는 거라고요."

"파괴할 수는 없어?"

"불가능해요. 공간 자체를 파괴하는 힘은 거의 없어요. 있다고 해도 기존 공간까지 파괴하니 이 안이 통째로 날아가 버릴 거예요."

"끙, 그렇단 말이지."

디온은 허리에 차고 있던 검을 풀어들었다. 모라가 준 봉인된 검은 아직 뽑을 수 없지만 검집째로 휘두를 수는 있었다.

"이걸로 한번 시험해 볼게."

우우우웅!

디온이 집중을 시작하니 검이 가볍게 울리면서 하얀 오러가 몇 미터나 뿜어져 나왔다.

"차앗!"

위잉!

하얀 섬광이 검은 구체를 훑고 지나갔다. 일순 검은 구체의 일부가 갈라지는 듯한 느낌도 들었다. 그러나 그건 일종의 착시 현상일 뿐 디온은 아무것도 벤 느낌을 받지 못했다.

포포르는 당연하다는 듯이 말했다.

"오러는 금속을 벨 수 있지만 공간을 가를 수는 없어요."

"그건 나도 알아. 하지만 저 공간도 이 검을 빨아들이지는 못했어."

분명히 오러를 뒤집어쓴 검이 검은 구체 속으로 들어갔다 나왔다. 전혀 이상이 없는 것으로 보아 견딜 수 있는 모양이다.

틸리아가 있다면 마왕의 힘을 끌어내어 아공간을 파괴할 수 있다. 하지만 이 검은 그런 짓을 못한다. 대신 파괴도 되지 않는 모양이다.

디온은 고개를 끄덕이며 다시 검을 앞으로 겨누었다. 이번에 디온이 노린 것은 벽이었다.

파칵!

하얀 섬광이 번뜩이며 벽 한쪽이 움푹 파였다. 그러자 파인 곳이 일그러지며 파편이 묘한 소용돌이를 일으켰다. 검은 구체의 한쪽이 살짝 부풀어 파인 곳에 닿으니 어느새 벽은 원상태로 돌아왔다.

"주변 벽도 저놈하고 연동되어 있나 보네."

"그러네요. 벽 옆을 뚫고 지나가거나 하는 건 불가능할 거 같아요."

"일단 이 검이 저기에 들어가도 괜찮다는 것을 알았으니 그쪽으로 돌파 방법을 생각해 보자고."

"어떻게요?"

"이렇게."

우우우우웅!

디온이 두 손으로 검을 쥐자 하얀 오러가 엄청나게 길어졌다.

"오러만이라도 구체를 관통할 수 있나 보자고!"

슉!

오러가 구체의 중앙을 관통했다. 구체는 꼬챙이에 아랫배를 뚫린 오우거처럼 움찔하며 요란하게 요동쳤다. 아무래도 검의 기운이 구체에 영향을 미치는 것 같았다.

"뚫었다!"

디온은 느낄 수 있었다. 구체의 반대편으로 자신의 오러가 튀어나오는 것을.

"정말 관통이 되네요."

포포르는 신기한 광경을 보는 시선으로 말했다. 아공간 속으로 검을 찔러 넣었는데 반대편으로 뚫고 나오는 건 있을 수 없는 일이다. 아공간 안이 얼마나 넓고 공간축이 꼬여 있는지는 아무도 모른다.

그런데 디온의 검과 검에 씌어진 오러는 그런 것을 무시하 듯 정말로 아공간 구체를 관통해 버린 것이다.

'오러의 힘은 아니고, 검 자체가 아공간을 무시하는 건가?'

포포르는 나름대로 생각을 해보았지만 이 현상을 확실하게 정의할 수는 없었다.

디온은 다시 검을 뽑으며 말했다.

"좋았어. 이게 되면 검 속에 몸을 감추고 통과할 수 있을 거야."

"그게 무슨 소리예요?"

"정확하게 설명할 수는 없는데, 오러로 내 몸 전체를 감싸고 검로를 따라 나아가는 수법이 있어."

"설마 검과 함께 저 안으로 뛰어들겠다고요?"

"검이 지나가면 나도 지나갈 수 있어."

"으, 너무 위험해요."

"위험하지 않아. 하지만 포포르 양은 여기서 돌아가는 게 좋겠어."

디온은 불안해하는 포포르를 생각해서 한 말이지만, 포포르에게는 그다지 기분 좋게 들리지 않았다. 만일 아공간 속에 갇히는 한이 있어도 지금 디온과 헤어질 수는 없다.

포포르는 발끈해서 주먹을 꾸욱 쥐며 외치듯 말했다.

"무슨 소리예요? 끝까지 따라가는 게 제 역할이라고요!"

포포르는 변신 스틱을 사용해 작은 생쥐가 되어 디온의 호주머니 속으로 들어갔다.

포포르는 다시 자신의 몸 주위에 몇 겹의 배리어와 환경 적응 마법을 펼쳤다. 이 정도면 아공간 속이 어떤 환경이라고 해도 죽지는 않을 자신이 있었다.

거기다가 혹시 하는 마음에 관찰 벌레 몇 마리를 남겨두었다. 만약 아공간를 뚫고 나오지 않으면 관찰 벌레가 즉시 이곳을 빠져나가 드래곤로드에게 알릴 것이다. 다른 방법도 있지만 비상용 수법은 가능하면 쓰고 싶지 않았다.

'이 정도면 무슨 일이 생겨도 할아버지에게 욕먹지는 않겠지.'

포포르는 겨우 안심을 하고 생쥐의 모습으로 디온에게 말했다.

"준비됐어요."

"좋아, 그럼 시작할게."

디온은 천천히 정신을 집중하며 검을 어깨 높이로 들어 지면과 수평이 되게 앞으로 겨누었다.

검과 하나가 되어 오러 속에 감추는 기술은 이전에는 사용하지 못했던 수준의 기술이다. 하지만 마법의 양탄자를 타고 오면서 모라가 준 '그랜드 마스터의 실전 기술' 을 읽은 결과 깨달은 바가 있었다.

신기한 것은 될 것 같다는 느낌이 드는 순간부터 정말로 이

기술을 쓸 수 있게 되었다는 점이다.

마치 둑에 물이 가득 차 있다가 돌을 하나 던지자 파문이 일면서 넘쳐흐르는 것처럼.

"검과 내가 하나가 된다. 나의 몸이 거대한 검이 되어 무엇이든 파괴할 수 있는 진정한 힘이 된다. 하압!"

우우우우우우웅!

디온의 몸 전체가 하얀 오러로 뒤덮였다. 그러더니 몸이 허공으로 떠오르며 정말로 거대한 검과 같은 형상이 되었다.

"오러 버스터!"

슈우우웅, 퍽!

거대한 검은 구체를 향해 일직선으로 날아가 그대로 관통해 버렸다.

"됐다!"

디온은 오러를 거두고 자신이 서 있는 위치를 확인했다. 확실히 구체를 통과하여 반대편에 내려섰다. 포포르도 호주머니에서 고개를 내밀고 우와 하고 감탄을 했다.

그런데 디온이 고개를 돌려 구체를 보니 뭔가 이상했다.

"어, 근데 저게 왜 저러지?"

검은 구체는 디온이 통과한 후에도 구멍을 원상 복귀시키지 못하고 뻥 뚫린 채로 격렬하게 요동을 쳤다.

드드드드!

드디어 구체의 요동에 벽도 반응하여 복도 전체가 흔들리기 시작했다.

포포르가 긴급히 주문을 외우며 말했다.

"상급 방어 주문! 7중 결계! 디온님, 제가 보기에 저거 터지려는 거 같아요."

"이런! 뛸게."

뛴다고 되는 문제가 아니다. 디온은 다시 오러 버스터를 사용하여 전신을 오러로 감추고 허공에 떠서 날아갔다.

슝 하는 사이 디온이 복도 끝을 돌아 사라지니 드디어 검은 구체가 붕괴되듯 가운데 구멍을 메우더니 폭발해 버렸다.

콰콰콰콰쾅!

복도 전체가 불길에 휩싸였다. 불꽃이 붉지 않고 파란색이었는데 그것에 닿은 복도는 녹아내렸다. 마법으로 강화된 대리석 벽을 녹일 정도의 열이다.

뿐만 아니라 공간 전체가 일그러지며 포포르가 친 방어 주문이 순식간에 깨어졌다. 결계가 조금은 버텨주는가 했지만 몇 초 못 가 터져 버렸다.

그나마 결계가 벌어준 몇 초가 디온에게는 삶과 죽음의 갈림길처럼 작용했다.

디온은 체력이 한계에 도달할 때까지 오러를 유지하며 날았다. 뒤쪽에서 느껴지는 압력과 열기가 범상치 않았다. 한참을 날아가니 겨우 더 이상 압력이 느껴지지 않게 되었다. 그제야 디온은 오러를 거두고 바닥에 내려섰다.

　다리에 힘이 없어 휘청거릴 정도다. 그야말로 젖 먹던 힘까지 다 쓴 모양이다. 디온은 그대로 바닥에 털썩 주저앉으며 안도의 한숨을 내쉬었다.

　"휴우, 그 구체, 지독하네. 설마 내가 지나갔다고 자폭한 건가?"

　"그런 거 같아요. 단순한 결계가 아니라 어느 정도 지능을 가진 생명체 같았는데, 누가 통과하면 자폭하게 되어 있을 수도 있어요."

　"그런가 보네. 그런데 어떻게 아공간 결계에 지능을 부여할 수 있지?"

　"그러게요. 이론적으로는 가능하긴 한데, 형체 없는 것에 지능을 부여하는 것은 정령을 창조하는 것만큼 어렵거든요. 아마 인간이 한 짓은 아닐 거예요."

　"쩝, 인간이 한 것이 아니라니. 역시 마탑은 쉽게 볼 수 없네."

　디온은 혀를 차며 다시 몸을 일으켰다. 이번 폭발로 그들의 침입이 다른 사람들에게 알려졌을 가능성이 크다.

　더 늦기 전에 2차 관문으로 가야 한다. 디온은 호흡을 가다듬으며 천천히 걸음을 옮겼다.

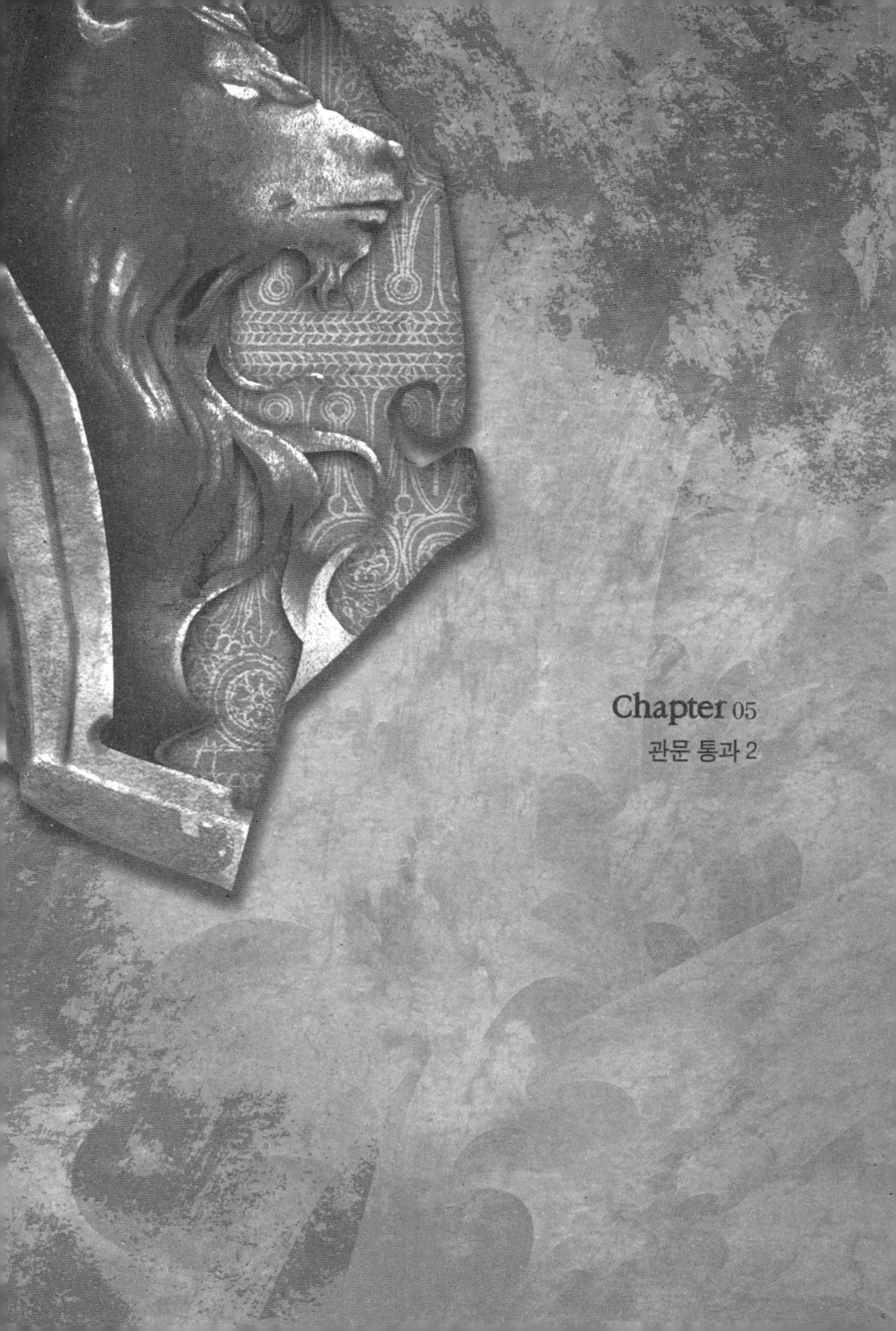
Chapter 05
관문 통과 2

흑사자
마왕

　2차 관문은 물이었다. 그런데 물이 바닥에 고여 있거나 흐르는 게 아니라 통로 전체를 휘어 감고 있었다. 흐름도 바닥에서 왼쪽 벽을 타고 천장을 통해 다시 오른쪽 벽을 타고 흘러내리는 식이다. 마치 호수나 바다 한가운데에 물의 통로를 뚫어놓은 형국이랄까?

　그렇게 형성된 물의 길은 약 100미터 정도의 길이가 되었다. 그리고 길의 끝에는 물로 이루어진 남자의 형상이 웅크리고 앉아 있었다.

　물의 남자는 디온이 통로에 접근하자 고개를 들더니 일어났다. 그리고는 물 위에 뜬 채로 미끄러지듯 다가와 디온의 앞에 섰다.

포포르는 여전히 생쥐의 모습으로 디온의 호주머니에 들어가 고개만 내밀고 있었는데, 물의 남자를 보고는 디온에게 속삭였다.

"저건 물의 최상급 정령이 깃든 골렘이에요. 심장 속에 있는 작은 물고기가 최상급 정령이네요."

"물로 만들어진 골렘이라고?"

"그래요. 아마 이 통로 전체가 저것의 몸일 거예요."

"그렇구나."

물의 최상급 정령, 정령왕 바로 아래 단계의 정령으로 아크메이지도 감당하기 어려운 힘을 지녔다고 한다. 그런데 최상급 정령을 통째로 가두어 만든 골렘이라면 어떤 힘을 가졌을까?

디온은 가슴 일부분이 서늘해지는 느낌을 받았지만 내색하지 않고 물의 남자에게 정중하게 인사를 했다.

"디온이라고 합니다. 이곳을 지나갈 수 있을까요?"

물의 남자는 무표정한 얼굴로 말했다.

"난 워터골렘이라고 한다. 따로 이름은 없지. 조금 전 1차 관문을 통과한 자인가?"

"그렇습니다."

"보데―홀은 아직 어려서 말도 하지 못한다. 그런데 채 성장하기도 전에 소멸해 버렸군. 안타까운 일이다."

"그 검은 구체의 이름이 보데—홀인가요?"

"그렇다. 내가 이곳을 지키는 대가로 만들어낸 나의 창조물이다."

"당신이 만드셨다는 말이군요. 죄송합니다. 하지만 저는 그곳을 통과해야 할 이유가 있었고, 보데—홀이 소멸할 줄은 몰랐습니다."

"그대를 원망하지는 않는다. 정령인 나는 생과 사에 대해 아무런 감흥도 느끼지 못한다."

"그렇다면 저를 통과시켜 주시겠습니까?"

"자격이 있다면 당연히 통과를 시켜준다. 통과 자격은 두 가지. 하나는 마탑 탑주의 허가를 받는 것, 그리고 또 다른 하나는 나를 소멸시키는 것이다."

"결국 싸워야 하는 건가요."

"그렇다. 서로 원한은 없지만 맡은 바 임무와 목적이 부딪치면 싸울 수밖에 없다. 아니면 그대가 물러서든지."

"그럴 수는 없습니다. 혹시 다른 방법은 없는지 알고 싶습니다."

상대방이 정중하게 나오니 디온은 싸우기 싫었다. 가능하면 눈앞의 존재를 소멸시키지 않고 목적지인 공간미로감옥 앞에 가고 싶었다.

'이럴 줄 알았으면 그냥 마탑 탑주를 찾아가서 허락을 받거나 협박할 걸 그랬나?

순간적으로 이런 생각이 들었다.

워터골렘은 말했다.

"다른 방법은 없는 것이나 마찬가지다. 하지만 나의 소멸을 원치 않는 그대의 마음은 느낄 수 있다. 한 가지 말하자면, 나의 소멸은 소멸이 아니라 해방이다. 이 몸이 파괴되면 나는 본래의 정령체가 되어 정령계로 돌아갈 수 있다. 그러니 부담 갖지 않아도 좋다."

"그런가요. 그럼 어쩔 수 없군요."

디온은 검을 들었다. 그런데 워터골렘은 디온이 싸울 준비를 하는 동안에도 전혀 움직이지 않았다.

"준비 되셨습니까?"

"난 언제나 준비가 되어 있다. 하지만 그대가 거기 있는 한 나는 싸우지 않는다. 나와 싸우려면 이 물속으로 들어와라."

"윽, 저보고 물속에서 싸우란 말씀인가요?"

"여길 통과하는 게 그대의 목적 아니었나? 난 지키는 게 임무다. 침입하지 않으면 싸우지 않는다."

"쩝, 불리한데……."

사람이 물속에서 싸우면 당연히 불리하다. 아무리 디온이 숨을 안 쉬어도 죽지 않는 몸이라고 해도 물의 정령을 이길 수는 없다.

"포포르 양, 무슨 방법 없어?"

디온은 일단 포포르에게 물었다. 그러자 포포르는 잠시 고민하더니 말했다.

"싹 다 얼려 버릴까요?"

"그럴 수 있어?"

"얼리는 건 가능한데, 저 골렘의 능력이 어떤지 모르겠어요."

가만히 있던 워터 골렘이 말했다.

"헛수고다. 난 내 몸의 온도를 조절할 수 있다"

"그럼 차라리 디온님의 능력으로 다시 날아서 지나가면 어떨까요?"

"그럴 수 있을 것 같기도 한데……."

디온은 말끝을 살짝 흐렸다. 분명히 검과 하나가 되어 날아가면 어떤 압력도 견딜 수 있을 것 같았다. 시선 끝에 보이는 반대편 통로까지 날아가는 건 그야말로 일순간이다.

그러나 디온의 감각이 뭔가 신호를 보내왔다. 디온은 혹시나 하는 심정으로 워터골렘에게 물었다.

"내가 그대와 싸우지 않고 저 반대편 통로까지 가면 어떻게 되나요?"

"반대편 통로까지 가도 의미는 없다. 저기는 올바른 길이 아니니까."

"엥, 그럼 진짜 길은 다른 데 있다는 소린가요?"

"당연하다. 저곳은 무례하게 나에게 인사도 하지 않고 지나가려는 놈이 헤매라고 만든 미로다. 그대처럼 예의를 지키는 자는 갈 필요가 없는 곳이지.”

“크, 그럼 진짜 통로는 물속에 있겠군요?”

“그렇다. 나를 소멸시키지 않고는 문이 열리지 않게 되어 있다.”

결국 워터 골렘과 싸워야 하는 것인가. 디온은 한숨을 내쉬었다. 그나마 쓸데없이 힘을 써서 반대편으로 날아가지 않기를 잘했다.

디온은 포포르에게 말했다.

“물에서 행동이 자유롭도록 마법을 걸어줄 수 있어?”

“그럼요. 프리무브!”

따로 주문을 외울 필요도 없다. 마법 시동어만으로도 디온의 몸에 파란 막이 씌워졌다. 포포르는 다시 몇 가지 주문을 외웠다.

독과 전기로부터의 방어를 비롯해 하늘을 날 수 있는 비행 마법도 시전했다.

“물속이든 허공이든 거의 비슷하다고 생각하면 돼요. 아, 비행 마법을 걸고 싸워본 적이 없나요?”

“어렸을 때 어마마, 아니, 어머니가 가끔씩 하늘을 날게 해 줘서 허공에서의 동작에도 익숙하니 염려 말아.”

“그럼 됐네요. 전 일단 호주머니 속에서 구경할게요.”

“그렇게 해.”

디온은 싱긋 한 번 웃은 후 바로 물속으로 뛰어들었다. 그러자 워터골렘의 몸이 딱딱하게 굳어 얼음처럼 변하더니 디온을 향해 덤벼들었다.

"일단은 육박전으로 해보도록 하지."

"나쁘지 않죠. 합!"

디온은 검으로 워터골렘의 손목 부분을 쳐냈다. 캉 하는 소리와 함께 워터골렘의 몸이 튕겨나며 물속에서 한 바퀴 회전했다.

"지독하게 단단하군."

디온은 손에 느껴지는 감각으로 워터골렘의 몸이 장난 아니게 단단하다는 것을 깨달았다.

그사이 워터골렘은 몸을 뒤집어 두 다리로 디온의 양쪽 발목을 찼다. 검이 닿지 않는 곳을 교묘하게 공격한 셈이다.

그러나 디온도 같이 몸을 뒤집으며 다시 검으로 워터골렘의 무릎 안쪽을 따닥 하고 때렸다. 이번에는 검에 오러를 실어서 충격파를 발생시켰기에 물이 요동치며 파문을 일으켰다.

동시에 디온은 몸을 워터골렘에 바짝 붙이며 검을 거꾸로 잡고 워터 골렘의 어깨를 내리찍었다. 검에서 하얀 오러가 줄기줄기 뿜어져 나왔다.

"빨리 끝내죠."

팍!

워터골렘의 몸도 디온의 오러를 감당할 수는 없었나 보다.

검은 워터골렘의 몸을 관통해 버렸다.

그러자 워터골렘은 미소를 지었다.

"육체를 얻은 후 나름대로 체술에 대해 공부를 했는데, 아무래도 수준이 그다지 높지 않았던 모양이군."

"실전없이 책으로 배우셨나 보군요."

어떤 무술이든 책으로만 배우면 실전에선 쓸모가 없게 마련이다. 무술뿐만 아니라 대부분의 학식은 이론과 실경험이 융합되어야 제대로 된 가치를 발휘한다.

디온의 말에 워터골렘은 약간 자존심이 상한 듯 더욱 무뚝뚝하게 말했다.

"정답이다. 하지만 나의 체술은 이걸로 끝난 게 아니다."

순간, 워터골렘의 눈이 빨갛게 변했다.

디온은 뭔가 섬뜩한 느낌을 받고 급히 전신에 호신용 오러를 두르며 검을 비틀어 워터골렘의 몸을 파괴했다.

퍽, 퍼퍼펑!

파괴된 워터골렘의 몸이 폭발하듯이 터졌다. 디온은 적지 않은 충격을 받아 물속으로 빠져들어 갔다.

"젠장, 아까 그놈도 그렇고, 여긴 기본적으로 자폭을 하게 되어 있나."

"자폭이 아니다. 내 몸을 천 개로 나누었을 뿐."

붉어진 워터골렘의 두 눈이 둥둥 뜬 채 말했다. 정확하게 말하자면 말이 아니라 음파를 발산하는 것 같았다.

워터골렘의 말대로 그의 몸을 이루었던 얼음 조각들이 물 속에 퍼져 둥둥 떠 있었다. 그 조각들로부터 생명체의 기운이 확실하게 느껴지는 게 모두 살아 있는 것 같았다.

원래 최상급 정령의 본체라던 작은 물고기는 어디로 갔는지 사라지고 없었다.

조금 있으니 모든 조각이 붉게 변했다. 그리고는 주변의 물을 모아 다시 새로운 워터골렘의 모양을 형성했다. 크기는 기존의 워터골렘의 4분의 1정도였지만 숫자가 문제다.

천 명의 워터골렘!

워터골렘들은 일제히 두 주먹을 캉캉 부딪치며 외쳤다.

"나의 분신투법에 어디까지 견디나 보겠다!"

"아, 저기, 이건 좀 반칙 같은데요."

디온이 이의를 제기했지만 워터골렘은 전혀 개의치 않고 전원 달려들었다.

"이익!"

디온은 이를 악물고 검을 휘둘렀다. 그의 검격 사정거리 안에 들어오는 모든 워터골렘의 머리를 부수기 시작했다.

퍼퍼퍼퍼퍼퍽!

그러나 파괴된 워터골렘은 물로 변했다가 금세 새로운 육체를 형성했다. 아무래도 이 물 전체가 워터골렘의 몸체를 구성하는 물질로 되어 있는 모양이다.

"이런 식이면 곤란한데."

디온이 난감한 표정을 짓자 호주머니 속에서 포포르가 고개를 내밀며 말했다.

"분리 능력은 양날의 검이에요. 하나씩 격리시켜서 봉인할게요. 임프리즌!"

징, 징, 징, 징!

물속에서 작은 상자와도 같은 물질이 생기더니 파괴된 워터골렘의 붉은 조각들을 가두었다. 임프리즌 마법에 갇히면 공간이 없어서 새로운 몸을 만들 수도 없고 다른 조각과 다시 합체도 못한다.

"어때요? 디온님이 부수면 전 계속해서 가둘게요."

"나쁘지 않은데?"

파파팍!

이제는 헛고생이 아니다. 하나를 부수면 하나가 줄어든다. 디온은 포포르의 말대로 열심히 워터골렘을 부수었다. 포포르는 거의 무한에 가까운 마력을 지니고 있는지 수백 번이나 마법을 사용해도 전혀 지친 기색이 없었다.

그런데 그렇게 한참 시간이 지나 워터골렘이 절반 정도 남았을 때, 모든 워터골렘이 일제히 웃기 시작했다.

"나를 가둘 수 있다고 생각했나? 생각보다 단순한 친구군."

말이 끝난 워터골렘들은 붉은 조각들을 담은 마법의 상자들을 공격해서 부수어 버렸다.

콰쾅!

"저, 저……!"

포포르는 할 말을 잃고 놀란 눈으로 그 광경을 쳐다보았다.

마법의 상자들은 어떻게 보면 작은 아공간 결계 같은 것으로 쉽게 부서지는 성질의 것이 아니다. 물리적인 힘은 전혀 소용이 없다고 봐도 된다. 그런데 저 워터골렘들은 무슨 나무 궤짝 부수듯 주먹으로 쳐서 쉽게 부수고 있었다.

"아공간 골렘을 만든 나에게 이따위는 아무것도 아니다."

워터골렘은 친절하게 설명까지 해주며 모든 마법 상자를 부수었다.

생각해 보니 일차 관문의 아공간 생명체를 워터골렘이 만들었다고 했다. 공간 제어에 대한 강력한 능력을 지닌 존재임이 틀림없다.

포포르는 화가 난 목소리로 외쳤다.

"디온님, 힘을 아끼세요. 저놈은 제가 상대할게요."

말이 끝나기도 전에 어느새 본모습으로 돌아온 포포르가 디온의 옆에 서 있었다.

"괜찮겠어?"

"디오님을 공간미로감옥 앞까지 인도하는 게 제 역할이라면 저놈을 상대하는 것도 그중 일부잖아요."

말은 그렇게 했지만 자기가 애써 만든 마법 상자가 허무하게 부서진 게 억울해서 화가 난 모양이다.

　포포르는 두 개의 메이스를 양손에 들었다. 보통 전사가 기사들이 쓰는 메이스보다 훨씬 작고 얇은, 마치 아이들의 장난감 같은 메이스였다. 또한 추가 되는 머리 부분은 각각 붉고 푸른 보석 덩어리였는데, 그 안에서 불꽃과 전기 스파크가 살아 움직이듯 일렁이고 있었다.

　"물의 정령 따위가 감히 내 앞에서 장난을 쳐? 소멸할 때까지 부숴주마."

　포포르의 붉은 머리카락에서 빛이 나더니 불꽃처럼 타오르기 시작했다.

　워터골렘은 포포르가 싸울 준비를 끝낼 때까지 움직이지 않고 있다가 웃으며 말했다.

　"재미있군. 너의 정체를 알겠다. 하지만 아직 어린 넌 내 상대가 안 된다."

　"시끄러. 난 네 생각처럼 어리지 않아!"

　어리다는 말이 포포르의 가슴을 비수처럼 후벼 팠다. 드래곤로드의 실험 중 사고에 의해 성장하지 않는 몸이 된 그녀다. 그것 때문에 원치도 않는 인간의 도우미 따위를 하고 있는 상황이다.

　포포르는 극도로 화가 나서 양손에 든 두 개의 메이스를 쾅하고 서로 부딪쳤다. 그러자 붉고 푸른 보석으로부터 화염과 뇌전이 튀어나와 섞이며 거대한 뱀의 모습으로 변했다. 몸통과 눈은 화염이고, 얼굴과 이빨, 손톱, 뿔, 비늘의 뾰족한 부분은 다 뇌전이다. 신기한 것은 불꽃으로 이루어진 몸체가 물속에서도 활활 타오른다는 점이다.

"티리우스, 광뢰와 폭염과 뱀, 저 건방진 워터골렘을 모두 먹어치워 버렷!"

크롸라라라라라라라라!

포포르가 명을 내리자 뇌염의 뱀 티리우스는 크게 포효하며 정말로 워터골렘들을 통째로 집어삼켰다. 워터골렘들은 일제히 티리우스에 달려들어 주먹으로 공격을 가했지만 뇌전의 비늘에 의해 오히려 주먹에 손상을 입었다.

티리우스에게 공격이 먹히지 않자 워터골렘들은 공격 목표를 바꾸었다. 그들은 일제히 포포르를 향해 달려들었다.

"흥, 나는 만만해 보이나 보지?"

포포르는 코웃음을 치며 다시 두 개의 메이스를 캉 하고 부딪쳤다. 그러자 메이스로부터 엷은 막이 생성되어 포포르를 감쌌다. 그냥 보호막이나 결계가 아니라 반투명한 갑옷과도 같이 변해 포포르를 두 배 이상 크게 만들었다.

메이스도 마찬가지, 이제는 거의 정규 기사의 무기와 같은 사이즈가 되었다.

"아공간 물체라면 몰라도 너 같은 정령 따위는 안중에도 없다고!"

퍼퍼펑!

포포르가 메이스를 마구 휘두르자 다가오는 워터골렘들이

가루가 되어 흩어졌다. 그녀의 무술 실력도 범상치 않았다.

디온은 한쪽에 물러서서 그 광경을 지켜보았다.

"나보다 강한 거 아냐?"

포포르가 소환한 뱀은 그렇다 치고, 포포르 본인도 디온에 비해 그다지 큰 차이가 없어 보였다.

"쩝, 하긴 내가 마왕의 힘을 봉인한 이상 그냥 마스터급 인간인 셈이니⋯⋯."

디온은 손에 쥔 검을 보았다. 그래도 모라가 준 비급에 있는 수법 중 하나를 얻고 꽤 강력해졌다고 생각했는데, 역시 지금 디온 주변에서 일어나는 일들을 감당하기에는 역부족인 모양이다.

"기죽을 필요는 없지. 계속해서 강해지면 될 테니까."

디온은 마음을 굳게 먹고 포포르와 워터골렘의 전투를 계속 지켜보았다.

이미 워터골렘들 중 태반이 파괴되고, 대세가 포포르와 티리우스 쪽으로 완전히 기울어 있었다.

그러자 남은 워터골렘이 일제히 입을 열어 말했다.

"확실히 대단한 힘이다. 하지만 이곳에서 나를 당할 수는 없다."

선언과도 같은 말이 끝나자마자 모든 워터골렘이 부스러져 가루가 되었다. 본체를 구성하던 붉은 조각들도 깨끗하게 사라지고 가루는 물속에 섞였다.

그러자 아래쪽으로부터 거대한 소용돌이가 생겨나며 그 안에서 거대한, 그러니까 티리우스보다 몇 배는 큰 손이 하나 튀어나왔다. 손등은 물처럼 파랗고 투명했지만 손바닥은 검은색을 띠고 있었는데, 그냥 검은색이 아니라 전 관문에서 보았던 아공간 골렘과 같은 빛깔이었다.

앗 하는 사이에 거대한 손은 티리우스의 몸을 움켜잡았다.

―쿠오오오오오!

티리우스는 크게 비명을 지르며 요동을 쳤지만 워터골렘이 변한 손을 벗어날 수는 없었다.

"작은 것을 삼키는 더 큰 것에 삼켜지는 법. 물과 불이 서로 먹고 먹히듯이 너도 사라져라."

손이 말을 한다. 말을 하면서 손바닥에 입이라도 달린 듯이 티리우스의 몸을 서서히 삼키기 시작했다.

포포르는 지금까지의 공격이 전혀 소용없었음을 깨닫고 더욱 화가 난 표정으로 메이스를 붕붕 휘두르며 외쳤다.

"웃기지 마. 내가 공간 제어에 좀 약하긴 해도 무대책인 건 아니라고. 티리우스, 소환 해제!"

차르르르르!

포포르의 시동어가 끝나자 불과 뇌전이 서로 분리되며 메이스 안으로 빨려들어 갔다.

포포르는 다시 메이스를 휘두르며 외쳤다.

"티리우스, 그물 형태로 소환!"

촤르르르르르!

　메이스로부터 뇌전으로 된 그물이 사방으로 뻗어져 나갔고, 화염의 막이 그 사이를 메웠다. 그물은 워터골렘이 변한 거대한 손을 통째로 휘어감아 조여 버렸다.

　그런데 이 그물이 단순한 화염과 뇌전의 기운만을 띠고 있는 것이 아닌 모양이었다. 안쪽에 묘한 결계가 형성되어 있었다.

　"아공간에는 아공간! 조금씩 삼킬 수 없으면 한 번에 삼켜 버릴 테니까!"

　포포르가 자신만만하게 외쳤다.

　방금 전까지와는 정반대의 형국이다. 그물에 갇힌 워터골렘이 빠져나가기 위해 이리저리 형태를 바꾸었지만 뇌전과 화염의 그물은 워터골렘을 놔주지 않았다.

　그런데 그때, 디온은 무엇인가 이상한 점을 느꼈다. 오감이 아닌 다른 감각이 눈앞에서 벌어지고 있는 모든 광경이 진실과 다르다고 주장했다.

　분명히 워터골렘은 당하고 있다. 그물로부터 벗어나기 위해 발버둥치는 것은 거짓이 아니다. 디온 자신과 포포르는 안전한 상태에서 그것을 보고 있는 상황이다.

　그러나 디온의 감각은 반대로 디온과 포포르가 그물에 걸려 점점 위험해지고 있고, 워터골렘은 전혀 위험하지 않다고 이야기해 주고 있었다.

“그러고 보니.”

디온은 고개를 들어 위를 보았다.

수면이 보이지 않았다. 그들이 뛰어들어 온 수면이 바로 수십 미터 위에 존재해야 할 터인데, 지금 보니 아주 심해 한가운데 있는 것처럼 사방팔방이 물뿐이다. 빛도 들어오지 않는다. 단지 물 자체가 은은히 빛나서 밝게 보일 뿐이다.

아래쪽은 원래 바닥이 안 보였으니 그렇다고 해도 수면이 보이지 않으면 물 밖으로 나갈 방법이 없다.

“포포르 양, 아무래도 우리가 당한 것 같은데?”

“예? 왜요?”

“이 물 자체가 아공간인 것 같아. 말하자면 워터골렘의 뱃속 같은 거.”

디온이 손가락으로 위를 가리키자 포포르의 시선이 그에 따라 움직였다.

“칫, 진짜네요. 여긴 물의 정령계와 비슷한 환경의 아공간이에요.”

“뛰어들라고 한 것 자체가 함정이었나 보군.”

디온이 말하자 갑자기 물 전체가 일렁이더니 앞쪽에 커다란 붉은 눈이 생겨났다.

“그렇지 않다. 이곳에 뛰어들지 않으면 여길 지나갈 수 없다는 건 사실이다. 그대는 나의 공간 안에서 나와 싸워 이겨야 한다. 이기면 나갈 수 있다.”

포포르가 기가 막힌 표정을 지으며 말했다.

"정령계에서 정령과 싸워 이기라고? 말은 잘하네."

정령계 내에서 정령은 무한에 가까운 힘과 불사의 능력을 지닌다. 물질계에서는 어느 정도 타격을 입으면 정령계로 소환되어 버리기 때문에 충분히 처치할 수 있지만 정령계라면 그야말로 무적이 되어버린다.

마족이나 천족도 자신의 영역 내에서는 몇 배나 강해지지만 정령은 또 다른 강함을 보이게 되는 것이다.

워터골렘은 아공간 제어 능력을 이용해 이곳을 물의 정령계와 비슷한 환경의 아공간으로 만들었다. 이 안에서 그는 거의 정령왕과 같은 힘을 낼 수 있다.

워터골렘은 포포르가 무슨 반응을 보이든 상관하지 않고 디온에게 말했다.

"이제 슬슬 진심으로 싸울 때가 되었다. 이곳은 마나 배열도 통상 공간과는 전혀 다른 세계, 너희들의 마법은 아무런 소용이 없다."

파파파팍!

워터골렘의 선언이 떨어지자마자 디온과 포포르에게 걸려 있던 모든 마법이 해제되었다.

방어 마법뿐 아니라 물속에서 압력을 느끼지 않고 자유롭게 움직일 수 있는 프리무브도 사라져 버렸다.

그러자 갑자기 엄청난 수압이 둘의 몸을 짓누르기 시작했다.

"으윽!"

"꺅!"

철판이라고 해도 우그러질 심해의 수압, 인간이 감당하기 어려운 압력이다. 디온은 급히 오러를 발산하여 압력에 대응했지만 역부족인지 몸이 부드득 소리를 내며 부서지는 느낌을 받았다.

그러나 곧 척추로부터 묘한 기운이 흘러나오며 몸이 정상으로 돌아왔다.

"이것은 마왕의 힘인가?"

뼛속에 남아 있는 마왕의 힘이 몸을 보호하기 시작한 것이다. 디온은 자신이 절대로 죽지 않는 몸임을 새삼 깨달았다.

평소 같으면 억지로 마왕의 힘을 억제하려고 했겠지만 지금 이 상황은 그 상황이 아니다. 부인하려고 해도 이 힘은 디온의 일부이고 그를 구하려고 하고 있다.

고통이 점점 사라져 갔다. 이에 디온은 새삼 느껴지는 바가 있었다.

"그래, 너를 부인할 필요는 없었어."

무의식중에 한계를 긋고 있었다. 인간인 디온과 마왕인 디온의 사이에 넘을 수 없는 선이 있고, 둘의 능력과 생각이 절대로 섞여서는 안 된다고 생각했다.

말하자면 인간은 흰색이고 마왕은 검은색이다. 조금이라도 섞이면 회색이 되어버려 인간이 아니게 된다.

이런 식으로 생각해서 마왕의 모든 것을 버려야 인간으로 남을 수 있다고 믿었다.

하지만 그게 아니다. 엄연히 마왕의 힘도 디온의 것이고, 마왕의 힘을 지닌 인간도 존재할 수 있다.

바로 여기에! 디온은 존재한다. 인간이라면 죽을 수밖에 없는 압력을 거뜬히 버틴 채로.

"끄으응."

그사이에 포포르는 압력을 버티지 못하고 괴로워하다가 결국 폴리모프를 풀고 본체로 돌아갔다. 헤츨링의 체격이기에 그다지 크지는 않지만 본체로 돌아가니 몸의 내구도가 틀려진 듯 끄덕없었다.

"디온님, 괜찮아요?"

"드래곤이었네, 포포르 양."

"앗! 들켰다!"

드래곤이 유희 중에 인간에게 본모습을 들키는 건 큰 수치다. 유희라는 게임은 다른 생명체로서 살아가는 게 규칙이니 본체가 드러나면 게임에서 지는 셈이 된다. 그럴 경우 목격자를 싹 죽여서 증거를 없애는 드래곤도 있을 정도다.

하지만 포포르는 곧 자신이 유희 중이 아니라는 것을 깨닫고 그냥 넘어가기로 했다.

"예, 전 드래곤이에요. 그런데 디온님은 정말 괜찮으세요?"

모든 마법이 풀려 버렸다. 그리고 엄청난 수압이 작용한다. 인간이라면 즉사했어야 정상인데 디온은 멀쩡하다.

'이 인간, 인간 맞아?'

포포르는 디온이 자신처럼 다른 존재가 폴리모프한 상태가 아닐까 하고 의심하기 시작했다.

그런 포포르의 마음을 모르는 디온은 태연하게 고개를 끄덕였다.

"응. 하지만 빨리 이 상태를 벗어나는 게 좋겠어."

"염려 마세요. 저에게도 비장의 수가 있으니까요."

포포르는 날개 뒤쪽으로부터 하나의 구슬을 꺼내 들었다.

"용족의 공간이여, 우리를 보호하랏!"

쩡!

구슬이 깨어지며 생긴 파동이 물을 밀어내며 하나의 공간을 만들었다. 그것은 곧 디온과 포포르를 포함한 일정 크기의 규모가 되었는데, 새로운 용족의 공간 안은 온도도 따뜻하고 숨도 쉴 수 있었다.

워터골렘은 놀랍다는 듯 눈을 크게 뜨며 말했다.

"나의 아공간 속에 또 다른 아공간을 만들다니, 그냥 놔둘 것 같은가?"

우우웅, 위이이이잉!

주변의 물이 소용돌이처럼 회전하며 용족의 공간을 조이기 시작했다. 그러나 용족의 공간은 전혀 작아지지 않았다.

포포르는 다시 자신감을 회복한 듯 코웃음을 치며 말했다.

"웃기고 있네. 너 같은 짝퉁이 아니라 진짜 물의 정령왕도 용족의 공간에 위해를 가할 수는 없거든. 거기다가 거기가 내 마음대로인 것처럼 여기는 내 맘대로니까."

두 개의 공간이 서로 밀고 버티며 힘겨루기를 하고 있다. 크기는 물의 공간이 큰데 단단하기는 용족의 공간이 더하다.

디온은 잠시 지켜보다가 포포르에게 물었다.

"우리가 안전해진 건 알겠는데, 저놈을 어떻게 처치할 거지?"

"용족의 공간 내에서는 마법이 가능하거든요. 그러니까 텔레파시로 지원 요청을 할 수 있어요. 잠시만요."

어느새 다시 인간 모습이 된 포포르는 옷 속에서 작은 수정을 꺼내 앞에 띄웠다.

"통신 연결!"

띠띠띠, 삥.

수정으로부터 빛이 나오더니 하얀 수염의 늙은 마법사 모습을 비추었다. 포포르는 활짝 웃으며 말했다.

"할아버지, 저 아공간에 갇혔어요."

너무나도 해맑은 포포르의 웃음에 늙은 마법사는 한숨을 내쉬었다. 포포르는 언제나 곤란할 때나 사고를 쳤을 때 이런 웃음을 짓는다.

"비상용 용족 공간이 사용된 걸 보고 짐작했다. 거기 어디냐?"

"마탑이요. 디온님이 공간미로감옥에 들어가야 한다고 해서 같이 왔는데요."

"잉? 공간미로감옥에 들어갔어? 내가 거긴 들어가지 말랬잖니."

"아니요. 거기가 아니라 앞에 지키는 놈이 만든 결계 같은 거예요. 물의 최상급 정령이 깃든 워터골렘이란 놈인데요."

"아, 워터골렘. 맞다. 그놈이 아공간 창조 능력이 있었지."

드래곤로드는 그제야 생각난 듯 손으로 머리를 툭툭 쳤다. 그리고는 잠시 수염을 쓰다듬으며 고민하다가 말했다.

"그놈은 에고가 강해서 내 말을 안 들을 거다. 근데 거긴 왜 간 거냐?"

"모라님의 명대로 디온이라는 분을 공간미로감옥까지 안내해야 해요. 그런데 여기 갇히니 손쓸 방법이 없어요."

"어, 디온님이 거기 계신다고? 흠, 디온님의 능력이라면 그 공간을 벗어나는 건 어렵지 않은 일일 텐데."

듣고 있던 디온이 끼어들었다.

"제 힘을 쓸 수 있는 검은 모라님께 맡겼습니다. 지금은 이 검을 들고 있는데, 이검으로는 아공간을 파괴하거나 게이트를 열 수 없습니다."

"헛, 그건 벨케토!"

드래곤로드는 디온이 들고 있는 검을 보자마자 움찔하며

한 걸음 물러났다. 자세히 보면 살짝 떨고 있음을 알 수 있다.

포포르는 그런 드래곤로드의 모습을 처음 보았기에 속으로 무척 놀라며 드래곤로드와 디온이 들고 있는 검을 번갈아 쳐다보았다.

드래곤로드는 곧 놀람에서 벗어나 연신 헛기침을 하며 말을 이었다.

"험, 험, 그러니까 디온님의 힘을 쓸 수 있는 매개체가 검이었는데, 그 검 때문에 놓고 오셨단 말씀이군요."

"그렇습니다."

"그렇다면 제가 직접 그리로 가서 도와드리는 수밖에 없을 것 같은데… 그건 규칙에 좀 어긋나는 면이 없다고는 할 수 없어서……."

자꾸 말을 흐리는 것이 정말로 곤란한 모양이다. 듣고 있던 포포르가 벌컥 화를 내면서 말했다.

"할아버짓! 손녀가 갇혀서 온갖 고생을 하고 있다는데 구하러 안 오실 거예욧?"

"네가 무슨 고생을 한다고 그러냐. 그리고 진짜 고생을 한다고 해도 디온님의 일에는 내가 직접 개입을 할 수 없게 되어 있단 말이다."

"그럼 어떻게 해요? 평생 여기 갇혀 있어요?"

"그게… 방법이 없는 건 아닌데… 지금 디온님한테 가능할지 모르겠네."

“무슨 방법입니까? 제가 할 수 있는 일이 있다면 말씀해 주십시오.”

디온이 다시 나서서 말하자 드래곤로드는 잠시 머뭇거리다가 대답했다.

“워터골렘은 그 공간 자체나 다름없습니다. 그 안에서는 신과 같은 힘을 내지요. 보통 사람이라면 절대 워터골렘을 해할 수 없지만 디온님이 그 검의 힘을 일순간이라도 끌어낼 수 있다면 워터골렘을 파괴할 수 있을 것입니다.”

“검의 힘을 말입니까?”

“검으로 물을 베십시오. 제가 말씀드릴 수 있는 것은 그것뿐입니다.”

드래곤로드는 다시 포포르에게 말했다.

“포포르야, 시간은 충분하니 당분간은 그냥 거기서 지내거라. 어차피 그곳을 벗어나는 방법은 모두 디온님의 결단에 달렸단다. 가장 쉬운 방법은 디온님이 힘을 받아들이는 것이고, 아니면 검의 힘을 끌어내는 방법을 찾아내야만 한다.”

“그런가요? 알았어요. 그럼 기다리죠, 뭐.”

포포르는 순순히 대답했다. 디온에 대해 잘 알지는 못하지만 할아버지까지 경어를 쓰는 것으로 보아 보통 인간이 아니라는 것은 충분히 알았다. 그가 결단만 내리면 이곳을 벗어날 수 있다고 하니 이제는 여유를 가지고 기다리기만 하면 된다.

정작 곤란해진 것은 디온이다.

“힘을 받아들이면 된다고? 하긴, 그러면 틸리아가 없어도 게이트를 열 수 있지. 그렇구나. 난 봉인이 될 수 없는 존재였구나.”

게이트의 마왕이라는 호칭이 가지는 의미는 크다. 물질계와 마계를 비롯한 어느 곳이든 자유롭게 오갈 수 있는 특별한 존재가 바로 디온인 것이다.

하지만 디온은 마왕이 되지 않기로 결심했다. 이제 남은 방법은 검의 비밀을 푸는 것이다.

살신기라고 했다. 신을 죽일 수 있는 무구다.

이걸 제대로 쓸 수만 있다면 드래곤로드의 말대로 워터골렘을 소멸시키는 건 일도 아닐 터. 하지만 검을 뽑지도 못하는데 힘을 쓴다는 건 말도 안 된다.

디온은 천천히 마음을 가다듬고 검을 살펴보았다. 지금까지 오면서 몇 번이나 살펴봤고, 뽑으려는 시도도 계속해 보았다.

“왜 뽑히지 않는 것이지? 나를 인정할 수 없다는 건가?”

하긴, 지금 디온은 그다지 강하다고 할 수 없다. 신을 죽일 수 있는 무구라면 강력한 소유주를 원할 터. 디온이 사용할 수 있다면 오히려 이상하다고 봐야 한다.

그런데 드래곤로드는 검의 힘을 끌어낼 수 있다는 식으로 말했다. 비록 일순간이지만 가능하다는 소리다.

“검으로 물을 베라. 이게 단서란 소린데……”

디온은 아무 생각 없이 검을 들어 용의 공간 너머에 있는 물을 베었다.

휘익, 팍!

"앗, 디온님, 그거 휘두르니까 용의 공간이 흔들려요."

포포르가 놀라 외쳤다. 절대로 파괴되지 않을 거라고 믿었던 용의 공간이 단순히 검이 공간의 경계를 넘나든 정도로 흔들리다니! 믿기 어려운 일이다.

더욱 놀라운 일은 포포르도 디온도 검으로부터 어떠한 힘의 발산도 느끼지 못했다는 점이다.

"정말로 공간이 흔들렸단 말이지?"

디온은 일말의 희망을 느꼈다.

"좋았어. 그럼 난 물속으로 나갈게."

"잠깐만요."

포포르는 나가려는 디온을 붙잡았다. 디온이 뒤를 돌아보니 포포르의 한 손에 은색의 갑옷이 들려 있다. 자세히 보니 은회색 가죽에 실처럼 가는 은색 광채의 금속 사슬을 박아 넣어 만든 스터디드 레더아머였다. 그러나 언뜻 보면 금속 광택이 나는 옷처럼 보일 정도로 부드럽고 사슬이 가늘고 촘촘했다.

"이게 제가 가진 가장 좋은 갑옷이에요. 실버 드래곤의 가죽에 미스릴 체인을 엮어 넣었어요. 물의 압력과 냉기로부터 디온님을 보호해 줄 거예요."

"어, 나한테 주는 거야?"

"드린다기보다는, 에잇, 그냥 가져요. 암튼 이거 입고 나가면 어떤 공간에서든 압력 때문에 걱정할 필요가 없어요."

"고마워."

디온은 사양하지 않고 은색의 갑옷을 입었다. 너무나도 부드러워 그냥 겉옷을 하나 더 걸친 정도의 느낌밖에 안 들었다.

더군다나 가죽을 입으니 시원한 기운이 갑옷으로부터 디온의 몸에 스며드는데, 이게 몸속에서 살살 퍼지니 저절로 기운이 났다. 마나의 기운이다. 이 갑옷을 입고 싸우면 체력과 마나의 소모가 훨씬 감소할 것 같았다.

준비가 된 디온은 워터골렘의 물의 공간으로 들어갔다.

과연 압력도 냉기도 느껴지지 않았다. 물의 저항으로부터도 자유로웠다.

"처음 들어올 때 걸린 마법 효과가 거의 다 포함되어 있나 보네."

비록 디온이 압력이나 냉기로 인해 죽지 않는 몸이라고 해도 고통도 느끼고 움직임에 문제가 생기는 것까지 피할 수는 없다. 그런데 이 갑옷을 입으니 모든 문제가 해결되었다.

거기에 방어력이 어느 정도인지 몰라도 평범한 갑옷과는 비교도 할 수 없을 정도일 게 틀림없다.

"좋았어."

디온은 입고 있는 갑옷이 마음에 들었다. 좋은 갑옷을 입으니 투지가 두 배로 불타오르는 듯한 느낌이 들었다.

디온은 두 손으로 검을 잡고 머리 위로 들어 올린 후 전신의 기운을 모두 검에 주입했다.

"하압!"

우우우우웅!

백광이 검을 뒤덮어 거의 디온의 키보다 두 배나 크게 늘어났다. 줄기줄기 뿜어 나가는 백광은 불꽃처럼 타오르는 게 아니라 거의 굳은 것처럼 긴 꼬챙이 모습을 유지했다. 그만큼 디온의 오러가 안정되어 있다는 의미다.

곧 오러는 디온의 팔을 타고 내려와 그의 전신을 모두 감쌌다. 디온이 사용할 수 있는 최고의 기술 '오러 버스터'를 사용한 것이다.

촤아아악!

고오오오오오오!

거대한 백광이 일직선으로 물을 가르며 나아가자 심해로부터 거대한 소용돌이가 일어났다. 오러에 닿은 물이 소멸해 버리는데 이게 공간 전체에 영향을 미치는 것 같았다.

디온은 일단 오러 버스터를 풀고 그 광경을 살폈다.

"좋아, 효과가 있는 것 같네."

그러나 좋아하는 것은 잠시, 소용돌이가 더욱 기세를 강하게 하여 디온을 집어삼켰다.

"흥, 소용돌이를 통째로 끊어버리겠다."

디온은 다시 오러 버스터를 사용했다. 그리고는 소용돌이의 중심을 관통해 끝이 보이지 않는 심해로 들어갔다.

콰르르르룽!

소용돌이가 폭발하는 광경은 엄청난 장관이었다. 물속 전체의 흐름이 완전히 엉망이 될 정도였다.

디온은 자신감을 얻었다. 결정타를 날리는 방법은 모르지만 적어도 확실하게 타격을 입히고 있다는 느낌이 팍팍 들었다.

그러나 곧 디온은 공격을 멈췄다.

"타격을 입히는 걸로 만족하면 의미가 없지. 한 번을 베어도 급소를 노려야 하는데."

문제는 급소가 어딘지 모른다는 점이다. 디온은 어떻게 해야 하나 고민했다. 그러다가 문득 생각했다.

"방금 소용돌이는 밑에서 올라왔지. 그러고 보니 아까도 밑에서……."

아래쪽에 뭔가 있다. 디온의 의식이 아래를 향하자 그의 감각이 그것을 가르쳐 주었다.

"그동안 마왕의 힘을 안 썼더니 감각이 다시 살아나는 건가? 상관없겠지."

이제는 마왕의 힘을 부정하지 않는다. 운명에 정면으로 부딪치려면 자신이 가진 모든 것을 통제할 수 있어야 한다는 것을 알았기 때문이다.

마왕의 힘을 모두 가진 인간!

그렇게 되면 모든 적과 당당히 맞서 싸울 수 있다. 그게 가능하다면 하는 전제가 붙긴 하지만 적어도 자신의 일부를 부정하면서 극복할 수 있는 상황이 아니라는 것은 깨달았다.

"나의 내부에 잠든 힘이여, 모두 모여 나의 적을 치는 데 힘을 더하라!"

디온은 자신의 내부에 명령을 내렸다. 그러자 정말로 척추로부터 검은 기운이 흘러나오는 듯한 느낌이 들었다. 그것은 곧 몸 밖으로 흘러나가 오러와 섞였다.

디온은 넘쳐흐르는 기운을 전신으로 느꼈다. 그것은 디온 본연의 힘을 몇 백 배나 상회하는 거대한 기운이었다.

하지만 신기하게도 디온의 힘이 그것에 삼켜지지 않고 서로 융합되면서 같이 커졌다. 순식간에 본연의 힘이 마왕의 힘에 거의 대등할 정도로 증강되었다.

콰아아아아아!

화산의 분출과도 같은 기운이 오러에 더해지자 하얀 백광이 회색으로 변했다.

그때, 디온은 손에 쥔 검이 살짝 반응하는 것을 느꼈다.

꿈틀.

"응? 움직여 주는 건가?"

꿈틀.

콰아아아아아아!

검이 미약하게 움직였을 뿐인데 디온의 오러가 다시 몇 배나 강해졌다. 이제는 하늘을 떠받칠 수 있을 정도로 거대한 기둥 모양이 되었다.

그러는 사이에도 디온의 몸은 계속해서 아래로 내려가고 있었다. 그러나 처음 느낌과는 다르게 뭔가가 있다는 생각이 들지 않고 오히려 반대로 점점 멀어지고 있다는 느낌이 강하게 들었다.

"그런가. 이 세상은 상하 좌우가 마음대로 움직이는 거군."

디온은 감각을 집중시켰다. 이번에는 앞쪽에 '그것' 이 있었다. 디온은 방향감각을 스스로 잊고 오로지 '그것' 을 쫓았다. 그리고 어느 순간 디온의 감각이 더욱 확장되며 '그것' 이 눈으로 보였다.

그것은 작은 물고기였다. 바로 워터골렘의 핵이 되는 최상급 정령이 봉인된 물고기!

"찾았다!"

디온은 물고기를 향해 일직선으로 나아갔다.

그러자 물고기 주변에 물이 뭉쳐 워터골렘의 형상이 되더니 웃으며 말했다.

"대단하군. 나의 공간에서 그 정도로 자유롭게 움직이고 위치와 방향 전환에도 전혀 속지 않다니…… 하지만 잊지 마

라. 이곳에서 난 신과 비슷한 힘을 발휘할 수 있다. 크기도 속
도도 내 마음대로다.”

슈아아아악!

말을 끝낸 워터골렘이 도망을 가기 시작했다. 그런데 그 속
도가 말도 못하게 빨랐다.

“놓치지 않는다!”

디온은 검을 쥔 손에 더욱 힘을 주었다. 그러자 디온의 의
지에 반응하듯 오러가 드릴처럼 회전하며 나아가는 속도를
더했다.

쫓고 쫓기는 추격전!

둘의 속도는 거의 비슷했다. 거리가 벌어지지는 않았지만
좁혀지지도 않았다.

자세히 보면 디온이 약간 더 빠른 듯하지만 워터골렘은 순
간순간 방향을 확확 트는데 거의 직각으로 꺾어서 나아가도
가속도가 전혀 줄지 않았다. 그만의 권능인 방향전환 능력을
이용하는 모양이다.

디온의 경우엔 아무래도 방향을 틀 때 속도가 조금 느려지
기 때문에 일직선의 빠름이 큰 이득이 되지 못했다.

“젠장, 이대로는 힘든가.”

디온은 워터골렘이 자신을 농락하고 있다는 걸 깨달았다.

상대는 더 빠르게 도망갈 수도 있다. 그런데 일부러 디온의
속도에 맞추어 디온이 계속 쫓아오게 만들고 있었다. 디온의

오러 바스터가 막대한 에너지를 소모하는 기술임을 알고 지칠 때까지 기다리고 있음이다.

이대로 미련하게 쫓기만 해서는 안 된다. 하지만 그렇다고 해서 추적을 포기할 수도 없다.

방법은? 디온은 냉정하게 방법을 생각했다.

그러다 문득 모라가 준 검법서에 적힌 하나의 기술이 떠올랐다.

에고 블레이드.

오러를 몸에서 분리하여 검과 함께 날리는 궁극의 공격기. 보통 오러는 본인의 몸에서 떨어질 수 없다는 게 상식이지만 검과 구별이 없어진 검사라면 무기에 오러를 실은 채 몸에서 떼어놓을 수 있다. 그럴 경우 검은 시전자의 의지에 따라 마치 살아 있는 것처럼 허공을 자유자재로 날아다니며 상대를 공격한다.

파괴력은 오러 버스터를 상회하고 그 빠름은 빛과 같다. 또한 변화의 무쌍함은 아무도 예측할 수 없다.

"오러 버스터를 사용함으로써 난 나와 검의 구별이 없어진 셈이다. 그렇다면 에고 블레이드도 쓸 수 있지 않을까?"

디온은 스스로에게 물었다. 신기하게도 몸 안에 무엇인가가 꿈틀대며 가능하다고 대답하는 듯한 느낌이 왔다.

이것은 마왕의 능력이 아니다. 훨씬 더 안쪽으로부터의 무엇인가의 대답이다.

"해보자. 하압!"

디온은 몸을 감싸고 있는 오러를 전부 검에 밀어 넣었다. 그러자 오러 버스터가 깨어지며 급격히 속도가 줄었다. 디온은 아예 추적을 멈추고 멈춰 섰다.

도망가던 워터골렘의 핵도 조금 속도를 늦추는 게 보였다.

콰콰콰콰콰콰!

주변의 물살이 그동안 괴롭혔던 디온에게 복수를 하겠다는 듯 사방에서 격하게 몰아쳤다.

그러나 디온은 외부의 압력에는 신경 쓰지 않고 모든 의식을 오로지 검에 집중했다.

디온의 의식이 검과 연결되니 거대한 오러의 파동이 점점 압축되어 거의 원래 검의 크기와 비슷하게 변했다. 그러나 그 힘의 크기는 전혀 줄지 않고 오히려 더욱 강해졌다.

물감은 회색을 섞으면 섞을수록 더욱 탁해지지만 빛은 회색이 모이면 흰색이 되는 법. 이제 디온의 검에 씌워진 오러는 디온 본연의 오러 색인 눈부신 백광이 되었다. 마왕의 힘이 디온의 오러에 완전히 동화되어 버린 것이다.

디온은 잠시 자신의 검을 보았다.

"그런가. 넌 정말로 나의 힘이었구나. 내가 원하면 마왕의 힘이 아닌 인간의 힘이 될 수도 있었던 거구나."

디온은 시선을 돌려 워터골렘의 핵을 보았다. 눈으로 보일 수 있는 거리는 이미 훨씬 이전에 벗어났지만 디온의 시선은 공간을 넘어서 원하는 사물을 볼 수가 있었다.

"가라."

지이이이이잉.

디온의 명이 떨어지자 검이 긴 광선으로 변해 앞으로 나아갔다. 잔상이 사라지지 않아 무한히 긴 선이 물속을 가로지르고 있는 것처럼 보였다.

팍!

워터골렘의 핵이 반응할 시간 따윈 주어지지 않았다. 검은 움직이는 순간 이미 핵을 관통해 흔적도 없이 소멸시켜 버렸다.

콰콰콰콰콰콰콰콰콰!

위쪽으로부터 커다란 물소리가 들려왔다. 물의 공간 전체가 두 갈래로 갈라지며 소멸하고 있었다.

디온은 가만히 서서 기다렸다.

그토록 넓은 공간이 완전히 소멸하는 데에는 별로 시간이 걸리지 않았다. 어느새 모든 물이 사라지고 디온은 바닥이 둥그런 마른 웅덩이 속에 서 있게 되었다. 너비가 10여 미터밖에 안 되는 웅덩이였다.

이 작은 공간 안에 설치된 아공간이 하나의 세계만큼 넓을 수 있다는 게 놀라울 뿐이다.

"와! 디온님, 대단해요."

포포르가 허공으로부터 용의 공간을 해제하며 튀어나왔다.

디온은 별거 아니라는 듯 살짝 미소를 짓고는 벽 한쪽을 보았다.

문이 있었다. 물의 정령이 조각되어 있었다. 그런데 물의 정령은 아래쪽으로부터 점점 사라지는 중이었다.

"고맙다, 인간이여. 나는 이제 내가 태어난 정령계로 되돌아갈 수 있다."

물의 정령의 조각은 고개를 숙여 디온에게 인사를 한 후 완전히 사라져 버렸다. 남은 것은 그냥 아무 무늬도 없는 문뿐이다.

"이 문 뒤에 공간미로감옥이 있는 건가?"

"그럴 거예요."

디온과 포포르는 문을 열고 안으로 들어갔다.

Chapter 06
천신기 세르기안

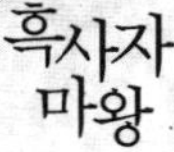
흑사자
마왕

과연 문 뒤쪽은 커다란 대전이고, 중앙에 거대한 게이트가
설치되어 있었다.

게이트 안쪽은 잔잔한 물이 흐르는 것처럼 공간이 일렁이
고 있었는데 가끔씩 검은 점들이 나타났다가 사라지고, 화염
의 기운이나 뇌전의 기운도 느껴졌다.

그런데 디온이 들어서자 게이트 뒤에서 두 사람의 마법사
가 걸어나왔다. 그들은 디온이 올 줄 알고 있었던 듯 여유 만
만한 미소를 지으며 말했다.

"어서 오게. 기다리고 있었네, 마왕."

"먼저 우리 소개를 하지. 우리는 마탑의 아크메이지인 멜

토와 브라코라고 한다. 구파가 마탑을 떠났으니 우리가 이곳
의 최고 책임자라고 할 수 있다.”

놀랍게도 두 사람은 마탑의 세 거두 중 남은 두 명이었다.
그들은 디온의 침입을 알고 있으면서도 모른 척하고 미리 이
곳에서 기다리고 있었던 모양이다.

눈치를 보아하니 호의를 가진 것 같지 않다. 아무래도 좋지
않다.

디온은 긴장한 얼굴로 그들에게 물었다.

“디온입니다. 그런데 어쩐 일로 저를 기다리고 계셨습니
까?”

디온의 말에 멜토와 브라코는 동시에 웃음을 터뜨렸다.

“껄껄껄, 당연히 마탑에 무단으로 침입한 마왕을 퇴치하기
위해서지.”

“정확하게 말하자면 제압을 하려는 거다. 그래야 여러 가
지 실험을 할 수 있으니까.”

“전 아직 마왕이 아닙니다. 그런데 저를 제압하겠다고요?
실험도 하고요?”

“그렇지. 이런 기회가 어디 또 오겠나? 마왕이 될 수 있는
인간이 물질계에 나타난 적은 지금까지 없었다. 우린 이 시대
를 대표하는 마법사들이니 당연히 그대의 모든 것을 연구해
서 앞으로 있을지 모를 마족의 침략에 대비할 것이다.”

“암, 마왕의 비밀을 밝혀낼 수만 있다면 마족들 정도는 아

무엇도 아니게 되지. 그러니 그대는 인류를 위해 순순히 희생을 하도록 하게."

두 마법사는 디온의 희생을 당연시하고 있었다.

겉으로는 인류니 마족이니 하고 있지만 그들의 탐욕으로 번뜩이는 눈빛은 거의 광인의 그것으로 마왕을 생체 해부하고 싶어 하는 미친 마법사의 욕망을 조금도 숨기지 않았다.

디온은 한숨을 내쉬며 중얼거렸다.

"으, 어마마마가 마탑의 세 탑주는 완전히 미쳤다고 하셨을 때 설마 했는데 진짜 황당하네."

세상의 지배자 중 둘이 이런 미친 자들이라는 게 믿어지지 않을 정도다.

멜토와 브라코는 디온의 중얼거림을 듣고도 전혀 부끄러워하거나 화를 내지 않았다. 오히려 더욱 신이 난 듯 껄껄 웃으며 말했다.

"구파가 떠나면서 어쩌면 마왕이 이곳에 올지 모른다고 예언했지. 구파의 예언은 꽤 잘 들어맞는 편이라 우리는 기대를 했다네. 마왕을 만날 기회를 말이야."

"준비도 심혈을 기울여 했지. 이 안으로 들어온 이상, 마왕이 마탑을 벗어날 일은 일어나지 않는다."

말이 끝남과 동시에 두 마법사는 지팡이를 들어 디온을 가리켰다. 그러자 멜토의 지팡이 끝에서 눈에는 보이지 않지만 무엇인가 무서운 기운이 그물처럼 퍼져 디온을 감쌌고, 브라코의 지팡이는 주욱 늘어나며 커다란 괴수의 머리가 되어 디온을 통째로 삼키려 했다.

그때 포포르가 한 걸음 앞으로 나서며 메이스를 뽑아 들고 외쳤다.

"내가 있는 이상, 디온님은 아무도 건드릴 수 없어! 티리우스!"

콰드드등!

화염과 뇌전으로 이루어진 티리우스가 다시 소환되었다. 티리우스는 투명한 그물을 몸으로 막으며 브라코의 지팡이가 변한 괴수의 목을 물어뜯었다.

크아아아!

브라코의 지팡이 괴수는 괴로운 듯 비명을 질렀다.

하지만 브라코는 전혀 놀라지 않고 오히려 호기심에 가득 찬 얼굴로 포포르에게 말했다.

"대단한 소환수구나. 넌 누구지?"

"난 서쪽 숲의 마녀 포포르다. 너희 같은 놈들은 마법사의 수치와도 같으니 내 오늘 디온님을 대신해서 너희들을 재로 만들어 버리겠다."

"크크크크, 우리가 마법사의 수치라고? 그러는 넌 마법사로 보이지 않는군. 아무래도 이곳에 기생하고 있는 드래곤 중 한 마리 같은데 말이야."

"이익, 우리가 기생을 하고 있다고? 네놈들은 정말 겁이 없구나.”

포포르는 자신이 드래곤임을 알아보고도 알아서 숙이기는
커녕 막말을 해대는 두 아크메이지를 보고 완전히 화가 머리
끝까지 치미는 것을 느꼈다.

“티리우스, 다 삼켜 버렷!”

크와아아아아아!

티리우스는 포포르의 명을 충실하게 이행하려 했다. 브라
코의 지팡이 괴수를 완전히 삼키고 다시 멜토와 브라코 쪽으
로 나아갔다.

그러나 곧 티리우스는 몸은 전혀 움직이지 못하고 괴로운
듯 비명을 질렀다. 눈에 보이지 않는 그물이 티리우스를 완전
히 옭아맨 것이다.

크아아앙!

멜토가 그런 티리우스를 보며 코웃음을 쳤다.

“소용없다. 나의 포스웹은 한번 걸리면 절대 벗어날 수 없
지.”

브라코는 고개를 끄덕이며 말했다.

“확실히 멜토 노사의 포스웹은 역사에 남을 무서운 마법이
지. 그리고 내 지팡이 또한 만만하지는 않다. 삼키는 자는 삼
켜지고 삼켜진 자는 삼키는 법. 페이트 체인지!”

우우우웅!

브라코의 주문이 끝나자 갑자기 그물에 갇힌 티리우스가

몸을 부르르 떨더니 형태를 바꿨다. 그것은 바로 좀 전에 브라코가 던진 지팡이 괴수의 모습이었다. 화염과 뇌전은 여전한데 모양만 그렇게 바뀌었다.

브라코는 웃으면서 포포르에게 외쳤다.

"어떠냐? 내 지팡이는 다른 소환수의 몸을 빼앗는 특기가 있다. 이제 너의 소환수는 내 소유가 되었다."

"어엇!"

브라코의 말이 정말인지 포포르는 당황한 표정을 지었다. 소환수는 주인과 정신적인 연결이 되어 있는데 그게 사라진 것이다.

멜토가 당황한 포포르를 보며 즐겁다는 듯 크게 웃었다.

"크하하하하, 사실 우리는 너희들이 관문을 통과하는 광경을 모두 지켜보았다. 모른 척한 것은 너희들의 장기와 실력을 분석하기 위함이었지. 이 소환수는 쓸 만한 것 같으니 우리가 천천히 연구를 해보도록 하지."

"으, 그럼 나를 도발한 것도 일부러 그런 거였나?"

"당연하다. 소환수를 빼앗으려면 주인이 냉정을 잃게 만들어서 멘탈 바인드를 약화시키는 게 좋으니까."

멘탈 바인드는 소환수와 주인의 정신적 연결력이다. 브라코의 친절한 설명은 포포르를 더욱 분노하고 황당하게 만들었다.

그사이 티리우스는 몸을 돌려 오히려 디온과 포포르를 향해 달려들었다.

"꺄악!"

포포르는 실전 경험이 많지 않아서인지 한번 당황하자 대응이 냉정하지 못했다. 믿었던 티리우스가 자신을 공격하자 놀라 비명을 지르며 한 걸음 뒤로 물러났다.

반대로 디온은 앞으로 나오며 검으로 티리우스의 머리를 둘로 갈랐다.

꽈드드등!

티리우스의 머리가 천둥치는 소리와 함께 둘로 갈라지더니 불덩어리로 변해 흩어졌다가 다시 뭉쳐 원 상태로 돌아갔다.

그런데 그때의 소리가 너무 커서 디온은 그 충격파에 밀려 뒤로 팅겼다.

그제야 포포르는 정신을 차리고 디온에게 외쳤다.

"조심해요! 티리우스는 공격을 받으면 음파를 발산하는 성질이 있어요!"

"응, 나도 지금 알았어."

디온은 대답을 하며 몸의 중심을 잡고 전신을 오러로 감쌌다.

"오러 버스터!"

화르르르르.

마왕의 능력을 오러의 힘으로 흡수하기 시작한 디온의 오러 버스터는 이전보다 10배는 커 보였다. 오러의 막은 음파마저 차단하여 디온의 몸은 완전히 검에 숨은 상태다.

그 상태에서 디온은 곧바로 두 아크메이지를 목표로 날아갔다.

크아아아아앙!

퍼엉!

티리우스가 입을 크게 벌리고 디온을 통째로 삼켰다. 그러나 디온의 힘을 몸이 버티지 못하고 다시 터져 버렸다.

"그 기술은 이미 보았다! 아공간 홀 게이트!"

"광역분신!"

브라코와 멜토는 이 정도는 예상했다는 듯 동시에 마법을 시전했다.

그들이 서 있는 앞쪽 공간이 일그러지며 검은 구멍 같은 공간이 입을 벌렸다. 그러자 주변의 공기가 엄청난 압력에 의해 구멍 속으로 빨려들었다.

아공간을 생성하면서 입구를 열어놓은 채로 놔두면 강력한 흡입력으로 주변의 모든 것을 빨아들인 후 소멸된다. 그 경우 아공간 속으로 빨려들어 간 것들이 어떻게 되는지는 아직 밝혀진 바 없다.

금지된 마법 중 하나인데 브라코는 서슴없이 썼다.

동시에 멜토가 쓴 광역분신은 방 안 전체에 브라코와 멜토의 분신을 아홉 개씩 만들어냈다. 허상이 아닌 모두 실상으로 어느 게 진짜인지 구분할 수 없었다.

디온은 검의 힘에 의해 공간 왜곡에 전혀 영향을 받지 않는다. 하지만 그것은 적도 익히 아는 사실. 그럼에도 불구하고 아공간 홀을 만든 이유는 포포르가 협공하는 것을 막기 위함이다.

포포르는 검은 구멍이 열리자 얼른 방어 마법을 겹겹이 쳐서 자신을 보호했다. 그 바람에 협공 타이밍을 놓쳤다.

디온은 아공간 홀을 피하지 않고 오히려 그 안으로 뛰어들었다.

콰콰쾅!

생성된 지 1초도 되지 않은 아공간이 파괴되며 디온이 튀어나왔다. 동시에 디온은 전신의 오러를 검에 모아 날렸다.

"분신 따위는 모두 베어버린다. 에고 블레이드!"

슈우우우우웅!

파파파파파팍!

마치 시간이 멈춘 상태에서 검만 움직여 표적을 하나하나 관통하는 듯한 느낌이랄까?

방 안에 있는 브라코와 멜토의 분신은 일순간에 모두 파괴되었다. 진짜를 가릴 필요 없이 싹 다 처리한 것이다.

"아직 끝이 아닌가?"

디온은 표정을 살짝 굳히며 중얼거렸다.

적을 처치했다는 느낌이 안 왔다. 브라코와 멜토는 여전히 디온을 보고 있다.

그런데 그게 어디서 보고 있는지는 알 수 없었다. 그들의 은신법이 디온의 감각보다 뛰어난 모양이다.

"흐읍."

디온은 심호흡을 하며 정신을 가다듬었다. 어떤 공격이 오더라도 다 막고 받아칠 준비를 했다.

그때 갑자기 허공에서 커다란 웃음소리가 들려왔다.

"크크크크크크, 역시 강하구나. 1, 2차 관문을 통과하며 엄청나게 강해졌어."

"계산 착오야. 저 정도면 거의 상급 마족의 힘이라고 봐야 한다."

"브라코, 함부로 내 계산이 틀렸다고 말하지 마라. 저 정도는 계산 안에 들어 있다. 봐라!"

멜토의 말이 끝나자마자 공간미로감옥의 입구인 게이트가 일렁이며 디온의 검에 씌어진 오러를 빨아들였다.

"어엇!"

오러가 흡수당하는 일은 생각지도 못했던 일이라 디온은 놀라 얼른 검에 의식을 집중했다. 그러나 힘이 흡수당하는 것은 전혀 막을 수가 없었다.

"크하하하하하, 공간미로감옥이 왜 무서운 줄 아느냐? 이 방에선 한계 이상의 힘을 사용하면 감옥이 그 힘을 무조건 흡수하게 되어 있다. 바로 너 같은 놈이 감옥을 파괴하는 것을 막기 위한 장치이지.”

“넌 관문이 두 개라 생각했지만 사실은 세 개다. 바로 감옥 자체가 세 번째 관문인 셈이지. 일단 감옥이 너를 위험 인자로 인식한 이상 넌 모든 힘을 흡수당하고 몸도 영혼도 감옥 안에 갇힐 것이다.”

“으, 너희들이 날 공격한 건 게이트의 방어 장치를 가동시키기 위한 것이었군.”

디온은 깨달았다.

브라코와 멜토가 이곳에서 디온을 공격한 것은 디온에게 강력한 힘을 사용하게 하기 위한 것이었다. 디온은 자신도 모르게 함정에 빠진 셈이다.

무서운 점은 게이트가 디온은 그냥 놔두고 디온의 힘만을 빨아들이는 데에 있다. 위험 인자를 먼저 무기력하게 만들고 그다음에 영원히 가두는 것이다. 이때 흡수한 힘은 게이트의 유지를 위한 에너지로 사용한다.

“으윽, 장난이 아니네.”

디온은 힘이 빠져나가는 속도가 점점 빨라짐을 느꼈다. 겉으로 발산한 오러의 힘뿐만 아니라 디온의 몸속에 있는 것들까지 계속해서 빠져나갔다.

“차라리 내가 먼저 게이트로 들어가 버리자.”

디온은 몸을 날려 게이트 안으로 들어갔다. 수면처럼 일렁이는 막을 지날 때에 몸이 차가워지는 느낌이 들었다.

“됐다. 엇?”

디온이 나온 장소는 바로 게이트 뒤쪽이었다. 공간미로감옥에 들어가지 못하고 그냥 둥근 게이트를 넘어 반대편에 내려선 것이다.

포포르가 외쳤다.

“디온님, 게이트가 경계 태세 중일 때에는 감옥 입구가 열리지 않아요!”

“윽, 그럼 힘을 완전히 빨릴 때까지 못 들어간단 소리잖아.”

“크하하하하하, 그렇다.”

“염려 말아라. 힘이 다 빨리면 우리가 공간미로감옥의 비상 태세를 멈춰주겠다. 네가 공간미로감옥에 갇힐 일은 없을 것이다. 물론 그다음에는 전 여러 가지 실험의 대상이 되어주어야 한다.”

“웃기지 마라!”

결국 디온은 화를 내었다. 정말 마탑이 이렇게까지 타락했는지는 몰랐다. 성질 같아서는 이 거지같은 마탑을 통째로 날려 버리고 싶었다.

‘게이트를 파괴해 버릴까?’

지금이라면 아직 힘이 남아 있다. 잘하면 게이트를 파괴할 수 있을 것 같았다.

‘아니지. 그럼 내가 여기까지 온 이유가 없어.’

디온은 곧 냉정을 회복했다. 검의 수련은 곧 정신력의 수련
이기도 하다. 분노도 필요에 따라 의식적으로 가라앉힐 수 있
었다.

디온은 게이트를 노려보았다. 여전히 둥근 테두리 사이에
공간이 수면처럼 일렁인다.

차원미로감옥의 게이트는 가동되고 있다. 단지 입구가 비
상 상태이기 때문에 닫혀있을 뿐이다.

"그래, 힘이 남아 있으니 아직은 할 수 있는 일이 있지."

디온은 의식을 집중하여 자신의 남은 힘을 뼛속으로 밀어
넣었다. 지금까지는 뼛속에 존재하는 마왕의 힘을 끌어내어
본신의 힘으로 바꾸려 했다.

하지만 지금은 반대다. 마왕의 힘이 필요하다.

바로 게이트를 여는 힘!

"열려랏!"

디온은 검을 앞으로 내밀며 크게 외쳤다. 그러자 검끝으로
부터 칠흑의 빛이 뿜어져나가 게이트를 덮었다.

드드드드드드드!

차원미로감옥의 게이트는 저항을 하려는 듯 크게 진동했
다. 하지만 마왕 디온이 가진 권능의 본능은 바로 게이트를
열고 닫는 힘. 어떤 장소에서도, 상황에서도 게이트를 열 수
가 있다.

파파팡!

게이트에서 파란 빛이 나며 일렁이는 공간 너머가 흐리게 변했다. 아공간으로 들어가는 통로가 열린 것이다.

더불어 경계 태세가 강제로 해제된 것인지 디온의 힘도 더 이상 게이트 속으로 빨려들어 가지 않았다.

"으, 기운 빠져."

디온은 뼛속이 휑하니 빈 것 같은 느낌에 살짝 무릎이 휘청거렸다. 하지만 지금이 아니면 기회가 없다.

디온은 사악한 두 아크메이지가 손을 쓰기 전에 공간미로 감옥 속으로 몸을 날렸다.

팍!

디온의 몸이 사라지는 순간, 브라코와 멜토가 모습을 드러냈다.

"이런, 설마 강제로 문을 열 줄이야."

"저것이 마왕의 능력인가!"

"다시 저놈을 소환하자."

"그래, 저놈이 왜 게이트 안으로 들어가려 했는지 몰라도 마음대로 하게 놔둘 수는 없다."

브라코와 멜토는 이미 디온에게 소환 표식을 심어놓았다. 공간미로감옥에 들어가도 그들은 디온을 소환해 다시 밖으로 꺼낼 수 있는 것이다.

두 아크메이지는 서둘러 소환 주문을 외우려 했다.

그런데 그때 뒤쪽에서 포포르가 말했다.

"너희들, 날 너무 무시하는 거 아니야?"

"헛, 그리고 보니 네가 남아 있었군."

브라코와 멜토가 뒤를 돌아보니 포포르가 손에 하나의 통을 들고 있었다. 속이 팔뚝만 한 통이었는데, 표면에 입을 벌린 레드드래곤의 머리가 조각되어 있었다.

포포르는 두 아크메이지가 자신을 보자 싱긋 한번 웃어주고는 크게 외쳤다.

"가랏! 에이션트 드래곤 브레스!"

콰르르르르르르르르르!

원통 끝으로부터 붉은 화염이 방사형을 이루며 뿜어져 나갔다. 포포르가 들고 있는 통은 드래곤로드의 브레스를 봉인한 것으로 일회용이지만 세상에서 가장 강력한 공격무기 중 하나라 할 수 있다.

브라코와 멜토는 경악해서 급히 자신들이 쓸 수 있는 최강의 주문을 사용했다.

"당하지 않는다. 어둠의 창!"

"크웃, 궁극 반사!"

절대 영도의 힘을 지녔다는 어둠의 창이 브레스를 때렸다. 하지만 보통 드래곤도 아닌 고룡 급의 브레스를 중화시킬 수는 없었다. 그나마 아크메이지의 궁극 마법이기에 브레스가 잠시 멈추는 듯 보였다.

그사이 멜토의 필살기인 앱솔루트 리플렉트가 가동되었

다. 어떠한 공격도 그대로 튕겨낼 수 있는 궁극 마법은 이론적으로 무한한 반사 능력을 지녔다.

이 마법이야말로 멜토에게 반전의 마법사라는 영광된 칭호를 얻게 해주었다.

파아아앙!

브레스가 반사된다. 고룡의 브레스를 튕겨내는 데 성공한 것이다.

멜토의 입에서 자부심의 미소가 묻어났다.

"기습을 했지만 소용없다. 우리를 단숨에 죽일 방법은 거의 없으니까."

포포르도 미소를 지었다.

"응, 그럴 거라 생각했어. 하지만 말이야, 사실 막아내도 그다지 신경은 안 썼어. 왜냐하면 막으려면 이 브레스에 상응하는 힘을 써야 하잖아? 바로 한계를 넘어서는 힘 말이야."

"뭣!"

"봐, 게이트가 다시 비상 상태가 되었어. 대상은 나와 너희 둘이야. 호호호호호!"

포포르의 말이 끝나기도 전에 이미 게이트는 두 아크메이지와 포포르의 힘을 빨아들이기 시작했다.

이 장치만큼은 마탑의 탑주라도 예외 없이 발동한다는 것을 포포르는 알고 있었다.

브라코는 이를 갈며 외쳤다.

“으으, 같이 죽을 작정이냐? 소용없다. 우린 저 안으로 들어가도 스스로 나올 수 있으니까.”

“누가 같이 죽는대? 나에겐 이런 게 있다고.”

포포르는 손바닥을 펴서 앞으로 내밀었다. 그녀의 손바닥 안에는 투명한 구슬 같은 것이 빛나고 있었다.

“나와랏! 용족의 공간!”

촤악!

투명한 구슬은 순식간에 커져서 포포르를 감쌌다.

드래곤에게 절대 안전을 보장하는 용족의 공간! 공간미로 감옥의 비상 상태도 용족의 공간 안에 있는 포포르의 힘을 흡수할 수는 없다.

공간미로감옥의 게이트는 아예 포포르를 인식하지 못하는 듯 두 아크메이지의 힘만을 맹렬히 빨아들였다.

포포르는 여전히 미소를 띤 입술로 말했다.

“힘이 다 빨린 후 공간미로감옥으로 들어가라고. 그리고 다시 나오면 내가 깔끔하게 죽여줄게. 염려 마. 바로 안 나와도 계속 기다려 줄 테니까. 그 안에서 푸욱 쉬고 죽음을 받아들일 마음가짐이 된 후에 천천히 나와도 돼.”

드래곤에게 기다림은 아무것도 아니다. 백 년도 기다릴 수가 있다.

포포르는 드래곤을 모욕한 이 두 늙은이를 꼭 재로 만들어 버리겠다고 다짐했다.

“으으으, 제길!”

“으아아아아아아!”

브라코와 멜토는 결국 모든 마력을 게이트에 흡수당한 후 게이트 속으로 빨려들어 갔다.

탑주의 신분이니 스스로 밖으로 나올 수 있고, 밖에 나와서 휴식을 취하면 마력이 다시 회복될 테지만 그건 포포르가 없을 때의 이야기이다.

그 뒤로 그들은 미로 밖으로 나오지 않았다.

*　　　*　　　*

수도 성채로 날아간 리네는 세르기안에 매달려 허공에 뜬 채 아래쪽을 살폈다.

“없어, 디온도 투투도.”

어느새 리네의 눈동자가 하얗게 변해 있었다. 세르기안의 힘이 각성하기 시작하자 그녀는 천족의 힘을 일부 사용할 수 있게 몸이 변해가는 중이었다.

리네의 눈에는 집안에 숨어 벌벌 떨고 있는 사람이 보였다. 그리고 본능적으로 디온이나 투투가 없다는 것도 단숨에 알았다.

뒤를 따라온 엘미르도 주변을 돌아보며 리네에게 말했다.

“흑왕의 부하로 보이는 병사들도 보이지 않네. 그들은 이미 이곳을 빠져나갔어. 싸우러 간 걸까?”

“싸움은 막아야 해요!”

“그래, 그러기 위해서 우리가 왔으니까. 기다려 봐.”

엘미르는 두 눈에 신성력을 모아 검은 안개가 낀 평원 전체를 둘러보았다. 보통 마법으로는 안개 속을 볼 수 없지만 천족이나 마족은 약간 흐릿해도 볼 수가 있다. 거기에 신성력까지 더하니 지평선 끝에 있는 산속까지도 보였다.

“찾았어. 저쪽에 군대가 이동하고 있네.”

“어디요?”

리네는 엘미르가 가리키는 곳을 보았다. 그러나 아직 완벽하게 힘을 사용할 수 없는 리네는 그렇게 멀리까지는 볼 수 없었다.

엘미르는 다시 손가락으로 방향을 가리키며 말했다.

“저쪽으로 가보자.”

“예, 선생님.”

슈우우우우웅!

어떻게 나는지는 리네 자신도 모른다. 단지 가려고 마음먹으면 세르기안이 알아서 날아가고, 리네는 그걸 붙잡고 있으면 된다.

곧 리네와 엘미르는 산맥 줄기를 따라 이동하고 있는 병사들의 위쪽에 도착했다. 엘미르가 적절한 시기에 투명 마법을 걸어서 사람들의 눈에는 두 사람이 보이지 않았다.

“연합군인 모양이네.”

엘미르가 깃발의 문장을 보고 말했다.

“그럼 흑왕의 군대는 어디에 간 거죠?”

“글쎄? 내 생각이 맞는다면 이들이 향하는 쪽에 있지 않을까?”

“그럴까요?”

“응, 분위기가 후퇴가 아닌 진격이야. 그런데 좀 이상하네.”

“뭐가요?”

“강력한 현혹 마법의 기운이 느껴져. 아무래도 누군가가 마법의 힘으로 이들의 정신에 영향을 주고 있는 것 같아.”

“이 많은 사람들에게 현혹 마법을 걸었다고요?”

“그런 거 같아. 으음, 마력의 근원이 저쪽이네.”

엘미르가 가리킨 사람은 바로 구파 노사였다. 일단 구파 노사에게 시선이 가자 리네의 눈에도 구파 노사의 전신에서 거미줄처럼 뿜어져 나오는 마력의 선이 보였다.

그것은 하늘로 뻗어 오르며 끊임없이 갈라지며 대기 중에 흩어지고 있었다.

리네는 잠시 생각을 하다가 엘미르에게 물었다.

“지금 상황이 흑왕은 전쟁을 포기하고 도망가고, 연합군이 마법적인 힘에 의해 억지로 전쟁을 하려고 추적하는 거죠?”

“아무래도 그런 것 같네.”

"그럼 저걸 제거하면 병사들이 추적을 멈출까요?"

"아하, 맞아. 틀림없이 마법이 풀리면 저들은 추적을 멈출 거야. 원래 저런 유의 현혹 마법은 해제되면 스스로 마법에 걸려 있었다는 걸 알거든."

엘미르는 리네의 의도를 알고 미소를 지었다. 어찌 됐든 전쟁만 막으면 둘의 목적은 성공한 셈이다. 더군다나 인위적으로 전쟁을 일으키려 했다는 흔적이 남으니 뒷일도 처리하기 쉬워진다.

리네는 결심한 듯 두 손으로 세르기안을 잡아 머리 위로 들어 올렸다.

"세르기안, 나를 위해 너의 힘을 조금만 빌려줘. 이 전쟁을 막고 싶어."

쉬루루루루루!

세르기안이 묘한 울림을 내기 시작했다. 그러자 리네의 머리카락과 눈동자가 완전히 탈색되어 하얗게 변했다.

모든 사악한 것을 끊는 세르기안은 그냥 휘두르면 상대를 적중시켜야 권능이 발현되지만, 본래는 불이나 물, 마법 같은 형태가 없는 것들도 모두 정화시킬 수 있다.

파사의 힘으로는 천상계에서 가장 뛰어난 천신기인 것이다.

리네는 전신에 상쾌한 기운이 가득 차는 것을 느끼고 자신의 의지를 담아 세르기안을 휘둘렀다.

“사악한 마법이여, 사라져라!”

쉬루루루루루루!

하얀 연기와도 같은 기운이 세르기안의 끝으로부터 흘러나와 대기와 섞였다.

이미 대기 중에 흩어져 있는 현혹 마법의 실과 같은 줄기는 세르기안의 기운과 닿는 순간 가닥가닥 끊어져 버렸다.

뿐만 아니라 하얀 기운은 병사들의 머리 위로부터 안개비와 같이 쏟아져 그들의 어지러워진 머릿속을 상쾌하게 정리해 주었다.

행군에 지친 체력도 따뜻한 수프를 마시고 안락한 침대에서 푹 쉰 것처럼 최상으로 회복되었다.

병사들은 갑자기 변한 자신들의 상태에 놀라 주변을 돌아보았다.

“어떻게 된 거지?”

“기운이 넘쳐.”

“아까까지 머리가 아팠는데 갑자기 괜찮아졌네.”

“으, 그런데 지금까지 난…….”

일반 병사들은 현혹 마법에 걸린 적이 없기 때문에 마법이 해제되었어도 뭐가 뭔지 몰랐다.

그러나 지휘관 급이나 경험 많은 숙련병 중의 일부는 곧바로 상황을 파악했다.

“으으으, 설마……?”

"현혹 마법에 걸려 있었던 건가?"

"그렇다면 우린 지금까지 속고 있었다는 거!"

병사들뿐만 아니다. 도도리아 후작을 비롯해 연합군의 대장들 역시 현혹 마법에서 깨어났다.

"설마 구파 노사, 당신이!"

"그대가 우리를 조종한 것인가!"

"근위기사들은 우리를 보호하라! 그리고 구파 노사를 잡아라!"

기사들은 즉시 무기를 뽑아 들고 구파 노사의 주변을 둘러쌌다. 그러나 초인의 레벨에 속한 구파 노사에게 함부로 접근하지 못하고 긴장된 얼굴로 무기만 겨눴다.

구파 노사는 갑자기 끊어진 마법의 충격에 의해 눈과 코, 입, 귀에서 피를 흘리며 비틀거리고 있었다.

구파 노사의 제자들은 더욱더 큰 충격을 받은 듯 모두 쓰러졌다. 구파 노사는 집단으로 현혹 마법을 사용할 때 만약의 경우를 대비해 제자들을 충격 방지용 제물로 설정했기에 구파 노사를 제외한 다른 마법사들은 모두 치명적인 상처를 입은 것이다.

하지만 그럼에도 불구하고 구파 노사도 거의 몸을 가누지 못했다.

"으으, 모든 마력을 일순간에 지워 버리다니. 어떻게 이런 일이……."

구파 노사는 믿을 수 없었다. 단순히 마법을 해제한 게 아니다. 현혹 마법에 쓰이던 마나 자체가 모두 사라져 버렸다. 그러자 구파 노사의 몸 안에 남아 있던 마나도 급격한 압력의 차에 의해 밖으로 분출되어 버렸다. 그리고 몸 밖으로 나간 마나 역시 모두 흔적도 없이 사라졌다.

아차 하는 사이 지닌 마나의 90% 이상을 소실하니 몸이 마나 고갈 상태가 되어 전신의 핏줄이 불에 타듯 끓어오르고 모든 뼈에 수천 개의 금이 가는 고통이 발생했다. 마치 번개가 끊임없이 몸에 내려치는 듯한 고통이다.

도도리아 후작은 다시 명령했다.

"구파 노사는 정상이 아니다. 이 틈에 마법 구속구를 채워라."

"크웃, 그렇게 쉽게 당하진 않는다."

구파 노사는 금방이라도 기절할 것 같은 의식을 억지로 붙잡고 자신의 지팡이 끝에 담긴 붉은 수정을 떨리는 손으로 움켜잡았다.

팡!

붉은 수정이 깨어지며 구파 노사의 손은 피범벅이 되었다. 그러나 반대로 구파 노사는 순간적으로 기운을 차린 듯 허리를 펴고 일어났다.

"썬 버스트!"

펑, 촤아아아아아!

구파 노사의 몸으로부터 태양과도 같이 강렬한 빛이 폭발하듯 터져 나왔다.

"아악, 내 눈!"

"앞이, 앞이……!"

가까이에 있던 기사들은 순간적으로 눈이 타는 듯한 느낌과 함께 시야를 잃고 괴로워했다.

도도리아 후작도 눈이 부셔 손으로 눈을 가린 채 외쳤다.

"저항하는가? 정녕 네놈이 음모를 꾸며 우리를 농락한 거란 말이구나! 근위기사, 잡을 수 없다면 죽여도 좋다! 즉시 공격하라!"

"옛!"

눈이 안 보여도 기사 중의 최정예로 구성된 근위기사들은 고통을 참고 감각에 의지해 구파 노사를 향해 돌진했다.

그러나 이미 구파 노사는 그 자리에 없었다. 썬 버스트로 틈을 벌고 바로 순간이동 마법으로 어디론가 이동해 버린 후였다.

그 뒤, 구파 노사의 제자 중 살아남은 자들은 모두 사로잡혔다. 연합군의 수장들은 그들에게 모진 고문을 동반한 심문으로 구파 노사의 음모를 밝혀내려 했지만, 제자들도 맹목적인 충성심으로 이용당했을 뿐 음모의 실체를 아는 자는 없었다.

허탈해진 연합군 수장들은 며칠간의 회의 끝에 군의 철수를 결정했다.

하지만 그것으로 일이 끝나지는 않았다. 이미 토베 왕국의 왕족이 모두 죽은 상황이다. 도도리아 후작이 살아남은 유일한 왕족을 세워 정국을 안정시키려 했지만 다른 연합군의 수장들이 순순히 물러나지 않았다.

연합군의 수장들은 이번 전쟁과 음모의 책임을 토베 왕국에 덮어씌웠다. 완전히 억지도 아닌 게, 도도리아 후작이 여러 가지 뒷공작을 했다는 증거가 적지 않게 존재했다. 특히 왕족을 다 죽인 게 흑왕이 아닌 도도리아 후작의 수하들이라는 소문이 퍼지면서 연합군 측의 주장이 점점 힘을 얻었다.

결국 연합군은 군을 철수하지 않고 각자 자신들이 원하는 영토로 가서 주둔하게 되었다. 그들 간의 협의를 통해 토베 왕국의 영토 중 70%를 손해배상으로 지급받기로 결정했다.

당연히 토베 왕국은 그 결정에 불복했고, 이후에는 토베 왕국과 인접 왕국의 연합군과의 싸움이 일어났다.

결과는 사면초가 상태인 토베 왕국군의 패배. 도도리아 후작은 야망을 이루지 못하고 저택에서 자살했고, 토베 왕국은 역사의 그림자 속에 파묻혔다.

*   *   *

"크윽! 스승님, 실패했습니다."

구파 노사는 불칸의 앞에 무릎을 꿇고 말했다. 그의 전신 모공에선 피가 배어 나왔고, 안색은 시체처럼 창백했다. 잠재력마저 완전히 사용해 지금 의식을 잃으면 그대로 죽음에 이를 것 같았다.

불칸은 그런 구파 노사를 감정 없는 눈으로 바라보았다.

"많은 사람들이 전생을 원한다. 그러나 그들은 운명의 굴레를 벗어나지 못하고 죽어서 모든 것을 잃게 되지. 죽음은 가장 가혹한 형벌이고, 그걸 벗어날 방법은 없는 것과 같다. 하지만 너에겐 기회가 있었다."

"크흐흐흐흑."

항상 냉정했던 구파 노사라고 해도 지금 이 순간은 이성을 유지할 수 없었다. 기회가 있었다는 과거형 어투는 바로 지금은 그것을 잃었다는 의미가 아니겠는가.

구파 노사는 울었다. 그는 죽어가고 있었다. 마지막 수단으로 마법을 사용한 것은 좋았는데, 생각보다 그전에 입은 부상이 너무 심했는지 마법의 힘이 빠른 속도로 사라지고 있었다. 사실 천신기 세르기안의 힘에 정통으로 맞은 것이나 다름없는 구파 노사가 지금까지 버티고 있는 것만 해도 대단한 일이지만, 구파 노사는 아직 그런 것까지는 모르고 있었다. 알아도 결과는 달라지지 않을 것이다.

앞으로 하루도 못 버티고 죽을 가능성이 컸다. 만에 하나 살아난다고 해도 모든 마력이 사라지고 폐인이 될 터. 노쇠한 몸에 마법까지 잃은 상태로는 살고 싶지도 않았다.

그런데 그 때 불칸이 입가에 살짝 미소를 띄고 말을 이었다. 불칸의 시선은 하늘을 향하고 있었다.

"절망할 것 없다. 아직 계획은 실패한 게 아니다. 흑왕과 연합군의 전쟁은 일어나지 않겠지만 그게 유일한 길은 아니니까. 그리고 지금 또 하나의 길이 열렸다. 봐라!"

"스승님?"

구파 노사는 불칸이 가리키는 하늘을 보았다. 구름 외에는 아무것도 없는 텅 빈 공간이다.

그러나 구파 노사의 감각에 무엇인가 잡혔다. 눈에는 보이지 않지만 허공에서 자신들을 쳐다보고 있는 자가 틀림없이 있다.

"저들이 네 마법을 파괴하고 너의 몸 안의 마법까지 모두 제거했다. 크크크크크, 과연 천신기의 힘이 강하더구나."

"그렇다면 저기 성녀가 있단 말씀이십니까?"

"그렇다. 더군다나 성녀는 이미 천신기와 동화를 시작했다. 나쁜 일이 하나 일어나면 좋은 일도 하나 일어나는 게 운명의 장난이라 할 수 있겠지."

불칸은 말을 하면서 품속에서 붉은 수정을 하나 꺼내 구파 노사에게 건넸다. 조금 전 구파 노사의 지팡이에 달려 있던 것과 같은 마나 격발 수정이었다.

"사용해라. 내가 귀찮은 천족 가드를 막을 동안 성녀를 제압해서 은거지로 가라. 성녀를 은거지에 가둘 수만 있다면 이번 계획은 성공이다."

"알겠습니다. 이렇게 된 이상 꼭 성공시켜 보이겠습니다."

"잊지 마라. 일이 성공하면 넌 즉시 전신을 동결해서 조금이라도 죽음의 순간을 늦춰야 한다. 죽지만 않으면 기적을 경험하겠지만 죽으면 모든 것이 끝이다."

"크ㅎㅎㅎㅎㅎ, 절대로 잊지 않겠습니다."

구파 노사는 광기 어린 웃음을 터뜨리며 붉은 수정을 깼다. 그러자 구파 노사의 심장도 같이 터지며 전신의 피부가 죽 끓듯이 툭툭 튀어나오며 터졌다.

점점 커져가는 구파 노사의 몸은 지하나 늪지에 사는 트롤과 비슷한 마물의 모습으로 변했다.

육체가 완전히 바뀌는 고통은 사람의 정신을 파괴하기에 충분한 것이지만 구파 노사는 이를 악물고 집념으로 버텼다.

심장이 터지고, 전신 세포에 깃든 최후의 마나까지 모두 마법의 힘으로 격발시켜 버렸기에 수정의 힘이 끝나는 순간 구파 노사도 죽을 수밖에 없다.

하지만 약 10분간은 마물의 육체와 원래 지니고 있던 마법을 사용할 수 있으니 아직 싸움에 익숙하지 못한 성녀 정도는 제압할 수 있으리라.

구파 노사는 먼저 눈에 강력한 시야 강화 마법을 걸었다. 공기의 움직임이 눈에 보일 정도가 되자 투명화된 두 사람의 형태가 눈에 확실히 잡혔다.

"좋다, 그럼 가자. 레이븐 윙!"

불칸은 그레이트 소드를 뽑아 들고 마법을 시전했다. 그의 등으로부터 검은 독수리의 날개가 여섯 장이나 튀어나왔다. 단순한 비행 마법이 아니다. 이 날개는 불칸의 육체 속에 심어놓았던 것으로 지금은 육체의 일부분이나 마찬가지이다.

펄럭, 펄럭.

날개들이 크게 퍼덕이자 불칸은 땅을 박차고 하늘로 솟구쳐 올랐다.

불칸이 노리는 것은 바로 엘미르. 그녀가 인간의 형태를 했지만 천족이라는 것을 한눈에 알아보았다.

엘미르는 불칸이 자신들을 인식한 순간 그를 보았다. 하지만 불칸은 겉으로 보나 속으로 보나 어디까지나 인간이다. 단지 엄청나게 강하다는 것만 알 수 있을 뿐, 인간이니 인간의 한계를 벗어날 거리고는 생각하지 않았다.

그런데 갑자기 불칸이 검을 두 손에 들고 몸에서 여섯 장의 검은 날개가 튀어나오자 뭔가 이상하다는 느낌을 강하게 받았다. 몸속으로부터 위험 신호가 강하게 울려 퍼졌다. 이건 웬만한 마족보다 더한 위험 신호다.

"리네, 물러섯!"

엘미르는 급히 외치며 불칸을 향해 두 손을 모아 내밀었다.

우우웅, 슝!

커다란 황금색의 구체가 엘미르의 손으로부터 형성되어 불칸을 향해 쏘아져 나갔다.

모든 물질을 먼지로 만드는 엘미르의 분해 마법은 아크메이지 경지에 도달하지 못한 자는 막거나 피할 수조차 없는 강력한 공격이다. 전사나 기사라면 더더욱 회피가 불가능하다.

그러나 불칸은 검을 앞으로 내밀며 외쳤다.

"나의 검은 나의 방패!"

쾅!

검에 닿은 분해 마법의 구체가 요란한 소리와 함께 터져 버렸다. 검은 잔 상처 하나 나지 않았다.

"저건!"

엘미르는 미간을 살짝 찌푸렸다. 그녀의 분해 마법을 견뎌 낼 수 있는 물질은 물질계엔 존재하지 않는다. 그렇다면 저 검의 정체는 무엇이란 말인가?

엘미르가 놀라는 사이 불칸은 더욱 가속도를 붙여 눈에도 보이지 않을 속도로 엘미르의 바로 앞까지 다가왔다.

"벤다!"

스스로에게 명령하듯 외치며 불칸은 검을 휘둘렀다. 바람을 가르는 소리도 없이 베어져 들어오는 그레이트 소드에는 산을 두 쪽으로 가를 것 같은 막대한 힘이 내포되어 있었다.

엘미르는 경거망동하지 못하고 그녀의 몸을 빛의 입자로 바꾸었다.

팟!

검이 빛으로 변한 엘미르의 몸을 훑고 지나갔다. 엘미르의 몸은 수천, 수만 개의 반딧불처럼 허공중에 흩어졌다가 조금 떨어진 공간에 다시 모여 본래대로 돌아왔다.

그런데 본체로 돌아온 엘미르는 가슴에 손을 얹고 괴로운 듯한 표정을 짓고 있었다.

"빛을 벨 수 있군, 그 검은."

"무엇이든 벨 수 있다. 빛이든 어둠이든 영혼이든! 다시 베겠다!"

"그래, 의념의 무구! 설마 인간이 그걸 만들 수 있다나……!"

그제야 엘미르는 불칸의 그레이트 소드가 무엇인지 깨달을 수 있었다.

의념의 무구는 강력한 정신력으로 물질이 아닌 물질을 만들어 무구를 만드는 수법이다. 이렇게 만들어진 무구는 기존의 어떤 물질과도 다르고, 물질이 아닌 에너지 자체를 공격할 수 있다.

천신기나 마신기도 일종의 의념의 무구라 할 수 있는데, 물질계에선 아주 강력한 드래곤이 자신의 육체까지 모두 에너지로 바꾸어 변한 드래곤오브만이 존재한다.

그레이트 소드로부터 나오는 파장은 불칸 자신의 그것과 같다. 그건 저 그레이트 소드를 만든 자가 바로 불칸이라는 의미다.

"설마 인간이? 그것도 의념의 무구를 만들어서 자신이 사용한다는 것?"

있을 수 없는 일이다. 백번 양보해서 자신의 모든 것을 바꿔서 의념의 무구를 만들었다고 해도 그 순간 제작자는 죽어야 한다.

그런데 이자는 틀림없이 자신이 만든 의념의 무구를 사용하고 있다. 검의 파워 자체는 천신기나 마신기, 혹은 드래곤 오브에 비교될 바가 아니지만, 스스로 만든 의념의 무구를 사용하기에 힘의 증폭이 말도 못할 정도로 높다.

위이잉!

엘미르가 놀라 잠깐 멈칫한 순간에도 불칸은 연속해서 공격을 가했다. 무서울 정도로 빠르고 정교한 공격이었다.

"에잇!"

캉!

엘미르는 들고 있던 지팡이로 불칸의 공격을 막았다. 원래 그녀의 무기였던 세르기안을 리네에게 건네준 후 신성교국의 아티팩트 중 쓸 만한 것을 하나 고른 게 바로 지금 들고 있는 '스마이터'다. 어린애가 휘둘러도 집채만 한 바위를 산산조각 낼 수 있는 강력한 지팡이인데 불칸의 공격을 완전히 막아 내지는 못했다.

"으윽."

엘미르는 신음성과 함께 피를 흘리며 뒤로 튕겼다. 인간의 육체는 너무 연약해서 아무리 강화해도 내구성에 한계가 있다.

"엘미르님!"

리네가 놀라 끼어들려 했다. 그러나 등 뒤가 오싹해지는 느낌과 함께 누군가의 목소리가 들려왔다.

"너의 상대는 나다."

파파파파!

뇌전이 그물처럼 리네의 전신을 휘감았다. 세르기안이 주인을 보호하기 위해 백광의 방어막을 쳤다.

"아앗!"

리네는 당황해서 뒤를 돌아보았다. 그러나 이미 상대는 리네의 머리 위로 사라져 버렸다.

"크크큭, 역시 전투에 대한 경험이 거의 없구나. 그러면 아무리 강해도 소용없다."

구파 노사는 승산이 있음을 깨달았다.

엄밀히 말해 이미 육체가 천족화되어 가고 있는 리네가 천신기 세르기안까지 들고 있으니 구파 노사라 해도 리네를 제압하기가 쉽지 않다. 하지만 리네는 목숨을 걸고 일대일로 싸워본 경험이 없다. 보호자인 엘미르만 떼어놓으면 충분히 제압할 수 있는 것이다.

"시간이 없다. 넌 나와 같이 가야 한다."

"이익, 내가 당할 줄 알고? 파이어 뷰트!"

리네는 억지로 냉정을 회복하며 자신이 배운 마법 중 가장 강력한 공격 마법을 사용했다.

그러나 그것은 어떻게 보면 멍청한 일로 그냥 세르기안을 한 번 휘두르는 게 열 배는 위력이 강했을 것이다. 천족의 힘을 지니고 있어도 인간의 정신력과 상식이 그녀의 힘을 제한했다.

화르르르!

불꽃이 바람에 휘날리는 비단처럼 휘날리며 사방으로 번져 나갔다. 하지만 그 바람에 세르기안의 방어력이 약해져 버렸다. 공격을 위해 방어막이 해제된 것이다.

구파는 웃기지도 않는다는 듯이 손을 뻗어 손바닥으로 불꽃을 모두 흡수했다.

"아크메이지 앞에서 마법을 쓰다니? 개념이 없구나."

구파는 다른 손바닥을 교차하듯 내밀었다. 파란 불꽃이 칼날처럼 리네의 가슴을 노리고 집중적으로 뿜어져 나갔다. 기존에 리네를 감싸고 있던 뇌전의 힘 또한 하나의 창으로 변해 같은 곳을 찔렀다.

파캉!

드디어 세르기안의 방어막이 깨어지며 리네는 파란 불꽃과 뇌전의 힘을 정통으로 맞았다.

"악!"

　이토록 심한 고통은 여태까지 느껴보지 못했다. 리네는 비명을 지르며 세르기안을 두 손으로 꼭 잡았다.

　그러자 세르기안으로부터 청량한 힘이 몸속으로 흘러들어와 고통을 없앴다. 리네는 자신의 힘이 어디서 나온다는 것을 깨달았다. 마법은 소용없다. 오직 믿을 수 있는 것은 손에 쥔 세르기안뿐.

　"세르기안, 나를 지켜줘."

　리네가 말하자 세르기안은 힘을 얻었다.

　콰아아아앙!

　천공에 태양이 하나 더 생긴 것처럼 밝아졌다.

　천신기가 가장 강한 힘을 발휘하는 때는 바로 새로운 주인을 만나 처음 각성할 때이다. 그 힘에 대기의 마나가 모두 요동을 치며 끓어올랐다.

　엘미르는 불칸의 연속 공격에 밀려 상당한 상처를 입고 인간의 육체가 거의 파괴될 지경에 이른 상태였다. 지금 구성한 몸이 파괴되면 천상계로 돌아가야 한다.

　그러나 때마침 리네가 세르기안의 힘을 완전히 개방하자 얼른 그 힘의 일부를 몸에 받아들였다.

　촤아아아!

　신성광으로 가득 찬 이 공간은 거의 천상계나 다름없는 환경. 엘미르의 능력이 순간적으로 열 배는 높아졌다.

　"세르기안, 고마워."

엘미르는 자신의 옛 무구에 감사의 미소를 짓고는 미간에
신성력을 집중시켰다.

"언제까지 당하기만 하지는 않아. 받아랏! 홀리 아이!"

부우우웅!

제삼의 눈이 떠지며 나오는 빛은 물질계의 모든 에너지를
상회하는 고차원의 힘이다.

빛은 모든 것을 부드럽게 녹였다.

"크윽."

불칸은 얼른 검으로 자신의 몸을 가렸다. 전신에 불이 붙은
듯 뜨거웠지만 그걸 신경 쓸 상황이 아니다.

"구파는… 소멸했나."

신성광이 터질 때 구파가 그걸 견뎌낼 재간이 없었으리라.
불칸이라고 해도 검이 없으면 죽었을 것이다.

"크크크, 어쨌든 구파 너의 희생으로 세르기안이 완전히
각성했구나. 이걸로 계획은 성공한 것이나 다름없다."

애초부터 구파가 리네를 납치할 수 있으리란 생각은 하지
않았다. 그저 구파는 리네가 세르기안에게 완전히 의지할 정
도로 그녀를 궁지에 몰아붙이면 된다.

그러니까 불칸이 엘미르를 상대하는 사이 리네가 세르기
안을 완전히 각성시키게 만들고 죽는 역할이다.

충직한 제자이자 부하를 한 명 잃은 것은 아쉬운 일이지만
계획의 성공이 무엇보다 중요하다. 어차피 얼마 못 가 죽을

제자라면 이렇게라도 써야 한다.

"이제 최후의 단계로 넘어가면 되겠군."

불칸은 품속에서 붉은 수정을 꺼냈다.

파캉!

수정이 깨어지니 불칸의 몸에 핏줄이 좌악 솟아올랐다. 순간적으로 신성광으로부터 벗어날 힘을 얻은 것이다. 불칸의 주변으로 다가오는 신성광이 모두 검의 힘에 의해 튕겨났다.

앞쪽에서 엘미르가 불칸에게 또 다른 공격을 하기 위해 손을 모으는 것이 보였다.

"지금은 죽을 수 없지. 또 보자."

불칸은 즉시 공간이동 마법을 사용했다.

슉!

"아! 도망갔네요."

엘미르는 안타깝다는 듯이 혀를 찼다. 상대가 누군지 정확히는 알 수 없지만 지금 놓치면 두고두고 위협이 될 만한 상대다.

리네와 함께라면 상대할 수 있겠지만 엘미르 혼자서는 쉽지 않다.

그러나 아무리 안타까워해도 이미 불칸은 사라진 후다. 엘미르는 미련을 버리고 시선을 돌려 리네를 보았다.

"그래, 완전히 융합을 해버렸구나. 리네, 넌 이제 인간이 아닌 천족이야."

리네의 등에 빛으로 된 네 장의 날개가 보였다. 그녀는 황홀경에 빠져 있는 듯 눈을 지그시 감고 몸의 변화를 관조하는 듯했다.

"하아, 각성은 좀 늦게 했으면 했는데, 어쩔 수 없이 이제는 리네를 천상계로 데리고 가야 하네."

천족이 된 이상 리네는 물질계에 있을 수 없다. 지금 리네의 힘은 드래곤로드조차 상회한다.

대기의 구성 요조들조차 리네와 세르기안의 몸에서 흘러나오는 힘의 파장에 영향을 받아 변화를 시작했다. 이렇게 되면 주변의 환경이 변해 물질계에 좋지 못한 영향을 끼치게 될 것이다.

"일단 환경 보호!"

사아아아아아아!

엘미르가 급한 김에 친 환경 보호 마법에 의해 리네의 신성광은 천천히 규모를 좁혀갔다.

엘미르는 그 광경을 복잡한 심경으로 바라보았다.

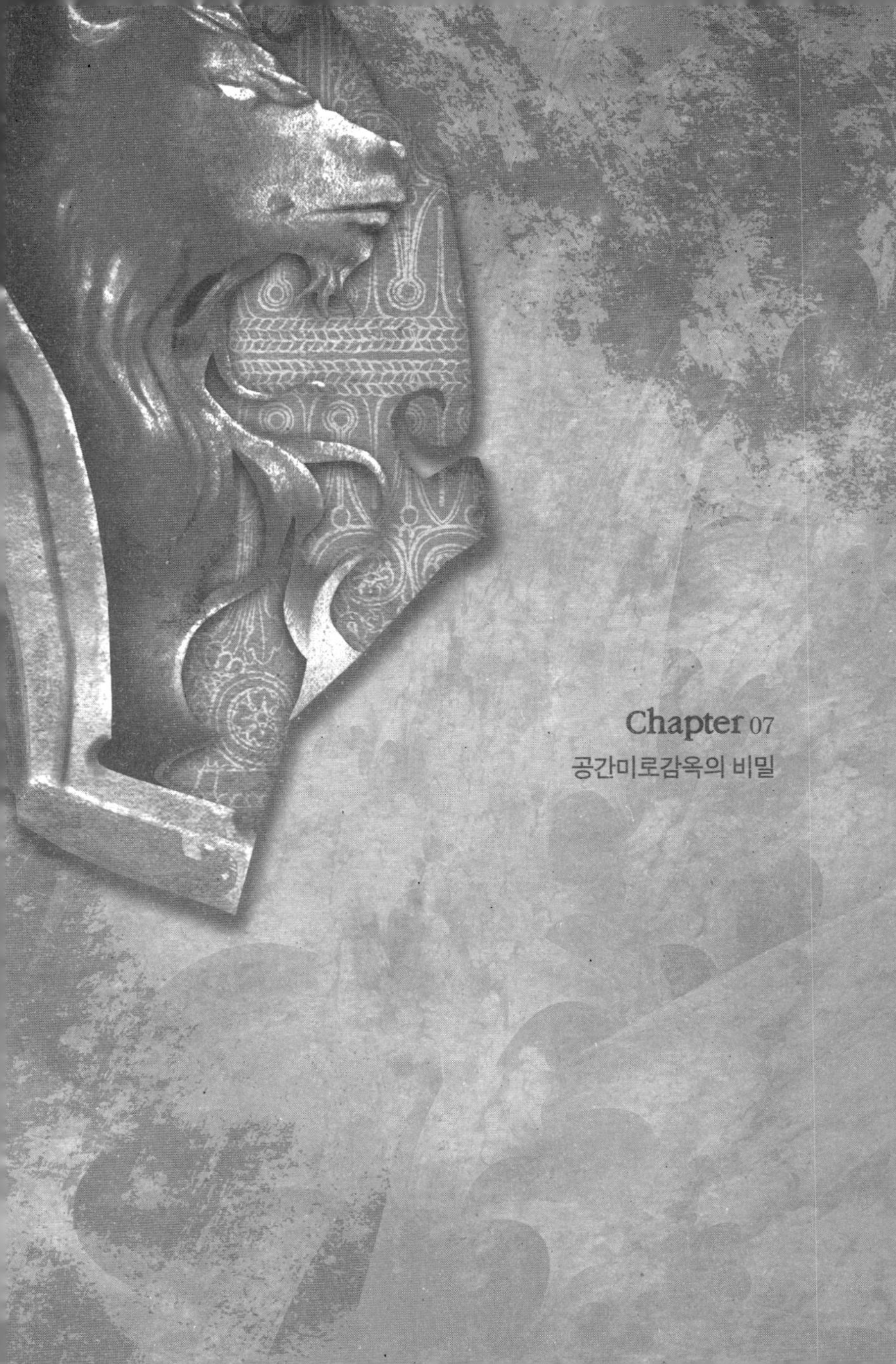

Chapter 07
공간미로감옥의 비밀

흑사자
마왕

빛이 존재하지 않는 공간이 있다.

발을 디딜 땅도, 흐르는 물도 없다.

먹고 마시지 않아도 배가 고프거나 갈증을 느끼지 않는다.

상처를 입으면 그걸로 끝. 회복되지 않으니 피도 멈추지 않는다.

지쳐 쓰러져 잠들어도 끝, 영원히 깨어나지 않는다.

거의 시간이 정지한 것이나 마찬가지인 이 공간의 이름은, 공간미로감옥이다.

"으, 어디로 가라는 거야?"

디온은 황당했다. 길이 있는 것도 아니고 그냥 허공에 붕 떠 있는 듯한 느낌이 상당히 불쾌했다. 역시 인간은 대지를 밟고 서 있어야 하는 존재인가 보다.

이름이 공간미로감옥이라고 해서 그냥 미로라고만 생각했는데, 이건 미로고 뭐고 아무것도 없는 텅 빈 공간이다.

어둡지는 않은데 해가 막 뜨기 직전의 허공 한가운데 둥둥 떠 있는 느낌이다.

문제는 여기서 사람을 찾아야 한다는 것이다.

"이 안에 나에 얽힌 비밀에 대해 대답해 줄 사람이 있다는 건데… 어떻게 찾을 수 있는지는 못 물어봤네."

이런 곳인 줄 알았으면 모라에게 물어봤을 것이다. 그러나 이미 들어와 버렸고, 이제는 스스로 방법을 간구해서 누군가를 찾아야 한다.

"일단 집중을 해서 다른 사람의 기운을 느껴보자."

분명히 디온이라면 다른 사람이 어디 있는지 찾을 수 있다고 했다. 그리고 그곳으로 이동하는 것도 가능하다고 했으니 다른 방법이 생각날 때까지 하나씩 찾아보기로 했다.

디온은 전신의 힘을 빼고 의식을 가라앉혀 감각의 영역을 확장시켰다. 그러자 과연 사방으로부터 수많은 사람의 기척이 느껴졌다.

어떤 자는 울고 있다. 또 다른 자는 미친 것처럼 웃고 있다. 대부분의 사람들은 이미 자신의 감정을 표출하는 방법을 잃은 것처럼 멍하니 허공에 떠 있다. 육체는 살아 있어도 정신이 죽은 것 같다.

"하긴 이런 곳에서 시간의 흐름도 잊고 계속 떠 있으면 제정신일 수 없겠지."

디온은 이곳에 갇히는 건 거의 사형이나 다름없는 가혹한 형벌이라는 것을 깨달았다.

"아직 제정신을 유지하고 있는 사람은 없나?"

디온은 포기하지 않게 계속 의식의 감각 영역을 확장시켰다.

그러던 중 어느 한 사람의 기척이 조금 특이하다는 것을 깨닫고 그쪽에 의식을 집중시켰다.

드르렁, 쿠.

"자고 있네?"

분명히 코 고는 소리다. 잠을 잔다는 건 제정신일 가능성이 높다는 의미가 아닐까?

"그런데 어떻게 저 사람 있는 데로 가지?"

걷거나 날아서 갈 수 있는 상황이 아니다. 신기하게도 이곳에선 거리 감각이 느껴지지 않았다.

고민하던 디온은 문득 깨달아지는 부분이 있어 마음속으로 강하게 그쪽으로 갈 것을 원했다. 그러자 정말 디온의 주변 환경이 조금씩 변하는 느낌이 들었다.

"역시 이곳은 의지로 모든 것을 행해야 하는 공간이구나.

육체에 의지하면 아무것도 못하는 거야."

영혼만 존재하는 공간이 있다면 바로 이곳이 아닐까 하는 생각이 들 정도로 육체의 힘은 아무런 의미가 없었다. 의지로 느끼고 의지로 움직인다.

디온은 계속 집중해서 이동했다.

얼마 후, 디온은 드디어 코를 골며 자고 있는 한 소년을 발견할 수 있었다.

아직 어린애였다. 이런 가혹한 감옥에 어린애가 갇혀 있다는 것이 믿기지 않았지만 마물이 변신한 것처럼 보이지는 않았다.

"어이, 잠깐 일어나 봐."

디온은 소년을 흔들어 깨웠다. 소년은 잠에서 깨기 싫은지 우웅거리며 몇 번 몸을 뒤척이다가 겨우 눈을 떠 디온에게 물었다.

"누구지? 날 구하러 온 건가?"

"그건 아니지만 도와줄 수 있으면 도와줄 테니 먼저 네가 누군지 말해줘."

"싫어. 날 몰라보는 사람에게는 신분을 말하지 말라고 베리얼이 말했단 말이야."

"웅? 베리얼? 어디선가 들어본 이름인데?"

디온은 잠시 고민하다가 겨우 생각해 내고는 말했다.

"맞다, 해적마법사 베리얼! 그 사람이 토베 왕국의 왕자를

이곳에 넣었다고 했는데, 그럼 너, 아니, 혹시 토베 왕국의 왕
자님이십니까?"

"어, 베리얼을 알아? 그럼 경이 날 구하러 온 기사인가?"

"그건 아닙니다만, 마법사 베리얼을 만난 건 사실입니다.
그동안 이곳에서 계속 주무셨던 겁니까?"

"응, 베리얼이 나에게 수면제를 주고 여기 들어온 후에 먹
고 자고 있으면 와서 구해주겠다고 했어."

"그렇군요."

베리얼은 이곳이 어떤 곳인지 알고 있었나 보다. 왕자의 정
신이 붕괴되지 않도록 수면 상태를 취하도록 한 것이다.

왕자는 이곳에서 몇 년이나 계속 잠만 잤다. 그걸 깨달으면
조금 충격은 받겠지만 그래도 깨어 있는 채 갇히는 것보다는
낫다.

디온은 왕자에게 말했다.

"왕자님, 제가 구해드리고 싶은데 어떻게 해야 할지 모르
겠네요."

"우, 그럼 여기서 나갈 수 없는 거야? 여긴 기분 나쁜데."

"그럼 잠시만요. 방법을 생각해 보도록 할 테니까요."

디온은 다시 의식을 집중했다. 분명히 모라는 디온 자신은
언제든지 이곳에서 나갈 수 있다고 했다. 어떻게 나갈 수 있
는지만 알면 토베 왕국의 왕자도 내보낼 수 있을지 모른다는
생각이 들었다.

그러나 아무리 생각해도 어떻게 나갈 수 있는지 알 수 없었다.

"그냥 나간다고 하면 되나? 나간다."

아무런 변화가 없다. 목소리에 반응하는 건 아닌 것 같다.

디온은 토베의 왕자에게 말했다.

"지금은 생각이 안 나네요. 일단 조금 더 주무시고 있으면 제가 방법을 찾아보죠. 아니면 그전에 베리얼이 올지도 모르고요."

"우웅, 그냥 같이 있으면 안 될까? 잠들기 싫은데."

"이곳에선 그냥 주무시고 있는 게 나을 겁니다."

"알았어. 근데 어떻게 자?"

"제가 잠들게 해드리죠."

디온은 토베의 왕자의 뒤통수에 손가락을 대고 살짝 기운을 흘려 넣었다. 그러자 토베의 왕자는 눈을 스르르 감고 그대로 잠들어 버렸다.

조금 있으니 다시 코 고는 소리가 들렸다.

"좋아, 이 소리만 있으면 여기는 언제든지 다시 찾을 수 있겠지."

디온은 다시 정신을 집중했다.

그러나 역시 느껴지는 건 정신이 붕괴된 사람들뿐이다. 가끔씩 사람이 아닌 마물의 숨소리도 들려오긴 했다. 그것들 역시 대부분 제정신이 아닌 듯했다.

그렇게 탐색을 하는 사이 디온은 점점 공간미로감옥의 환경에 익숙해져 갔다.

이곳 역시 2차 관문에서 경험했던 물의 공간처럼 넓이의 제한이 거의 없는 무한한 공간인 것 같았다.

"그렇다면 혹시 여기도 주인이 있는 걸까?"

입구인 게이트만 해도 거의 에고가 있는 듯 알아서 움직였었다. 이만한 공간이 그저 존재하기만 할 뿐이라는 건 말이 안 된다. 끊임없이 힘을 사용하여 유지하는 '주인'이 있을 가능성이 컸다.

"주인이 있다면 이곳 전체를 살필 수 있겠지?"

디온은 한 가지 단서를 찾았다. 자신이 그자를 찾는 건 어렵겠지만 공간의 주인이 디온의 찾는 건 어려운 일이 아니다.

그렇다면 부르면 된다. 숨으려 하는 게 아니라면 부르면 나올 가능성이 있다.

"흐읍."

디온은 심호흡을 하며 정신을 가다듬었다. 그리고 의식을 집중해서 크게 외쳤다.

"거기 누구 없나요? 이 공간을 관장하는 주인이 계시면 저랑 대화 좀 해주세요!"

대답이 없다.

"하긴 말로 해서 될 일은 아니지."

디온은 앉은 자세로 명상을 시작했다. 지금까지는 단순히 주변을 살피려고 의식의 감각 기관을 확장시키는 데 집중했지만, 이제는 공간 전체에 자신의 뜻을 전하려 했다.

나와 대화를 합시다.

나와 대화를 합시다.

나와 대화를 합시다.

이것은 텔레파시와는 또 다른 형태의 의사 전달 방법이었다. 훨씬 고차원적인 것이고, 어떻게 보면 인간이 아닌 마왕의 능력에 가까운 것이지만 디온은 이미 그걸 구별하지 않았다.

—너는 누구인가?

첫 번째 대답이 왔다.

—나는 디온, 찾고 싶은 분이 있어 이곳에 왔습니다.

—놀랍군. 갇힌 게 아니라 스스로 들어왔다고? 그럼 여길 나갈 방법도 알고 있겠군.

—아직은 모르지만 나갈 수 있다고 생각합니다. 그런데 말씀하시는 분은 누구신가요?

—난 모튼. 죽지 않는 자들의 수장이다. 이 감옥이 만들어진 이유 중 하나가 나를 봉인하기 위해서였지. 그들은 나를 이곳에 가두고도 모자라 움직이지 못하게 공간의 사슬로 완

전히 얽매어놓았다.

—그다지 선한 존재는 아니신 것 같네요.

—선이라고? 하하하하하! 선과 악의 구분이 무엇인지 난 모르겠지만, 많은 사람들이 나를 악의 축이라고 했다.

아무래도 모튼이라는 자는 거물 악당인 것 같다. 과연 이자와 대화를 계속해야 할 것인가? 디온은 잠시 고민을 했지만 처음으로 대화를 나누게 된 상대인 만큼 조금 더 이야기해 보기로 했다.

—그토록 오랫동안 이곳에 있었다면서 정신이 멀쩡하신가 보네요. 어떻게 그럴 수 있죠?

—난 유한자가 아니다. 스스로 무한한 생명을 얻어 드래곤보다 더 긴 삶을 살았다. 그런 만큼 정신력도 무한하다.

—죽지 않는 자들의 수장이라고 하셨는데, 그럼 전설 속의 네크로맨서인가요?

—흐, 네크로맨서를 아는군. 그렇다. 내가 바로 최후의 네크로맨서이자 살아 있는 언데드 리치 모튼이다.

—리치! 아직 리치가 존재했군요.

—나에 대해 공포를 느끼지 않는군.

—제 어머니가 현재 대륙 제일의 흑마법사이십니다.

—하하하하하, 사령술이 사라진 대륙의 흑마법사라…….

어떤 마법을 쓰는지 궁금하군.

 ―언데드를 소환하는 방법이 사라진 건 아닙니다. 하지만 요즘은 주로 마족의 힘을 소환해서 사용하는 게 대세라고 하더군요. 상위 마법은 아예 마족이나 마물 자체를 소환하는 것도 있고요.

 ―그렇군. 그런데 누굴 찾는다고 했지? 그게 누구인지 말해줄 수 있는가? 유한한 존재라면 결코 이곳에서 오래 버틸 수 없다. 그대가 찾는 자 역시 죽지 않는 자인가?

 ―그게… 잘 모르겠습니다. 저의 질문에 대답을 해줄 수 있는 분을 찾아왔으니까요.

 ―질문이라……. 나한테 해보게. 오랜만에 만난 대화 상대이니 답을 알면 대답해 주도록 하겠네.

 ―음, 그럼 질문을 하겠습니다. 저에게 숨겨진 운명적 비밀과 음모에 대해 알고 싶고, 가능하면 그것을 벗어날 수 있는 방법도 알고 싶습니다.

 ―자네 운명? 그게 뭔가?

 ―그걸 저도 모릅니다. 일단 저는 마왕이 될 수 있고, 인간도 될 수 있습니다. 그런데 지금 상태라면 어느 쪽이 되어도 음모를 꾸민 자들의 예측대로 일이 진행되는 모양입니다.

 ―마왕이 될 수 있다고? 그럼 당연히 마왕이 되어야지 뭘 망설이나.

이자는 나쁜 놈이 맞구나.

디온은 확실히 알 수 있었다. 아무래도 이자의 인생 목표 중에 마왕이 되는 것도 있는 것 같았다.

―그건 제가 선택할 부분입니다. 아무래도 모튼님은 제가 찾는 분이 아닌 것 같군요. 저는 이 공간의 주인을 만나고 싶습니다.

―나를 무시하는 거냐? 아니, 지금 중요한 건 그게 아니지. 이 공간의 주인이라……. 심연의 눈동자를 말하는 것인가?

―심연의 눈동자란 무엇입니까?

―나는 이곳을 벗어나기 위해 별의별 짓을 다 해봤다. 너처럼 의식 감각으로 이곳을 살피기도 했고, 유한자가 아닌 존재를 찾아 힘을 합치려고도 했다. 그러나 이곳엔 나 말고는 무한한 정신력을 지닌 자가 없었다. 너나 나처럼 의식 감각의 영역을 사용할 수 있는 자도 없고, 혹 연결이 되더라도 이동을 할 수 없더군. 내가 움직일 수 없는 상황이라 어쩔 수 없이 지금까지는 홀로 존재해야 했다. 그리고 네가 왔지.

―죄송하지만 저는 모튼님을 구출할 방법도 모르고 함부로 도와드릴 수도 없습니다.

―흥, 그건 나중에 말하기로 하고, 아무튼 내가 그렇게 이 공간미로감옥의 구석구석을 뒤진 결과 딱 한 군데, 의식 감각이 도달할 수 없는 깊은 구멍을 발견했다. 그리고 그 끝에 누

군가가 있다는 느낌을 받았지.

─그 누군가가 심연의 눈동자란 말씀이시군요.

─그렇다. 아무리 말을 걸어도 마치 존재하지 않는 것처럼 대답을 하지 않지만 항상 이곳을 보고 있는 존재다. 어쩌면 네가 찾는 존재가 그 심연의 눈동자일지도 모르겠구나.

─알려주셔서 감사합니다. 그럼 저는 그곳에 가봐야겠군요.

─흐, 역시 너는 이동을 할 수 있구나. 나처럼 공간의 사슬에 얽매어 있지 않아.

─예, 저는 자유롭게 이동할 수 있습니다.

─흐, 그럼 부탁이 하나 있다. 나를 만나러 와다오.

─싫습니다. 모튼님 정도의 존재라면 가까이 가는 것만으로도 영혼 전이나 현혹 마법을 사용할지도 모르니까요.

─크크크크, 잘 알고 있구나. 그렇다면 좋다. 올 필요는 없고, 심연의 눈동자를 만나면 나한테도 말을 걸어달라고 전해다오.

─그건 알겠습니다. 그분이 정말 존재한다면 전하도록 하지요. 하지만 제가 부탁하지는 않겠습니다.

─그걸로 좋다.

디온은 모튼의 의도를 잘 이해할 수 없었지만 길을 가르쳐 준 사람이기에 들어줄 수 있는 부탁은 들어주기로 했다.

우선 디온은 모튼이 말한 구멍을 찾기 위해 감각 영역을 끊임없이 확장했다. 이제는 깨어 있는 존재를 찾기 위한 게 아니라 공간의 구석에 존재하는 구멍을 찾는 것이기 위해 세밀하게 살필 필요가 없었다.

그렇게 한참이 지나자 드디어 디온은 모튼이 말한 구멍을 찾을 수 있었다.

그건 정말로 공간 한가운데에 구멍이 뻥하고 뚫린 듯한 곳이었다. 그리고 그 안으로는 의식 감각이 느껴지지 않았다.

디온은 즉시 이동을 시작했다. 재미있는 게 이곳은 거리가 이상하게 꼬여 있어서 감각으로는 아주 멀리 느껴졌는데, 이동하려 하니 금방 도착해 버린다. 아까 토베 왕국의 왕자를 찾기 위해 움직였던 것보다 훨씬 짧은 시간에 구멍 앞으로 도착했다.

구멍의 바로 앞에 서니 눈으로도 보였다. 검은 구멍으로 빛을 빨아들이는 듯한 느낌이 들었다.

디온은 다시 한 번 안을 살펴보려 했지만 역시나 어느 정도 안쪽까지 가면 무엇이 있는지 느껴지지 않았다.

"에잇, 모르겠다. 일단 뛰어들면 어떻게든 되겠지."

설마 죽지는 않으리라. 왜냐하면 디온은 죽지 않는 몸이니까.

휘익.

디온은 구멍 속으로 몸을 날렸다. 그러자 구멍 속으로부터 강력한 흡입력이 일어나 디온을 격하게 빨아들였다.

"으으으윽!"

디온은 점점 속도가 빨라지면서 느껴지는 엄청난 압력에 고통을 느꼈다. 오러로 몸을 보호하며 버텼는데, 끊임없이 가속도가 붙어 이제는 상상을 초월할 정도로 빨라졌다.

그렇게 한참을 갔다. 얼마나 많이 이동을 했는지 이곳은 거리 개념이 꼬여 있어서 알 수는 없지만 물질계였다면 대륙의 끝에서 끝까지의 거리가 아닐까 하고 생각될 정도다.

디온은 문득 위기감을 느꼈다.

"막혔잖아!"

구멍의 끝은 아예 막혀 있었다. 저기 그냥 부딪치면 육체가 가루가 될 수밖에 없다는 느낌이 강하게 들었다.

그렇다고 이미 속도가 너무 빨라서 멈출 수는 없다. 멈출 수 없으면 나아가는 수밖에 없다.

"차라리 내가 더 가속도를 붙이자. 오러 버스터!"

슈우우웅!

디온이 검을 앞으로 뻗고 전신의 오러를 강화하니 그의 의지로 더욱더 빠르게 구멍 속을 나아갔다.

"뚫어 버린다."

디온은 모든 힘을 집중했다. 그러자 갑자기 검이 우우웅 하며 울리더니 바나나 껍질이 벗겨지듯 황금색의 검집이 끝으로부터 좌악 벗겨지며 디온의 전신을 감쌌다.

검집은 포포르가 주었던 갑옷에 스며들어 황금색의 갑옷으로 변신시켰다.

검집이 벗겨진 검은 하얀 검신이 드러나며 디온의 오러는 필요가 없다는 듯이 튕겨내었다. 디온은 검과 하나가 되려 하는데 검이 거부하는 듯했다.

"으으읏."

디온은 오러 버스터가 깨어지려 하자 정신을 바짝 차리고 더욱 집중했다. 하지만 검의 의지에 반해 억지로 검에 오러를 씌우려 하지는 않았다. 오히려 검의 의도를 이해하려 했다.

그러자 디온의 뇌리 속에 누군가의 목소리가 흘러들어 왔다.

―아직 턱도 없이 부족하지만, 일단은 나를 쓸 수 있게 해 주겠다, 주인이여.

―넌… 검인가?

―그렇다. 내 이름은 벨케토. 강한 자와 싸우는 존재이다. 무한한 생명을 지닌 자는 나를 소유할 수 없다. 약한 자도 마찬가지. 유한자이면서 무한자를 소멸시킬 수 있는 자만이 나의 주인이 될 수 있다.

콰아아앙!

벨케토의 말이 끝나자 검으로부터 피처럼 붉은 기운이 뿜어져 나왔다. 그리고 그 힘은 막혀 있는 공간의 막을 종잇장처럼 뚫어버렸다.

*   *   *

　육체란 것은 하나의 형태를 유지해야만 하는 것. 자유로운 영혼은 육체에 갇혀 있는 사이 굳어져 육체와 같은 모양이 되어버린다.

　이것이 유한자의 한계.

　무한자는 규정된 영혼의 형태가 없다. 단지 고유한 영혼의 파동이 있을 뿐, 더 높은 차원의 무한자는 그 파동마저 자유롭게 바꾼다.

　유한자로서 무한자를 이길 수 있는 방법은 없는 것과 같다. 반대로 무한자는 유한자를 아주 손쉽게 소멸시킬 수 있다. 영혼의 형태를 살짝 변화시키는 것만으로도 유한자는 육체와의 연결점을 잃고 죽어버리니까.

　하지만 나 벨케토가 있으면 어떤 영혼의 파동도 끊을 수 있다. 고차원의 신이라고 해도 나에게 베이면 죽는다.

　하지만 그것도 나의 소유자가 신을 벨 수 있는 실력이 없다면 소용이 없다. 유한자로서 신을 벨 수 있는 실력을 보유한 자는 유사 이래 오직 한 명, 바로 너뿐이다.

　과거를 기억해 내라. 전생의 네가 얼마나 강했는지를 깨닫는 순간, 넌 전생의 힘을 다시 찾을 수 있다.

"으으으, 내 전생을 기억해 내라고?"

디온은 벨케토가 끊임없이 머릿속에서 속삭이는 소리에 겨우 깨어났다. 공간의 막을 뚫는 순간의 충격에 의식을 잃었던 모양이다.

"전생의 기억을 어떻게 다시 생각하라는 거지? 벨케토, 가르쳐 줘."

디온은 손에 들고 있는 검에 대고 물었다. 그러나 디온이 의식을 회복하자 벨케토는 더 이상 말을 하지 않았다.

"어이, 벨케토, 대답해 달라니까."

디온은 다시 물었다. 그러나 역시 벨케토는 대답이 없다.

대신 디온의 옆에서 누군가가 대답을 했다.

"벨케토님은 지금 디온님과 대화할 수 없어요. 왜냐하면 지금 디온님의 정신력으로는 벨케토님의 파동을 감당하기 어렵거든요."

"엇, 넌 라블 아니니? 어떻게 네가 여기에 있지?"

놀랍게도 모라네 가게의 점원인 꼬마 라블이 디온의 옆에 둥둥 떠 있었다.

라블은 귀엽게 웃으며 말했다.

"전 인간이 아니에요. 디온님의 전생이 만든 벨케토님의 검집이에요. 디온님이 힘을 되찾기 전에 벨케토님을 봉인하는 역할을 하죠."

"검집이라고?"

“예, 꼭 검집이라고 할 수는 없지만, 가령 디온님이 원하시면 갑옷도 될 수 있고, 방패도 될 수 있고, 또 다른 검이 될 수도 있거든요. 하지만 제 본래 역할은 벨케토님을 쉬시게 만드는 검집이에요.”

“그렇구나.”

디온은 자신의 전생에 대해 새삼 강하게 호기심이 생겼다. 어떤 존재였기에 신을 죽일 수 있는 살신기와 에고 검집까지 소유했을까? 부인이었던 모라만 해도 어떤 사람인지 짐작도 가지 않는다.

디온은 라블에게 물었다.

“내가 전생의 기억을 되찾을 방법은 없을까?”

“그건 제가 뭐라고 말씀드릴 수 없어요. 하지만 저쪽에 그 대답을 해주실 분이 기다리고 계세요.”

“어디?”

디온은 라블이 가리키는 곳을 보았다. 그러나 아무도 없었다.

“그러고 보니 여긴 어디지? 공간미로감옥은 아닌 모양인데.”

“공간미로감옥은 혼돈의 정령왕을 가두어놓기 위한 곳이에요. 정확하게 말하자면 공간미로감옥 자체가 바로 잠들어 있는 혼돈의 정령왕이라고 할 수 있고요. 그래서 공간미로감옥을 유지하는 힘은 바로 정령계에서 나오거든요. 그런데 디온님은 그 힘이 흘러나오는 통로를 통해 정령계로 오신 거예요.”

“여기가 정령계라고?”

“완전히 정령계는 아니고, 정령계와 물질계 사이에 존재하는 완충지대 같은 곳이에요. 여기엔 물질계의 존재와 정령계의 존재가 같이 머물 수 있거든요.”

“그럼 저기 있다는 분은 정령인 거야?”

디온이 묻자 라블 대신 허공에서 대답이 들려왔다. 그 목소리는 노인 같기도 하고 아이 같기도 한, 남녀를 구분할 수 없는 신비한 목소리였다. 어떻게 보면 여러 명이 한꺼번에 대답하는 듯한 느낌도 들었지만 분명히 한 명의 목소리다.

“그렇다, 마신의 아이여. 그리고 가장 강력한 종말의 씨앗이여.”

제대로 찾아왔다. 디온은 진지하게 물었다.

“저를 종말의 씨앗이라고 부르는 것을 보니 확실히 진실을 아는 분이시군요. 제 질문에 대답해 주실 수 있으십니까?”

“그대가 여기까지 왔고, 이미 벨케토를 소유했으니 내가 대답해 주지 않아도 시간이 흐르면 진실을 모두 알게 될 것이다. 하지만 그사이의 시간이 아깝다면 대답을 해주겠다. 질문을 하라.”

“그렇다면 질문을 하겠습니다. 저에게 관련된 음모란 무엇이고, 그것을 어떻게 해결해야 하는지 알고 싶습니다. 그리고 저의 전생에 대해서도 알고 싶습니다."

"내가 해줄 수 있는 대답은 단 한 가지의 질문에 대해서이다. 신중하게 골라서 하도록 하라."

"으, 한 가지라……."

디온은 잠시 생각했다. 음모에 대해 안다고 해서 해결책을 알 것이란 보장은 없다. 그렇다고 음모를 해결할 방법을 질문하자니 내용은 모르고 무조건 이렇게 해라 하고 가르쳐 줄 것 같았다. 그것도 나쁘진 않지만 전후 사정을 모르고 어떤 행동을 하면 그것 또한 위험할 것 같았다.

전생에 대해 알고 싶다는 질문은 지금 디온이 처한 상태와는 조금 거리가 있다. 하지만 벨케토가 전생을 기억하게 되면 전생의 힘을 되찾을 수 있다고 했다. 신마저도 죽일 수 있는 최강의 힘이다.

"으음, 음모를 모르고 힘만 강해진다고 상황이 해결될 거 같지는 않은데 말이야."

역시 음모를 해결하는 방법을 묻는 게 제일인가?

디온은 다시 한 번 신중히 생각했다.

그러다가 문득 라블을 보게 되고, 한 가지 떠오르는 생각이 있었다.

"라블, 혹시 말이야, 내가 만약 전생의 기억을 되찾게 되면 모라님이 나를 어떻게 대할까?"

"그거야 남편으로 대하시겠죠. 지금까지 주욱 그래왔는걸
요."

"아, 그럼 내가 전생을 한두 번 한 게 아니구나."

"그렇죠. 기억을 되찾으신 적도 있고, 그냥 모르고 평생 살
다가 돌아가신 적도 있어요. 모라님은 그냥 디온님 가까이서
지켜보다가 기억하시면 그 뒤로는 같이 살곤 하셨죠."

"으, 그럼 내가 전생을 기억하게 되면 지금의 내가 아니게
되는 건가?"

"꼭 그렇지는 않아요. 하지만 어느 정도 영향을 받기는 받
겠죠. 한 가지 확실한 건 지금의 기억도 모두 가지고, 지금 소
중하게 생각하는 사람이나 미워하는 사람에 대한 감정도 그
대로예요."

"그렇다면 다행이네."

디온은 라블의 설명으로부터 라블은 자신이 전생의 기억
을 되찾기를 바라고 있다는 것을 깨달았다.

"좋아, 모라님이 나를 남편으로 대한다면 내가 질문을 해
도 숨기지는 않을 거야."

기억을 되찾자. 그 뒤에 모라님에게 이번 음모에 대해 물어
보면 된다.

디온은 결론을 내리고 허공 너머에 있는 존재에게 말했다.

"제 전생의 기억을 되찾고 싶습니다. 가르쳐 주십시오."

"그런가? 알겠다. 세상을 움직이고 유지하는 나 정령신의

힘으로 그대의 옛 기억을 되돌리도록 하겠다."

"헛, 정령신!"

파아아앗!

디온이 놀라는 사이 무엇인가가 디온의 몸속으로 흘러들어 와 몸속을 휘젓기 시작했다.

"으으읏!"

디온은 몸을 부르르 떨며 두 손으로 머리를 움켜잡았다.

전신의 세포 하나하나에 숨겨져 있던 과거로부터의 기억이 모두 깨어나기 시작했다. 그렇게 깨어난 기억들은 다시 사라지지 않으려고 디온의 뇌 속으로 흘러들어 갔다.

갑자기 수백 년이 넘는 삶의 기억들이 몰려들어 오자 디온의 머리는 온통 혼란하게 되었다.

과거 흑사자였던 자신과 현재의 자신이 구별이 가지 않고 시간의 흐름을 전혀 알 수 없게 되었다.

살육의 신의 몸이 되기 위해 강해진 레오는 결국 자신의 몸을 탐하는 살육의 신을 소멸시키고 신이 되는 것을 거부했다. 그때의 강함, 그때의 깨달음은 너무나도 커서 디온이 받아들이기가 쉽지 않았다.

"비워라. 거부하지도 말고 받아들이려고 하지도 말아라."

"머리에 힘을 빼세요, 디온님."

정령신의 충고가 들려왔다. 라블의 목소리도 들려왔다.

"그렇지. 난 디온이야. 레오도, 쿠스파도, 도린도 아닌 디온이야."

디온이라는 이름을 불린 순간 디온은 자신의 현생이 디온이라는 것을 새삼 자각하고 그것을 중심으로 기억을 정리하기 시작했다.

정령신의 말대로 마음을 비우고 기억의 흐름에 의식을 맡겼다.

중심점이 서고, 흐름을 방해하지 않게 되자 모든 기억이 차곡차곡 쌓였다. 그에 따라 마치 의식 공간을 확장하듯 디온의 정신 영역이 점점 넓어져 갔다.

이제는 정령신의 형체가 확실하게 잡힌다. 라블의 실체도 보인다.

라블은 원래 이세계의 신인 청룡의 드래곤오브였다. 파란 빛깔의 구슬에서 디온의 명에 따라 무엇이든 될 수 있다. 하지만 본질을 꿰뚫어 보게 된 디온의 눈에는 구슬의 모습으로 보였다.

디온의 안력이 천족이나 마족의 영역을 넘어서 신과 동급이 되었다는 증거다.

디온이 들고 있던 벨케토가 웃었다.

"크크크, 이제 겨우 날 사용할 수 있게 되었구나, 나의 형제여."

벨케토에 대한 기억도 돌아왔다. 그 역시 신의 장난에 의해 물질계에 탄생한 전투생명체, 싸움에 대한 열망을 이기지 못해 물질계를 한 번 파괴하려 했던 자이다. 더욱 강한 자와 싸우기 위해 스스로 검이 된 레드타이거 벨케토야말로 디온의 전생체인 레오의 형제라고 할 만했다.

그리고 드디어 되찾은 모라와의 기억! 그녀의 이름은 티모라이다. 하프엘프 마법사 티모라. 현재는 디온을 대신해서 신성을 얻어 마법의 신이 되었다.

벨케토와 함께 레오의 영원한 동반자이자 감시자이기도 한 티모라. 그녀의 깊은 애정이 느껴졌다.

과거 몇 번의 생에서 티모라는 항상 은밀하게 디온을 보호하고 도와주었다. 디온이 운명으로부터 조종당하지 않도록 세심한 배려를 했다.

이번 생도 그렇다. 마신의 아이로 태어난 디온의 운명은 너무나도 가혹한 것이다. 마왕이 되든 인간으로 남든 결코 행복해질 수 없었으리라.

하지만 디온은 이제 운명의 함정을 깨부수고 나올 수 있는 힘과 지식을 얻었다.

어느덧 기억의 주입이 끝났다. 숨겨진 기록을 토해낸 몸 안의 세포들이 매우 힘들다는 듯 피곤의 신호를 보내왔다.

"흐읍."

디온은 크게 심호흡을 한 번 하며 전신의 기운을 활성화시켰다. 그리고 주변의 에너지를 받아들여 육체를 강화시켰다.

과거 레오였던 시절의 육체로 돌아가기엔 시간이 걸리겠

지만 지금의 디온은 방금 전의 디온과는 비교도 할 수 없을
만큼 강해져 버렸다.

신의 형체와 사물의 본질을 보고 벨케토를 이용해 그것을
베어버릴 수 있다. 주변의 공간에 가득 찬 마나를 완전히 제
어해 무한에 가까운 힘을 발휘할 수 있다.

"어떻게 인간이 이런 능력을 지닐 수가 있지? 자신이 살고
있는 물질계를 통째로 붕괴시킬 수 있는 힘이라니."

디온은 자신의 힘에 경악했다. 왜 천족이나 마족이 모두 자
신이 마왕이 되는 것을 원했는지 비로소 이해할 수 있었다.

"정말 난 종말의 씨앗이었군. 하하하하!"

그럴 마음이 있든 없든 세상을 종말로 이끌 힘을 가진 존재
이다. 그것만으로도 디온을 이용하려는 자가 줄을 서는 이유
다.

정령신이 말했다.

"운명을 극복한 자여, 이제 또다시 운명을 극복할 순간이
왔다. 이제 떠나도록 하라."

"감사합니다. 그런데 한 가지 더 말씀드리고 싶은 것이 있
습니다."

"무엇인가?"

"공간미로감옥에 갇힌 모튼이라는 자가 이곳에 있는 존재
가 자신에게 말을 걸어주기를 희망합니다."

"모튼, 사악하지만 영리한 자다. 내가 말을 거는 순간 그

파장을 이동하여 족쇄를 풀려고 하는구나.”

“문제가 된다면 안 해주서도 됩니다. 저는 그저 말을 전해 달라는 부탁만 받았으니까요.”

“모튼은 나와 대화를 할 자격이 없다. 하지만 그자는 너무 오랫동안 갇혀 있었다. 혹시라도 잠든 자의 존재를 깨닫게 되면 또 다른 종말의 씨앗으로 변할 가능성이 있으니 이쯤에서 풀어주는 게 낫겠다.”

“그러면 모튼은 또다시 물질계에 해를 끼칠까요?”

“한번 잡혔으니 이번에는 조심해서 행동하겠지만, 기본적으로 세상에 도움이 되는 자는 아니다.”

“음, 그럼 제가 그자를 처치하는 게 나을지도 모르겠군요.”

디온은 심각하게 고민했다.

모튼은 평범한 존재가 아니다. 유한자의 한계를 어느 정도 넘어서서 무한에 가까울 정도로 강력한 정신력을 보유하고 있다.

지금의 디온은 그자를 소멸시킬 수 있지만, 그만큼의 카르마가 디온에게 쌓인다.

음모를 꾸민 적과 싸워야 하는 시점에서 또 다른 적을 만들 필요가 있을까?

“하하하하, 제가 진짜 디온이긴 디온인가 봅니다. 제 전생체라면 뒤를 생각하지 않고 손을 쓰고 싶으면 그냥 썼을 텐데요.”

"그렇다. 전생의 기억은 어디까지나 과거일 뿐, 현재의 그대는 디온이라는 인간이다. 어쨌든 모튼에 대한 일은 이렇게 처리하도록 하지. 나의 권능으로 그자의 족쇄를 풀고 그곳에서 나가게 하겠다. 그대는 나중에 모튼을 사로잡아 이 안에 봉인하라."

파앗!

섬광과 함께 나타난 것은 검은색의 전신 갑옷이었다. 음습한 기운의 갑옷은 정체를 알 수 없는 금속으로 되어 있었는데 손에는 머리가 여섯 개 달린 그레이트 프레일이 들려 있었다.

"죽음의 기사의 갑옷이다. 모튼이 그 안에 봉인되면 상당한 힘을 발휘하게 될 것이다. 모튼 자신도 처음에는 몰라도 나중에는 익숙해져서 만족해할 것이다."

"흐, 봉인에서 풀려나자마자 또 다른 봉인을 당해야 한다니, 모튼도 불쌍한 존재군요."

"그자가 과거에 물질계에서 한 짓을 알면 이걸 보고 불쌍하다고는 하지 못할 것이다. 일단 모튼을 이곳에 봉인하면 가슴에 있는 심장석이 떨어질 테니 그것 지니고 있어라. 그러면 모튼은 심장석을 지닌 자의 명을 거역할 수 없다."

"알겠습니다."

"잊지 마라. 심장석이 사악한 자의 손에 들어가면 모튼의 힘이 다시 악한 일에 쓰일 수 있다."

"나중에 심장석을 공간미로감옥 안에 던져 넣으면 되지 않을까요?"

"좋은 생각이다."

"그럼 그렇게 하겠습니다."

이것으로 볼일은 모두 끝났다. 디온은 정령신에게 인사를 하고 라블과 함께 다시 공간미로감옥으로 돌아갔다.

그 후 디온은 토베의 왕자를 깨운 후 게이트를 열었다.

"이번 생에서 얻은 능력 중 가장 마음에 드는 게 바로 이거란 말이야."

게이트를 여는 능력은 과거의 그에겐 없었던 것이다. 그런데 이번 생에 방법을 알아버렸으니 이제는 마음대로 쓸 수가 있다.

디온은 미소를 지으며 게이트를 통해 공간미로감옥의 입구로 돌아왔다.

*　　　*　　　*

모라는 오늘도 커다란 솥에 정체를 알 수 없는 재료들을 가득 넣고 국자로 젖고 있었다.

모든 마녀가 그렇듯 시간이 날 때마다 시약을 만드는 것이다.

"참 재미있단 말이야. 세상의 모든 물질의 속성을 알고 그걸 바탕으로 수천 년간이나 실험을 했는데 아직도 만들어보고 싶은 게 있으니 말이야.”

모라는 세상의 근원이 되는 지식에 접촉을 했기 때문에 이론적으로는 이러한 시약 실험을 해볼 필요가 없다. 어떤 재료가 어떻게 섞이면 무슨 효과를 내는지 만들기 전에 다 알 수 있고, 원한다면 아예 그 시약을 소환해 낼 수도 있다.

그런데 그렇게 마법의 신이 된 이후 모라는 오히려 더 많은 호기심을 가지게 되었다.

서로 다른 세계의 물질을 섞으면 어떻게 될까? 모라가 접촉할 수 있는 세계는 모두 네 곳이다. 제각기 독립된 체계에 따라 돌아가는 네 세계에 모라는 모두 마법의 신으로서 존재하는 것이다. 이것은 천신이나 마신, 정령신보다 오히려 고위에 해당하는 것으로 창조신이라고 해도 모라가 하는 일이 쉽게 간섭하지 못한다.

“어떻게 보면 그이가 아닌 내가 가장 큰 종말의 씨앗일 수도 있겠지만…….”

그래도 모라는 신성을 지녔기에 세상의 유지에 도움이 되어야지 세상을 파괴하는 일을 해서는 안 된다.

모든 신성 중에 세상의 끝을 향해 움직일 수 있는 존재는 오직 하나, ‘종말’ 뿐이다.

모라는 몇 가지 생각을 하며 계속해서 국자를 저었다. 그러다가 문득 손을 멈추고 중얼거렸다.

“아, 드디어 그이가 전생을 기억해 냈구나!”

모라는 손을 멈추고 가마솥의 뚜껑을 덮고 불의 세기를 세밀하게 조정했다.

모라는 안으로 들어가며 중얼거렸다.

"오랜만이니 몇 가지 요리나 만들어야겠네. 샴페인도 좀 준비하고."

수백 년 만에 남편이 돌아온 모라의 입가엔 미소가 걸려 있었다.

Chapter 08
다크나이트 모튼

흑사자
마왕

공간미로감옥의 입구로 나오니 한쪽에 앉아 있던 포포르가 반색을 하며 일어나 말했다.

"디온님, 무사하셨군요. 어, 라블 넌 왜 디온님과 같이 있니?"

"포포르 양, 기다리고 있었어?"

디온은 포포르가 지금까지 기다리고 있을 거란 생각을 못했다. 그런데 그녀가 기다리고 있자 약간 미안한 마음이 되었다.

"예? 아, 그럼요. 디온님과 같이 왔으니 나오실 때까지 기다려야죠."

포포르는 원래 게이트 안으로 빨려들어 간 두 아크메이지

가 나오기를 기다리는 중이었다. 하지만 디온이 그렇게 말하
자 얼른 말을 맞췄다.

디온은 그것까진 알 수 없기에 미소를 지으며 말했다.

"고마워. 다행히도 이곳에 온 목적은 달성했으니 이제 돌
아가자."

"예, 그런데요. 잠시만요."

포포르는 얼른 품속에서 감시 벌레가 든 병을 꺼내 표면에
마법진을 그리고 바닥에 파묻었다. 그리고 마법으로 흔적을
지우니 바닥이 원래대로 되었다.

"너희들이 할 일은 알지? 혹시라도 그놈들이 나오면 바로
공격해서 제압하고 나한테 연락해."

찌찌찌찌.

병 속에 든 여왕 감시 벌레가 대답을 했다.

병에 그려진 마법진이 있으면 포포르는 언제든지 이곳으
로 들어올 수 있다. 그리고 감시 벌레가 말이 감시 벌레지 그
독성과 생명력은 무시무시할 정도다. 힘이 소진된 아크메이
지 정도는 벌레들의 침 한 방에 거의 죽음에 이를 것이다.

"이제 됐어요. 이제 가요. 참, 라블 너, 어떻게 디온님이랑
같이 있는 건지 아직 대답 안 했다?"

"비밀이야. 궁금하면 모라님한테 물어봐."

"이익, 너! 나중에 보자."

포포르는 주먹을 쥐어 부르르 떨었다. 라블은 시선을 피해

못 본 척하며 슬쩍 디온의 뒤로 숨었다.

"자자, 이제 가자고. 밖에서 어떤 일이 벌어졌는지 궁금하니까."

디온은 포포르를 달래듯 재촉했다.

음모를 꾸민 자들이 무슨 짓을 할지 예측이 가지 않았다. 적어도 디온 하나를 어떻게 하려는 생각은 아닐 터이다.

이제 모라에게 가서 모든 것을 물어보아야만 한다. 그녀라면 세상에서 벌어지고 있는 크고 작은 일들을 모두 알고 있을 것이다.

디온은 다시 게이트를 열었다. 부웅 하는 소리와 함께 공간에 검은 통로가 생기자 포포르가 놀라 외쳤다.

"공간이동 게이트! 와아, 할아버지도 이건 함부로 못 쓴다고 하셨는데!"

포포르는 불안한 눈으로 디온을 쳐다보았다. 게이트라는 게 말이 쉽지 주변의 공간에 미치는 영향이나 통로를 유지하는 데 드는 마나를 면밀하게 계산해서 거대한 마법진을 설치한 후 겨우 열 수 있는 것이다. 그런데 디온은 장난처럼 게이트를 여니 이게 통로인지 주머니인지 알 수가 없었다.

자칫 잘못해서 공간의 틈 사이에 끼게 되면 또 용족의 공간을 사용한 후에 할아버지에게 긴급 구조 요청을 해야 되는 것이다.

디온은 미소를 지으면서 말했다.

"이게 내 특화 능력이거든. 모라네 가게 뒷골목으로 바로 통하니까 염려 말고 들어가."

"알… 았어요."

포포르는 아직 불안한 듯한 표정을 지우지 못했지만 디온이 권하자 거부하지는 않았다. 포포르와 라블, 토베의 왕자가 들어가고 마지막으로 디온이 들어가자 게이트가 닫혔다.

＊　　　　＊　　　　＊

디온 일행이 모라네 가게로 돌아갔을 때, 모라는 이미 성대한 만찬 준비를 끝내놓고 기다리고 있었다. 모든 요리가 방금 한 듯이 따뜻한 김이 모락모락 올라왔다.

이브닝드레스와 녹색의 리본으로 치장한 모라가 디온에게 미소를 지으며 인사했다.

"어서 오세요."

"지금 돌아왔습니다."

디온도 정중히 인사를 했다. 과거의 기억이 되살아나자 그녀에 대한 애정도 같이 돌아왔지만, 디온의 기억이 모라에게 반말을 하지 못하게 했다.

디온과 모라가 자리에 앉자 라블과 포포르, 토베의 왕자도 같이 자리에 앉았다.

모두 자리에 앉아 샴페인으로 건배를 한 후에 즐겁게 식사를 했다.

모라는 디온이 질문을 하기도 전에 먼저 이야기를 시작했다.

"토베의 왕자님은 식사가 끝난 후에 베리얼 경이 있는 곳으로 돌려보내 드릴게요. 왕국이 좀 어지러워졌지만 힘을 내서 재건하도록 하세요. 그리고 포포르."

"네, 모라님. 말씀하세요."

"디온님을 공간감옥미로까지 안내하느라 수고했어요. 그런데 내친김에 한 가지만 더 부탁해도 될까요?"

"옛! 모라님이 시키시는 일이라면 무엇이든 할게요."

"포포르님 같은 분은 누구에게라도 무엇이든이라는 표현을 쓰면 안 돼요. 어쨌든 식사가 끝나면 토베의 왕자님과 같이 토베로 가서 왕국을 재건하는 데 도움을 주세요."

"어, 그래도 되나요?"

드래곤이 인간의 역사에 개입하는 건 별로 좋지 못하다. 유희라면 몰라도 본신의 힘으로 활동을 하는 것은 금지가 되어 있는 것이다.

모라는 미소를 지으며 포포르에게 다시 말했다.

"그러니까 규칙에 어긋나지 않는 '놀이'를 하라는 거예요."

"앗, 그건 좋아요. 갈게요!"

모라는 포포르에게 유희를 하라고 권했다.

유희라면 어느 정도까지는 활동을 해도 상관이 없다. 거기다가 포포르는 드래곤로드가 준 마법 장치들을 엄청나게 가지고 있다. 인간의 모습으로도 왕국 한두 개쯤은 찜 쪄 먹을 수 있는 수준이다.

모라는 디온을 보고 말했다.

"흑왕이 한 일은 디온님의 책임도 일부 있으니 포포르 양의 도움으로 혼란을 조금이라도 빨리 안정시키고 원래대로 되돌리는 게 좋을 거예요."

"감사합니다."

"호호호, 확실히 아직 익숙해지지 않았나 보네요. 당신은 그런 식의 인사는 거의 하지 않았는데."

"그게… 전 어디까지나 디온이기 때문에……."

"알아요. 그건 그렇고, 이제부터는 어떻게 하실 거예요?"

"그건 모라님에게 묻고 싶은데요."

"가장 빠르고 간단한 건 이번 음모의 실행자인 불칸을 만나 처치하는 거예요. 그 외에 디온님이 해야 할 일이 또 하나 있는데, 모튼을 봉인하는 거고요."

"모튼에 대해 아나요? 그는 어떤 존재였죠?"

"약간 미친 자죠. 영생을 얻겠다고 스스로 언데드가 된 이후에 대륙의 모든 생명체에게도 영생을 내리겠다고 설쳤으니까요."

"헛, 용서하기 어려운 자군요."

"예, 문제는 그자가 정말로 어느 정도 신성을 얻어서 쉽게 소멸시킬 수도 없어요. 그래서 가둬놨는데, 정말로 그렇게 오랜 기간 동안 정신력이 쇠퇴하지 않고 오히려 그곳의 주인이 걱정할 정도까지 성장한 모양이네요."

"그럼 모튼에 대해서는 어떻게 해야 할까요?"

"그곳의 주인이 권하는 대로 갑옷에 봉인을 하시는 게 좋을 거 같아요."

"갑옷에 봉인당한 채로 그냥 있을까요? 몸을 움직일 수 있으니 어떤 수단이든 생각해 내서 봉인을 풀려고 할 텐데요."

"아뇨. 오히려 몸을 움직일 수 있기 때문에 지금보다 봉인을 풀려는 의지가 약해질 거예요. 지금 그자가 문제가 된 건 육체를 완전히 못 움직이게 해놓아서 정신력이 강화된 거거든요."

"아하, 그렇군요."

"예, 봉인을 하게 되면 아마 모튼은 디온님에게 꽤 도움이 될 거예요. 나중에 디온님께서 돌아가시면 제가 보관하면 되고요."

"알겠습니다. 그럼 일단 모튼이란 자를 처리하러 가야겠네요."

모라는 디온이 자신의 운명에 관여된 불칸보다 정령신에게 부탁받은 모튼을 먼저 처리하겠다는 말에 미소를 지었다.

확실히 디온은 전생의 기억을 모두 되찾아서 그런지 일의 선후를 정확하게 알고 있다.

모튼 같은 자는 시간 여유를 주면 어떻게든 도망갈 구멍을 만들 가능성이 크다. 그런 만큼 정령신의 부탁을 들어주려면 모튼이 봉인에서 풀려나자마자 덮치는 게 제일이다.

모라는 천천히 고개를 끄덕이며 말했다.

"곧 풀려날 거 같네요. 게이트를 여시면 제가 위치를 지정해 드릴 테니 그곳으로 가세요."

"그래 주시겠습니까? 그럼 열겠습니다."

"예. 그리고 모튼 문제를 처리하면 라블이 불칸을 만날 수 있는 방법을 가르쳐 줄 거예요. 아직 몇 가지 문제가 남아 있긴 하지만 디온님이 불칸을 처리하면 저절로 다 해결될 가능성이 높으니 그걸 최우선으로 하세요."

"알겠습니다."

디온은 대답을 한 후 게이트를 열었다. 그러자 티모라가 게이트 속에 손을 넣고는 살짝 저었다. 그것만으로 출구가 바뀐 모양이다.

"그럼 디온님과 라블은 게이트 속으로 들어가세요. 그리고 돌아오셨을 때에는 조금 더 전생에 익숙해졌으면 좋겠네요."

모라의 의미심장한 말과 미소에 디온의 얼굴이 붉어졌다. 원래 디온의 전생인 레오는 외출했다 돌아올 때마다 모라에게 가벼운 키스를 했다. 그건 거의 애정 표현을 하지 않던 레오가 하는 몇 개 없는 애정 표현이었다.

"노력해 보겠습니다. 그럼."

디온과 라블은 바로 게이트 속으로 뛰어들었다.

그러자 모라는 닫히려는 게이트 속에 다시 손을 넣어 한번 휘젓고는 토베의 왕자와 포포르에게 말했다.

"그럼 이제 그대들도 가세요. 전 다시 시약을 만들면서 남편이 돌아오기를 기다려야겠네요."

"예, 모라님. 일이 끝나고 돌아오겠습니다."

"그래요, 포포르님. 추가로 일을 해주시니 돌아오시면 제가 만든 시약을 조금 나눠 드릴게요."

"헤헤헷, 감사합니다."

포포르는 절대로 사양할 마음이 없는 듯 얼른 인사를 하고 토베의 왕자에게 말했다.

"얼른 가자고. 이 누나만 믿어. 왕국을 재건하게 해줄 테니까."

토베의 왕자는 포포르의 기세에 기가 죽었는지 눈만 뻐끔뻐끔하면서 억지로 끌려서 게이트 속으로 들어갔다.

그제야 모라는 게이트를 닫았다.

"호호호, 저이가 게이트를 여는 능력을 얻으니 내가 열 필요가 없어서 좋네."

효율쟁이 모라는 쓸데없이 마법 쓰는 걸 별로 좋아하지 않는다. 아무리 무한에 가까운 마법력을 지니고 있어도 게이트 하나도 대충 열지 않는 것이다.

디온의 능력으로 여는 게이트는 모라의 마법 게이트보다

훨씬 효율적이다. 모라는 앞으로 게이트는 디온표 게이트를 이용해야겠다고 결심했다.

혼자가 된 모라는 다시 여느 때처럼 앞치마를 두르고 가마솥에서 끓고 있는 시약을 저으러 갔다.

＊　　　＊　　　＊

사방이 모래밖에 없는 사막. 모튼은 그곳에서 나타났다. 깡마른 몸매의 중년 마법사의 모습을 한 모튼은 한참 동안 손가락 하나도 움직이지 못하고 모래에 반쯤 파묻힌 채 태양빛을 눈도 감지 않고 바라보았다.

"크크크, 내 눈을 태우는 태양빛까지 이렇게 반가울 줄이야."

스스로의 몸을 언데드화한 모튼은 태양빛을 싫어한다. 그런데 지금은 어둠이 아닌 밝은 낮도 좋았다.

얼마나 오랫동안 봉인되어 있었던가! 몸이 굳어서 움직이지를 않는다.

그러나 모튼은 대기와 땅의 마나를 흡수해서 몸을 급한 대로 보강하고 있었다. 어차피 피도 흐르지 않는 죽은 자의 몸인 만큼 모래로 내장을 구성해도 전혀 지장이 없다.

"당분간은 반 골렘으로 지내고, 천천히 다른 뛰어난 자의 육체를 흡수해서 원래의 몸을 재구성해야겠군."

과거 모튼은 수천 명의 육체를 뭉쳐서 압축함으로써 최강의 육체를 만들었었다. 지금도 근처에 인간의 마을이 있었다면 훨씬 회복이 빨랐을 것이다.

그래서인지 심연의 눈동자란 존재는 봉인을 풀어주면서 생명체가 거의 없는 사막 한 가운데로 보내준 모양이다.

"끄으으, 겨우 되었군."

보강이 끝난 모튼은 천천히 몸을 일으켰다. 육체는 아직 조금 부자연스럽지만 마법력은 이미 거의 회복한 거나 다름없다.

모튼은 손을 땅 속에 넣었다 꺼냈다.

부우웅!

모래로 된 지팡이가 그의 손에 쥐어져 있었다. 지팡이는 아래쪽으로부터 모래를 계속 빨아들이고 위로는 스르륵 무너지는데, 형태는 계속 유지하고 있었다.

"크크, 수천 년이 지나도 대지의 줄기는 살아 있구나. 아무도 이것을 찾아내서 가져가지 못했다니, 세상에 능력있는 놈은 아무도 나타나지 않았나 보구나."

대지의 줄기는 모튼이 숨겨놓은 힘 중 하나로 최강의 마법 지팡이다. 크기와 형태, 힘이 확정되어 있지 않고 지형에 따라 속성이 변하는데, 땅이 있으면 어디서든 소환할 수 있다.

대지의 줄기를 손에 쥔 이상 모튼은 전성기의 70%에 해당하는 힘을 쓸 수 있게 되었다.

"이제는 드래곤이 열 마리쯤 와도 무섭지 않다. 드래곤로드가 직접 와도 충분히 몸을 뺄 수 있으니. 크크크크.”

심연의 눈동자란 존재는 모튼을 봉인에서 풀어주면서 그를 다시 잡아 봉인할 자를 보내겠다고 했다.

선에도 악에도 속해 있지 않은 존재로서 균형을 맞추기 위한 방법인 듯했다.

모튼은 상관하지 않았다. 물질계에서 그를 이길 수 있는 존재는 많지 않다. 옛날처럼 재수가 없어서 특이한 공간에 들어가 신급의 존재와 딱 마주치지 않는다면 어떤 존재도 모튼을 봉인할 수 없다.

“크크크, 일단 몸을 숨기자. 육체를 완전히 재구성하고 힘을 모두 되찾은 후 10여 년에 걸쳐 내가 들어가면 안 되는 장소를 모두 탐색하고 나서 다시 움직이자.”

모튼은 여유있게 계획을 세웠다.

과거에는 마탑의 창시자란 놈에게 속아서 겁도 없이 이상한 곳에 들어갔다가 봉인을 당했지만, 이제는 충분히 겁도 생겼다.

천상천하유아독존이라는 생각은 수천 년간의 봉인 생활에서 깨끗이 사라지고 목적을 이루기 위해서는 항상 몸조심을 해야 된다는 것을 깨달았다.

우우우웅!

공간이 미미하게 진동하며 허공에 검은 구멍이 생겨났다.

“왔군, 추적자가.”

더 이상의 시간은 주지 않을 모양이다.

모튼은 대지의 줄기를 두 손으로 잡고 즉시 각종 보호 주문을 시전했다.

그사이 검은 구멍으로부터는 황금색의 갑옷을 입은 디온이 벨케토를 들고 튀어나왔다.

뒤이어 나온 것은 검은 전신 갑옷. 크기는 2미터 정도 되는 커다란 갑옷이었는데, 그것은 허공에 둥둥 떠 있었다.

디온은 모튼을 보자 말했다.

"모튼님이군요. 제가 바로 디온입니다."

"크크, 이제 보니 구면이군. 아니, 직접 본 적은 없으니 초면이라고 해야 하나? 설마 나를 잡으러 온 추적자가 그대일 줄이야."

모튼은 웃었다. 하지만 속으로는 긴장하며 대지의 줄기를 잡은 손에 힘을 주었다.

디온은 공간미로감옥에서 의식의 대화를 했고, 의식 감각을 사용한데다가 이동까지 해서 결국 공간 너머로 들어갔다. 이것은 디온이 모튼과 거의 비슷한 수준의 정신력을 가지고 있다는 의미다.

거기다가 디온이 입은 갑옷과 손에 든 검이 모두 심상치 않다. 보통 사람은 절대 알 수 없는 신기한 기운이 두 곳에서 느껴졌다.

모튼이 믿고 있는 최고의 무기인 대지의 줄기가 디온의 검과 비교해 보면 왠지 모르게 초라해 보였다.

'이놈은 인간이 아닐지도 모른다. 어쩌면 천족이나 마족일 수도 있다. 그것도 꽤 윗줄의 존재다.'

모튼은 디온을 거의 드래곤로드 급이라고 판단했다. 과대평가라고 할 수 있겠지만, 과소평가하다가 당하는 것보다는 훨씬 낫다.

모튼은 속으로 언제든지 도망갈 준비를 했다. 자존심이고 뭐고 힘을 100% 되찾기 전까지는 전혀 고려하지 않기로 결심했다.

그런 모튼의 속마음을 모르는 디온은 살짝 한숨을 내쉬며 말했다.

"말을 전한 책임이라고 할까요? 그분께서 모튼 경의 봉인을 풀 테니 제가 다시 봉인하라고 하더군요."

"그런가? 하지만 난 더 이상 봉인되지 않는다."

"죄송합니다만, 모튼님이 물질계의 생명체를 모두 언데드로 만들게 놔둘 수는 없습니다."

"크크크, 언데드가 뭐가 어때서 그러지? 내가 만들려는 언데드는 의지도 없이 본능만 남아 날뛰는 그런 하급의 언데드가 아니다. 최소한 와이트 수준의, 그러니까 이성을 지닌 자들이지. 나에게 속한 자들은 살아 있는 것보다 훨씬 긴 수명과 병이 없는 육체를 지니게 되는 것이다."

"그렇게 다 언데드가 되면 새로운 생명체가 태어날 수 없으니까요."

"모르는 소리 마라. 수명이 다한 언데드는 내 몸의 일부가 되고, 나의 힘이 일정 이상 커지면 난 끊임없이 새로운 언데드를 생성해 낼 수 있는 몸이 된다. 나로부터 모든 언데드가 태어나고, 다시 그들은 나에게로 돌아온다."

"헛, 그거 어디서 들어본 소린데. 모튼님은 몰록이 되려는 거였군요?"

몰록, 죽은자의 신. 그것은 고대 흑마법의 전설 속에 숨겨진 가장 위대한 기적 중 하나이다.

언데드를 창조할 수 있는 몰록이 세상에 나타나면 물질계의 주인은 생명체가 아닌 언데드가 된다고 했다.

설마 이 미친 마법사가 스스로 몰록이 될 수 있다고 생각했다니!

디온은 모튼을 꼭 봉인하기로 굳게 결심했다.

'차라리 소멸시켜 버릴까?'

벨케토가 있으면 모튼 정도의 불사체는 단숨에 보낼 수 있다. 이런 자는 봉인이 아니라 소멸이 더 좋은 방법일지 모른다고 생각했다. 그러자 벨케토가 주인의 의지에 영향을 받아서인지 우우웅 하고 떨리며 무서운 기세를 뿜어냈다.

강한 자를 소멸시킬 수 있다고 기뻐하는 모양이다.

그런데 그 진동이 디온의 생각을 바꿨다.

"어휴, 그분이 소멸이 아닌 봉인을 시키라 한 데에는 이유가 있겠지. 부탁받은 일을 내 마음대로 처리하진 말자."

봉인만 해도 충분히 무서운 형벌이다. 그리고 전생을 하지 않는 무한자는 함부로 소멸시키는 게 아니다. 유에서 무로 돌아가면서 어떤 일이 벌어질지는 신도 예측하기 힘들다.

그때 갑옷에 씌워져 있던 라블이 디온에게 속삭였다.

[디온님, 저자가 대지에 통로를 열었어요. 도망갈 모양인데요.]

[잉, 어디?]

디온은 얼른 집중해서 땅 속을 살폈다. 과연 모튼의 지팡이 끝이 땅 속에서 소용돌이치며 구멍을 만들고 있었다.

"내참, 싸우기도 전에 도망갈 구멍부터 파다니."

디온은 웃기지도 않다는 듯 혀를 차며 손가락을 까닥했다. 그러자 땅 속에 생성되었던 이동 통로가 바로 닫혀 버렸다.

"어헛! 이건? 무슨 수작을 피운 거냐?"

"수작이라니요. 게이트를 열고 닫는 건 내 능력 중 가장 강한 거거든요. 내 허락 없이 도망갈 생각은 하지 마세요."

"으으, 그런 능력을 가졌다니. 마법이냐? 아니, 마법은 아닌 것 같고, 본산의 권능인가 보군."

모튼은 분노와 당황으로 몸을 부르르 떨었다.

공간이동에 관한 능력을 가진 존재는 여태까지 나타나지 않았다. 자신이 이동하는 건 둘째 치고 상대의 이동을 막을 수 있는 능력이라니!

어째 쉽게 풀어주더라니, 추적자를 이기지 못하면 도망도 못 가는 상황이었던 것이다.

"좋다. 네놈이 그런 능력을 지니고 있으니 싸울 수밖에 없군. 하지만 난 잡히지 않는다!"

촤아아아아!

대지의 줄기가 사막의 모래를 맹렬하게 빨아들여 디온을 향해 쏘아냈다. 그것은 마치 드래곤의 브레스처럼 방사형으로 퍼져 나가 디온의 몸을 뒤덮었다.

모래라고 우습게 볼 수 없다. 강철도 순식간에 깎아낼 정도로 거센 압력이었다.

그러나 디온은 여유있게 벨케토를 앞으로 세워 모래 브레스를 둘로 갈라 버렸다.

"설마 이걸로 끝은 아니겠죠?"

"싸우는 상대에게 정중한 말투를 쓰다니! 가증스러운 놈, 이것도 받아랏!"

파파파파!

모튼의 한쪽 팔에서 날 달린 촉수 수십 개가 튀어나와 모래 브레스와 함께 디온을 공격했다.

디온은 그 촉수의 날이 범상치 않다는 것을 느끼고 옆으로 몸을 날려 피했다. 그러자 촉수는 집요하게 디온을 쫓아왔다.

위잉, 파파파팍!

디온은 검으로 그것들을 모두 베었다.

베어진 곳으로부터 파란 액체가 뿜어져 나왔고, 떨어져 나간 촉수의 날에 잠자리 날개 같은 것이 돋아 스스로 날면서 디온을 계속 공격했다.

"분리 생명체는 이제 너무 흔한 거 같다고!"

전생의 기억마저 모두 되찾은 디온에게 있어 이런 공격 방식은 지겨울 정도다.

왜 좀 잘나간다는 놈들은 자꾸 자신의 힘을 분산시키려 할까? 에너지의 낭비다. 상대가 약하면 이렇게 공격 방법 다양화와 숫자의 증가가 효과를 발휘하겠지만 진정 강한 상대로는 공격도 방어도 거의 하나로 통일해서 모든 힘을 모아야 한다.

"결국 모튼 그대도 강한 자와 목숨을 걸고 싸워본 경험은 거의 없다는 소리군."

아크메이지들의 문제점이 바로 여기에 있다. 경지에 오르면 대등 이상의 존재와 싸울 일이 거의 없기 때문에 점점 싸움 감각이 약해져 버린다.

가장 강력한 마법을 더 강한 자에게 쓰는 연습을 할 기회가 없는 것이다.

"지금 가르쳐 주지. 강한 자와 싸우는 방법을."

디온은 방어와 회피를 중지하고 검을 가슴 앞쪽에 붙여 세웠다. 그러자 라블의 황금색 기운이 디온의 얼굴과 머리, 그리고 검끝까지 씌워졌다.

"절대 방어!"

카카카카카카카캉!

모튼이 행한 모든 공격이 디온의 몸에 적중했다. 그러나 디온은 전혀 타격을 입지 않았다. 오히려 디온의 몸에 부딪친 모든 것이 가루가 되어 사라져 버렸다.

디온은 방어가 곧 공격이다. 디온의 몸에서 발해지는 반탄력은 상대의 공격을 몇 배나 큰 힘으로 되돌린다.

"크윽, 이럴 수가!"

모튼은 비틀거리며 뒤로 주춤주춤 물러섰다. 촉수가 튀어나왔던 팔이 모래로 변해 스르륵 흘러내렸다.

"좋다! 잔재주가 통하지 않는다면 이건 어떠냐? 나와랏, 대지의 뱀!"

콰콰콰콰콰!

모튼이 크게 외치자 대지의 줄기가 갑자기 백배는 굵어지며 하늘로 치솟아 올랐다. 그것은 순식간에 길이가 백여 미터나 되는 거대한 모래 뱀으로 변했다. 모튼의 몸은 뱀 속으로 들어가 버렸다.

디온이 살펴보니 뱀의 심장 속에 모튼이 웅크리고 들어가 있는 게 느껴졌다. 그런데 곧 그것도 녹듯이 사라져 버렸다.

"육체와 의식이 완전히 뱀과 동화됐군."

이 모래로 된 뱀은 모튼의 몸과 완전히 융합되었다. 이렇게 주변의 사물을 이용하여 무엇이든지 변신할 수 있는 능력은 쉽게 얻을 수 없는데, 확실히 모튼은 스스로 신이 되려는 자답게 상당한 능력을 지녔다.

콰르르르르!

사막 곳곳으로부터 또 다른 모래 뱀이 튀어나왔다. 그러더니 언덕 하나가 불쑥 솟아올랐다.

거대한 히드라처럼 모래언덕에 다섯 개의 모래 뱀이 나와 하나처럼 움직이는 것이다.

"어떠냐? 이것이 바로 대지의 줄기의 진정한 힘이다."

카오오오오오오!

사람의 말과 괴물의 포효 소리가 동시에 대기를 진동시켰다.

"확실히 아까보단 낫지만, 덩치만 키운다고 능사는 아니거든. 특히 이 검 앞에서는 말이야."

디온은 살짝 미소를 지으며 검을 거꾸로 잡고 땅에 푹 꽂았다.

캬아아아아아아!

갑자기 모래 뱀들이 비명을 지르며 하나씩 무너지기 시작했다. 벨케토가 대지의 기운을 베어버리자 대지의 줄기가 순간적으로 힘을 잃어 뱀의 형태를 유지시키지 못했다.

지금 결정타를 날리면 모튼은 속수무책으로 당할 것이다. 그러나 디온은 가만히 서서 모튼이 재정비할 때까지 기다렸다.

"땅의 힘을 근원으로 자신의 몸을 바꾸는 건 좋지만, 본신의 힘이 아닌 외부의 것에 의지하면 끝내는 허무하게 무너질 수 있다."

디온은 무심하게 중얼거리듯 말했다. 싸우기 시작하니 전생의 성격과 기억이 점점 더 강하게 영향을 미치기 시작했다.

'싸워야 한다. 그래야 내 속에 있는 모든 것이 하나로 합쳐진다.'

지금 디온은 인간의 본성, 마왕의 힘, 전생의 능력과 기억이 완전히 하나로 합쳐지지 못하고 있었다. 겉으로 보기엔 모든 능력을 자유자재로 쓸 수 있는 것 같지만, 그건 오직 하나의 힘만을 쓸 때뿐이다.

마왕의 힘으로 게이트를 쓸 때와 벨케토를 사용해서 싸울 때에 흘러나오는 힘의 근원이 조금 다르다.

그 외중에 가장 미약한 디온의 본성은 계속해서 흔들린다.

시간이 흐르면 차츰차츰 정리되겠지만, 디온은 기다리고 싶지 않았다. 몸 안의 혼란을 잠재우고 새로운 의식 체계를 완성시키고 싶었다.

디온이 기다리는 사이 모튼은 다른 모래 뱀을 모두 잃고 본체가 되는 모래 뱀만을 겨우 유지한 채 말했다.

"크크크, 좋다. 네놈이 얼마나 강한지는 충분히 알았다. 나를 봉인시킬 충분한 능력이 있군. 하지만 난 봉인당하지 않는다. 소멸을 당하는 한이 있어도 말이다!"

쩌쩌쩡!

　모래가 뭉쳐서 암석이 된다. 암석이 더욱 강한 압력을 받으니 투명한 보석이 된다. 보석이 부드럽게 움직이며 크리스털과도 같이 투명한 뱀이 완성되었다. 거대한 입에 난 이빨도 모두 투명했다. 오직 두 눈만이 검게 빛나고 있었다.

　크기는 조금 줄어 50미터 정도의 길이였지만 여전히 거대했고, 태양빛을 반사하여 몸 전체가 환하게 빛났다.

　뱀은 더 이상 대지에 얽매이지 않았다. 몸 전체가 허공으로 떠올라 하늘로부터 디온을 내려다보았다.

　"변화의 극에 이르면 완전히 다른 생명체가 될 수 있지. 내 인간의 모습으로 되돌아가지 못해도 좋다. 널 물어 죽이고 그 힘을 흡수하겠다."

　카아아아아아아!

　크리스털 뱀이 입을 크게 벌리고 디온을 통째로 삼킬 듯이 달려들었다. 동시에 꼬리로는 디온이 서 있는 대지를 때려 지진을 일으켰다.

　"좋아, 이제 좀 싸울 만하군."

　디온은 검을 들었다. 그리고 타이밍에 맞춰 뛰어올라 뱀의 입으로부터 벗어나며 머리를 검으로 찍었다.

　팍!

　검은 거의 자루까지 박혔다.

　크아아아아아아앙!

　"엄살 부리지 마라. 아직 벨케토의 힘을 발산하지 않았다."

디온은 지금 벨케토의 힘을 제어하고 있었다. 안 그러면 검을 박아 넣는 순간 모튼은 소멸해 버렸을 것이다.

소멸시키지 않고 사로잡아 봉인하려면 디온 본신의 힘만으로 싸워야 한다. 그럼으로써 본신의 힘이 모두 녹아 하나로 합쳐질 것이다.

크오오오오!

갑자기 뱀의 머리가 사라지며 몸통으로부터 새로운 머리가 튀어나와 재차 디온을 공격했다.

피할 수 없는 공간은 없다.

디온은 입가에 미소를 지으며 검을 쥐지 않은 손을 앞으로 뻗었다.

"차앗!"

위잉, 펑!

손바닥 앞쪽에 게이트가 열리더니 그것이 폭파되며 엄청난 에너지가 앞으로 쏟아져 나갔다. 그 위력은 뱀의 머리를 단숨에 날려 버리기에 충분했다.

디온은 자신의 손바닥을 보며 중얼거렸다.

"게이트를 생성하고 그걸 다른 힘으로 파괴하면 이런 공격이 되는군."

생각했던 것보다 쓸 만하다. 본신의 능력으로 게이트를 생성하니 그 부분은 전혀 힘이 들지 않는다. 오직 게이트를 파괴하는 힘만 필요한데, 이렇게 되면 에너지의 효율이 거의 세

배에 달한다.

더군다나 장거리 게이트나 차원 게이트 같은 거대 게이트를 만들면 그 파괴력은 기하급수적으로 커진다.

어쩌면 파괴력 부분에서는 물질계에서 가장 강한 공격법일지도 모르겠다.

우우웅!

"칫, 아예 부작용이 없는 건 아니군."

공간이 열렸다가 억지로 닫히자 주변 공간이 일그러졌다. 이렇게 되면 주변 환경이 적지 않은 영향을 받는다. 함부로 사용할 수는 없다는 뜻이다.

디온은 아쉽다는 표정으로 살짝 혀를 찼다.

"그래도 여긴 사막이니 좀 더 써도 되겠지."

사막이 황폐화되어 봤자 사막일 뿐이다. 디온은 재차 게이트를 열고 그것을 파괴했다.

펑, 펑, 펑, 펑!

공간이 흔들리며 수정으로 된 뱀의 몸이 한 토막씩 소멸되어 갔다. 뱀은 계속해서 재생을 하려 했지만 머리가 생겨나는 순간 그 부분이 통째로 사라지니 버틸 재간이 없다.

어느 순간 겨우 한 토막만 남은 크리스털 뱀이 바닥에 떨어지더니 사람의 모습으로 변했다. 재질은 여전히 투명한 크리스털이지만 형태는 모튼의 인간형 모습이 틀림없었다.

단지 대지의 줄기가 사라지고 두 다리에 힘이 없는 듯 끊임없이 비틀거리고 있었다.

"으으, 내 힘이, 내 생명력이……!"

모튼은 허무한 눈으로 디온을 보았다. 믿었던 대지의 줄기가 파괴되고 강제로 변신이 풀린 지금 그는 형체를 유지하기 힘들 정도로 생명력을 소모해 버렸다.

대지의 줄기야말로 모튼이 스스로 언데드가 될 때 모든 생명력을 모아 보관해 놓은 라이프 포스 베셀이다.

고정된 형체가 없는 대지의 줄기라면 파괴가 불가능할 거라 생각했는데, 디온의 엄청난 힘에 결국 소멸해 버렸다.

모튼은 자신의 생명력이 끊임없이 새어 나가 허무하게 사라지는 것을 느꼈다. 이제 그는 10분도 되지 않아 소멸할 것이다.

"이대로는 끝나지 않는다. 난 단순한 리치와는 다르다. 대기와 섞인 나의 생명력은 언젠가 다시 모여 새로운 나를 탄생시킬 것이다."

일반 리치라면 보관해 놓은 생명력이 모두 소모되면 그 순간 소멸되어 다시는 부활하지 못한다. 그러나 모튼은 이미 무한자의 영역에 도달한 존재. 시간이 지나면 생명력이 다시 모여 스스로를 담을 라이프 포스 베셀을 다시 생성하게 될 것이다.

그 시간이 얼마나 걸릴지는 모튼 자신도 모르지만 틀림없이 부활은 할 수 있다.

모튼이 그러고 있을 때 디온은 무표정한 얼굴로 말했다.

"틀렸다. 네 생명력은 대기로 흘러나가는 게 아니다. 바로 이것, 다크나이트의 갑옷이 너의 근원이 되는 생명력을 빨아들이고 있다."

"헛!"

"이제 알겠지? 넌 졌고, 이 속에 봉인되어야 한다. 이 갑옷은 너의 근원을 보호하는 라이프 포스 베셀이자 너의 벗어날 수 없는 감옥이다. 이제 들어가라."

"크웃, 그런 거였던가? 난 처음부터 그 속에 들어갈 운명이었던 것이냐!"

"잔소리 마라. 운명을 벗어나기가 그리 쉬운 게 아니다."

"크아아아아아!"

슈욱!

모튼은 단말마의 비명을 지르며 다크나이트의 갑옷 속으로 빨려들어 갔다.

디온은 갑옷의 가슴 중앙에 박힌 보석을 빼내었다. 모튼의 생명과 영혼의 일부가 들어가 있는 보석으로 다크나이트의 명령석이다.

"모튼, 일어나라."

부웅!

속이 비어 있던 다크나이트의 내부에 검은 안개와도 같은 기운이 가득 차더니 눈동자가 생겨났다.

다크나이트 모튼은 거친 숨소리를 내며 자신의 몸을 이리
저리 살폈다.

"큐후, 이것이 내 새로운 육체인가? 생각했던 것보다 기분
이 나쁘진 않군."

새로운 몸을 얻은 후에 정신이 육체에 영향을 받는 듯 말투
도 기사답게 바뀌었다.

"움직일 수 있으니 갇혀 있는 것보다는 낫겠지. 억울해도
네가 하려던 짓을 생각해서 참아라. 넌 당분간 내가 조종할
테니까."

"큐후, 모르겠다. 이렇게 봉인되고 보니 널 원망하는 마음
도 들지 않는군. 어차피 난 승부에 진 거고, 내가 이곳을 벗어
나기 전까지 넌 나의 주인인 셈이니까 마음대로 해라."

"좋다. 그리고 넌 더 이상 마법을 쓸 수 없다. 대신 너의 마
법력으로 인해 갑옷이 거대한 힘을 보유하게 되었지."

"큐후, 갑옷의 사용법이 점점 머릿속으로 흘러들어 온다.
과거와는 다르지만 충분히 강하군, 이 몸체도."

다크나이트 모튼은 한쪽 손을 앞으로 뻗었다. 그러자 손 안
쪽으로부터 하얀 유령과도 같은 것들이 무수히 튀어나와 서
로 엮이며 점점 뭉쳐져 할버드와 같은 형태를 만들었다.

"큐후, 팬텀 블레이드. 물질과 영체를 같이 벨 수 있는 무
기군. 당분간 무기술을 연마해야겠구나."

"갑옷 속에 무기술에 대한 기억이 남아 있을 테니 받아들

이기만 하면 될 것이다."

"큐후, 그렇군. 할버드를 잘 쓸 수 있을 것 같은 느낌이 든
다."

"좋아, 그러면 가자. 내 다음 상대인 전생자 불칸을 만나야
한다."

"큐후, 전생자라……. 설마 기억의 소멸이 없는 자란 말인
가? 대단하군. 그런 자가 존재했다니……."

"어떻게 보면 무한자보다 더 위험한 존재가 전생자이지.
왜냐하면 무한자는 소멸에 대한 두려움이 있지만 전생자는
죽음에 대한 두려움이 없으니까."

"큐후, 그렇군. 난 영원히 살 수 있다고 생각했는데, 반대
로 소멸에 대한 두려움이 남아 있어서 더 강해지지 못했던 거
군."

"지금 깨달아도 이미 늦었다. 가자."

디온이 게이트를 열자 모튼은 순순히 그 안으로 들어갔다.
뒤이어 디온도 들어가자 게이트는 닫히고 사막은 다시 모래
와 태양빛, 그리고 바람뿐인 장소가 되었다.

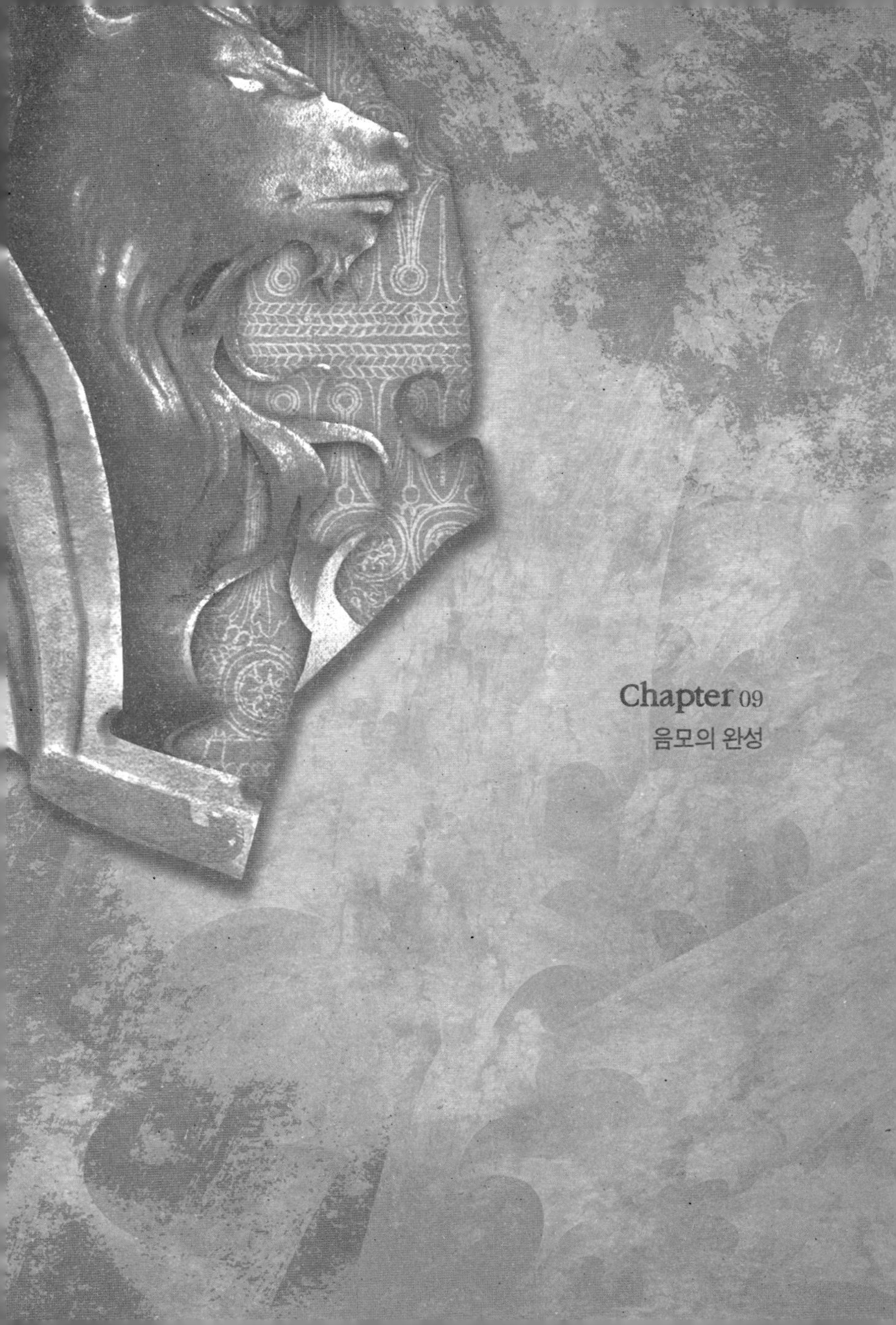
Chapter 09
음모의 완성

흑사자
마왕

불칸은 대륙 곳곳에 있는 자신의 수하들을 모았다.

아끼던 카드인 전생의 제자 구파를 잃은 것은 큰 손실이었지만, 전생을 하면서 만들어놓은 여러 가지 조직의 후예 중 쓸 만한 자들이 꽤 많았다.

죽은 구파를 빼고 불칸의 정체를 알고 있는 수하는 모두 셋이다.

새도우 드루이드 디키도, 그는 평소에는 거의 시체와 같은 상태로 숲 한가운데에서 잠들어 있다가 불칸이 깨울 때에만 일어나 활동한다. 그렇게 그는 수백 년이나 수명을 연장해서 아직까지 멀쩡하게 살아 있다.

　그는 섀도우 드루이드의 수장으로 숲과 정글에서는 거의 무적이라 칭해진다.

　하프 리치 보보스, 흑마법의 숨겨진 비술을 찾은 후 머리만 빼고 몸을 언데드로 바꾸어 수명을 연장했다.

　하지만 그는 죽은 육체로부터 올라온 독성이 뇌까지 영향을 미쳐 얼마 못 가 완전히 언데드가 될 가능성이 크다.

　현재는 몸 전체에 냉각 마법을 걸어 휠체어에 타고 다니는 것으로 조금이라도 더 버티려고 노력하고 있다.

　구파와 함께 마법이 극에 달한 인물이다.

　불노불사 위살, 위살은 마탑의 마법 생명체 실험 중 태어난 돌연변이로 늙지도 죽지도 않는 몸이 되었다. 마탑에서는 위살을 계속 연구하여 다른 불노불사체를 만들려고 했지만 모두 실패했다.

　끊임없는 가혹한 생체 실험 속에서 위살은 죽기를 간절히 원했지만, 그에겐 죽을 자유조차 없었다.

　불칸이 그를 빼내어 훈련시켜 암살자 조직을 맡겼다.

　이들 셋의 공통점은 바로 전생자가 되기 위해서라면 무슨 짓이든지 할 수 있다는 점이다. 그렇기 때문에 불칸에게 절대 복종한다.

　불칸은 그들을 한자리에 모아놓고 말했다.

　"구파는 죽었다. 그에게는 기회가 주어졌는데, 안타깝게도 운명의 벽을 넘지 못했다."

“…….”

“…….”

“…….”

　세 사람은 대답을 하지 않았다. 그러나 그들의 눈동자에는 기쁨의 감정이 떠올랐다.

　기회를 얻은 구파가 죽었다면 자신들에게도 기회가 돌아오지 않을까 하는 기대심이 그들의 가슴속을 채웠다.

　아니다 다를까, 불칸은 말을 이었다.

　“기회는 자주 오는 게 아니다. 내가 주고 싶어도 때가 오지 않으면 줄 수 없다. 그러나 지금 너희들 중 단 한 명은 기회를 얻을 수 있다.”

　“한 명!”

　“그렇다면 누구에게 주실 겁니까?”

　“간단하다. 너희 중 가장 강한 자에게 준다.”

　“으음, 우리보고 서로 싸우란 말씀이십니까?”

　위살이 의아한 눈으로 물었다.

　셋이 서로 싸워서 한 명만 살아남는다면 필연적으로 전체 전력이 약화된다. 지금이 중요한 순간이라면서 전력을 약화시키려는 불칸의 의도를 이해할 수 없었다.

　“그렇지 않다. 서로 싸우면 손해만 있을 뿐, 이득은 없다. 그럴 바엔 차라리 너희 셋이 협력하게 하는 게 더 낫다.”

　“불칸님도 그렇게 생각하시는군요.”

“그렇다. 내가 원하는 것은 너희들의 힘의 추출이다.”

“크웃, 힘의 추출!”

“그렇다. 여기 있는 붉은 구슬이 그 역할을 수행할 것이다.”

“으으, 우리가 가진 모든 힘을 구슬에 쏟아 넣으란 말씀이십니까?”

“그렇다. 너희들의 의식은 구슬 속에 들어가 싸워야 한다. 싸울 때의 능력은 육체가 쏟아부은 힘과 비례한다.”

불칸은 자세히 설명했다.

구슬 속의 싸움에서 패한 자는 그대로 영혼이 파괴되어 죽어버리지만, 살아남은 자는 구슬에 주입된 힘과 파괴된 영혼의 에너지까지 모두 얻을 수 있을 것이다.

한마디로 몰아주기. 패배한 두 사람은 힘을 잃고 죽어버리고, 오직 한 사람만 힘과 기회를 얻어 불칸과 함께 계획의 최후 부분을 수행하게 된다.

불칸은 말했다.

“애초에 구파까지 포함해서 네 명에게 이 의식을 시켰어야 했다. 하지만 구파는 계획의 수행에 필연적으로 필요한 마탑의 수장이란 지위를 지니고 있었기에 우선권을 주었다. 이제 그가 실패했으니 너희들은 선택하라. 포기할 것인가, 자신의 능력을 믿고 최후의 기회를 얻기 위해 도전할 것인가?”

“크크큭, 그야 말할 필요가 있겠습니까? 어차피 이대로 가면 얼마 못 가 죽는데 마지막으로 제대로 날뛸 기회를 주신다니 전 참가하겠습니다."

"썩어버린 육체의 얼마 남지 않은 생명 따위는 미련이 없습니다. 싸움에서 이겨 전생체가 되고야 말겠습니다."

"이것은 저에겐 최상의 제안이군요. 싸움에 져도 죽을 수 있고, 싸움에 이기면 전생체로서의 기회를 얻을 수 있다니."

불칸은 세 명의 수하가 모두 도전에 응하자 입가에 살짝 미소를 지으며 고개를 끄덕였다.

"그렇다면 모두 이 파란 구슬을 손에 쥐어라. 파란 구슬로부터 붉은 구슬로 영혼을 이전시키는 의식이 시작될 것이다."

"시작하겠습니다."

일이 결정되자 아무도 머뭇거리지 않았다. 디키도와 보보스, 위살은 일제히 구슬을 손에 쥐었다.

그러자 그들의 머릿속에 계약을 하겠냐는 질문이 울려 퍼졌다.

"계약을 하겠다. 이 승부에서 지면 죽어도 좋다!"

파앗!

파란 구슬이 빛나며 광선이 튀어나와 붉은 구슬과 연결되었다.

그러자 붉은 구슬 속에 세 명의 모습이 생겨났다.

세 사람은 자신들이 아주 넓은 경기장 한가운데에 있는 것처럼 느껴졌다. 천장과 바닥이 모두 붉은색의 보석으로 되어 있었다.

"크크크, 여기는 붉은 보석 속인가 보군."

"대단한 의식이다. 불칸님의 능력은 역시 대단하군."

"시간이 없다. 빨리 시작하자."

"좋다!"

촤촤촤촤!

처음 손을 쓴 것은 디키도였다. 그는 몸속에 심어놓은 식인수를 성장시켜 사방에 씨를 뿌렸다.

"이곳 전체를 식인수의 숲으로 만들어주마!"

보보스는 디키도의 주변에 뿌려진 씨앗이 순식간에 싹을 틔워 점점 자라나는 것을 보며 손을 거칠게 휘두르며 말했다.

"그렇게 쉽게 원하는 환경을 만들어줄 순 없지. 다크 플레임 레인!"

쏴아아아아아아! 화르르르르!

허공에서 검은 비가 소나기처럼 쏟아졌다. 그런데 그 빗줄기가 나무에 부딪치니 확 하고 검은 불꽃으로 변해 모든 것을 태웠다.

그사이 위살의 몸이 그림자 속으로 빨려들어 가고, 곧 그림자조차 사라져 버렸다.

그걸 본 디키도가 경고성을 발했다.

"보보스, 위살이 노린다. 경계해라!"

“칫, 암살자 놈이 감히!”

보보스는 반사적으로 허공으로 몸을 날리며 바닥에 강력한 뇌전을 쏘았다.

파지지지지직!

“헛, 땅 속에 숨은 게 아니었나?”

보보스의 뇌전은 특이한 성질이 있어 위살이 땅 속에 숨었다면 뇌전이 실처럼 그의 몸을 묶어버렸을 것이다. 그런데 뇌전은 아무것도 걸리는 게 없는지 스파크를 일으키며 사방으로 퍼져 나가 사라졌다.

슈욱!

위살의 검은 허공으로 떠오른 보보스의 머리 바로 위로부터 나타났다.

“상대의 움직임을 예상하지 못하면 암살자가 될 수 없지.”

팍!

검이 보보스의 머리를 관통하여 몸속까지 박혔다. 그러자 보보스의 몸이 둘로 갈라져 다른 지점에서 다시 합쳐졌다. 안색이 조금 창백해졌지만 큰 타격을 받은 것 같지는 않았다.

“그 정도로 날 죽일 수는 없다.”

“애초에 노린 것은 네가 아니다.”

디카도의 등 뒤로부터 목소리가 들려왔다. 또 하나의 위살이 디카도의 목을 칼로 긋고 있었다.

“컥!”

디카도는 비명도 지르지 못하고 목이 잘려 버렸다. 그러자 주변의 식인수들이 일제히 꺄아 하고 비명을 지르기 시작했다.

식인 드라이어드의 비명은 사람을 미치게 만든다.

"큭."

위살은 급히 이동하여 식인수들이 있는 곳을 벗어났다. 허공에 떠 있던 보보스를 공격했던 또 하나의 위살이 검으로 변해 위살이 있는 곳으로 날아갔다.

그사이 식인수들은 디카도의 몸을 먹어버렸고, 곧 식인수들 중 하나에 디카도의 얼굴이 튀어나왔다. 식물과 동화한 것이다.

위살은 다시 식인수 무리의 한가운데로 뛰어들며 디카도에게 검을 던졌다. 그러자 검이 또 하나의 위살로 변해 사정없이 식인수를 베어 넘겼다.

"분신검인가?"

보보스는 그제야 위살이 어떻게 두 사람을 동시에 공격할 수 있었는지 깨달았다.

분신검은 일순간 주인과 똑같은 모습과 힘을 발휘할 수 있는 아티팩트다. 위살은 처음부터 비장의 무기를 꺼내 든 셈이다.

"셋이서 싸우는데 처음부터 전력을 다하다니, 멍청하군."

보보스는 위살을 비웃었다. 이런 식의 살아남기 싸움에서는 힘을 아끼는 자가 승리할 가능성이 크다.

위살처럼 처음부터 전력을 다해 양쪽을 공격하면 오히려 둘의 협공을 받아 가장 먼저 죽을 수 있다.

"그렇다면 난……."

보보스는 공격을 포기하고 힘을 아끼기로 했다.

허공에 떠 있는 점을 이용하여 여섯 개의 허상을 만들고 그 주변에 칼날의 고리를 생성했다.

공격자가 있을 경우 칼날의 고리가 자동으로 반격을 가하게 된다. 또한 허상은 공격을 받을 경우 폭발하도록 되어 있다.

보보스는 다시 몸을 유체화해서 물리 공격으로부터의 방어 능력을 최대로 높였다. 위살의 공격은 아무래도 물리적인 타격력이 강하다. 유체화한다면 검 자체의 살상력은 반감된다고 봐야 한다.

더군다나 보보스의 몸은 급소가 없는 죽은 자의 몸. 이렇게까지 한다면 위살은 보보스가 아닌 디카도에게 공격의 우선권을 둘 것이 틀림없다.

과연 위살은 아예 보보스에 대한 관심을 끊고, 디카도를 집중 공격하기 시작했다.

이렇게 되자 미치는 건 디카도다.

"이 미친놈! 저기서 웃고 있는 보보스가 안 보이냐?"

나무와 동화된 디카도는 미친 듯이 씨를 뿌려 자신의 힘을 강화하며 필사적으로 외쳤다.

그러나 두 명의 위살은 묵묵히 디카도가 빙의한 나무를 비롯해 주변의 식인수들을 베어나갔다.

"크큭, 이놈! 죽여 버리겠다!"

드디어 디카도는 분노로 이성을 잃었다. 디카도의 식인수는 더 이상 씨를 뿌리려 하지 않고 모든 식인수가 일제히 꽃을 활짝 피운 채 멈췄다.

그러자 달콤한 향기가 공간에 가득 찼다.

"플라워 봄!"

퍼퍼퍼퍼퍼펑!

꽃이 터지며 꽃잎과 꽃술이 사방으로 날아갔다. 향기도 더욱 짙어져 거의 숨을 쉴 수 없는 수준이었다.

보보스는 얼른 방어막을 치며 천장에 거의 딱 달라붙어 향기와 폭발로부터 자신을 보호했다.

식인수들의 한가운데에서 날뛰던 위살은 디카도의 공격을 완전히 피하지 못하고 몸에 몇 개의 꽃잎과 꽃술이 박혔다. 또 하나의 위살은 원래의 모습인 검으로 변해 다시 위살의 손으로 돌아갔다.

디카도는 크게 웃으며 말했다.

"크하하하! 이제 너의 육체는 나의 것이다."

"으윽."

디카도의 선언에 반응이라도 하듯 위살은 비틀거리며 한

쪽 무릎을 꿇었다.

"네놈이 불노불사라고 해도 육체를 조종당하는 것까지는 막을 수 없을 터. 이미 네놈의 몸속에는 나의 씨앗이 싹을 터 자라고 있을 것이다."

위살의 피부 중 일부가 푸르죽죽하게 변하더니 정말 싹이 피부를 뚫고 나왔다.

위살은 이미 몸의 자유를 잃은 듯 비틀거리며 걸음을 옮겨 식인수의 한가운데로 들어갔다.

그러자 식인수들이 일제히 가지를 뻗어 위살의 몸에 박고 체액을 빨아 먹기 시작했다.

"크하하하! 이걸로 한 놈 제거다!"

디카도는 통쾌하게 웃었다.

그런데 그때, 천장으로부터 보보스가 사용한 공격 마법이 쏟아져 들어왔다.

"그럼 이제 나와 싸우자. 다크 에시드 레인!"

슈우우웅, 퍼퍼퍼퍼펑!

산성의 비가 식인수를 덮쳤다. 치이익 하는 소리와 함께 식인수들의 가지가 타들어갔다.

"포스 블레이드 스톰!"

파파파파파파!

눈에도 보이지 않는 수십 개의 칼날이 식인수들을 베어갔다.

보보스는 승부가 나려는 조짐이 보이자 조심스럽게 여러 개의 치명적인 마법을 준비했던 것이다.

"보보스, 이 기회주의자 같은 놈!"

디카도는 방심하다 당한 것이 억울한 듯 크게 외쳤다.

그러면서도 얼른 반격의 준비를 했다. 베어져 나간 식인수들의 가지들이 갑자기 모여 둥글게 뭉쳐 하나의 거대한 공이 되었다.

"나와랏! 우드 골렘!"

꾸우우웅!

거대한 나뭇조각의 공으로부터 머리와 팔, 다리가 튀어나오더니 크게 괴성을 질렀다. 산성비가 표면을 태워도 워낙 덩치가 커서 별로 문제가 안 되는 듯했다.

파파팍!

눈에 보이지 않는 칼날도 골렘의 몸통을 베어내지 못하고 그냥 박혀 버렸다. 한 번 박힌 칼날은 빠지지 않는 듯했다.

"보보스, 네놈같이 치사한 놈은 나를 이길 수 없다."

우드 골렘의 다리가 주욱 늘어나면서 둥근 몸뚱이가 통째로 보보스를 향해 돌진했다.

쾅!

보보스의 허상 중 하나가 흔적도 없이 소멸했다. 자폭 장치가 발동했지만 그것 때문에 파인 몸통 부분은 금세 나뭇가지가 자라 원상 복귀시켰다.

다른 보보스의 허상이 손에서 불꽃을 뿜어대며 외쳤다.

"나무는 불로 태우면 끝이다!"

화르르륵!

보보스의 의도대로 우드 골렘은 불이 붙어 활활 타올랐다.

그러나 우드 골렘은 더욱 무섭게 불붙은 팔과 몸뚱이를 이용해 보보스의 허상을 파괴해 나갔다.

아래쪽에서는 디카도 식인수가 계속 씨를 뿌리며 자신의 영역을 확장해 나갔다. 이렇게 나무와 동화되어 번식을 하면 이론적으로는 무한한 힘을 쓸 수 있게 된다.

디카도는 승리를 확신했다.

보보스는 우드 골렘과 싸우면서 틈틈이 아래쪽으로도 공격 마법을 날렸지만 식인수의 확장을 막을 수는 없었다. 오히려 처음 만들어놓은 허상들이 모두 파괴되어 이제는 본체만 남았다.

아무래도 보보스는 디카도에 비해 힘이 좀 모자란 듯했다.

"크하하하, 보보스 네놈은 구파의 발끝에도 못 미친다. 구파라면 나도 승리를 장담할 수 없지만 너 정도는 가볍게 죽일 수 있다."

디카도는 보보스를 모욕하며 즐거움을 느끼는 듯했다.

이에 보보스는 눈빛을 차갑게 빛내며 말했다.

"글쎄, 그렇게 내가 만만해 보이나?"

보보스는 움직임을 멈췄다. 그리고는 불붙은 우드 골렘이

다가오기를 기다렸다.

"그레이트 포스 해머!"

콰아아앙!

보보스의 근처까지 다가왔던 우드 골렘의 머리 위로 거대한 투명 망치가 나타나 사정없이 후려쳤다. 그 충격에 우드 골렘의 두 다리가 산산조각 나며 몸통이 아래로 떨어졌다.

"내가 그냥 당하기만 한 줄 아느냐. 이 거추장스러운 땔감이 네놈의 머리 위로 오게끔 유도한 거다."

보보스는 추락하는 우드 골렘에게 연속해서 화염 마법을 시전했다. 또한 그레이트 포스 해머가 우드골렘을 따라가며 계속 내려쳤다.

그것은 거대한 불덩이가 되어 디카도가 있는 장소로 떨어졌다.

디카도는 당황한 듯 크게 비명을 질렀다.

"크아아아앗! 어림없다!"

모든 식인수가 가지를 위로 주욱 뻗어 올렸다. 불덩어리가 된 우드골렘을 받아서 옆으로 쳐내려는 의도였다.

그런데 그때, 나무에 체액을 전부 빨려 미이라처럼 된 위살이 눈을 번쩍 떴다.

"기회군. 체액을 되돌려 받겠다."

좌아아아악!

위살이 되돌려 받은 건 자신의 체액뿐만이 아니다. 모든 식인수가 갑자기 말라비틀어져 버렸다.

그리고 그렇게 빨아들인 식인수의 체액은 위살의 입을 통해 강렬한 압력으로 디카도가 있는 식인수를 향해 뻗어 나갔다.

"크헛, 너 아직 죽지 않았구나!"

"난 죽지 않는다. 몰랐나?"

펑, 콰콰콰콰쾅!

디카도가 뿜은 수액이 디카도의 몸통을 때리고, 우드골렘을 받으려던 식인수가 말라비틀어져 힘을 못 써 거대한 우드골렘의 몸통이 디카도를 깔아뭉갰다.

땅과 부딪친 충격으로 인해 불붙은 나뭇가지가 사방으로 터져 나갔다.

위살은 타이밍 좋게 그 범위를 벗어났다가 화염이 채 가시기도 전에 다시 뛰어들었다. 그리고는 거의 파괴되어 버린 디카도의 나무등걸에 검을 꽂아 넣었다.

"네 식인수에 대한 분석은 몸으로 끝냈다. 제초제가 듬뿍 발린 내 검 맛이 어떠냐?"

"끄으으으."

"이만 죽어라."

팍!

"끄아아아악!"

위살이 검을 비틀자 디카도는 단말마의 비명을 지르며 나무가 파괴되어 버렸다. 죽은 것이다.

위살은 천천히 일어나 천장에 떠 있는 보보스를 보았다.

보보스는 의외라는 듯이 어깨를 으쓱하며 말했다.

"당한 줄 알았더니 일부러 숨을 죽이고 결정적인 순간을 기다리고 있었군."

"그렇다. 암살자의 최대 덕목은 바로 인내, 그리고 찰나의 기회를 놓치지 않는 집중력이다."

"크크크크, 확실히 네놈은 대륙 최고의 암살자라 할 수 있지. 하지만 네놈의 수법은 거의 다 보았다. 그리고 난 아직 비장의 수가 많이 있지."

보보스는 여유를 가졌다. 사실 그가 가장 경계하던 자는 바로 디카도였다. 디카도는 전투의 융통성이 좀 없어서 그렇지 파워만으로 따지만 세 사람 중 최고였다.

디카도가 죽은 이상 위살은 충분히 처리할 수 있다고 보보스는 생각했다.

그러나 그런 생각은 위살도 가지고 있는지 무표정한 얼굴로 보보스를 보며 말했다.

"의미없다."

"과연 내 바장의 수가 쓸모가 없을까?"

"써봐라."

"크크크크, 좋다. 그럼 죽어랏!"

보보스는 웃다가 갑자기 흉악한 표정을 지으며 크게 외쳤다.

그러자 우드 골렘 속에 박혀 있었던 모든 투명 칼날이 튀어 나와 위살의 몸을 사정없이 꿰뚫었다.

"크크크크, 어떠냐?"

"이게 비장의 수냐? 난 죽지 않는 몸이다. 이 정도로는 나를 죽일 수 없다."

"그러냐? 그럼 먼지로 만들어주지. 증발!"

좌아아아아!

천장 위쪽으로부터 뜨거운 기운이 내려오더니 모든 수분을 증발시켰다. 다른 것은 일절 태우지 않고 수분만을 증발시키는 게 마법의 신기한 점이었다.

보보스는 연속해서 마법을 썼다.

"포스케이지!"

파파팍!

위살의 주변에 투명한 벽이 쳐졌다. 빠져나갈 틈이 없도록 천장과 바닥 속까지 완벽하게 막혔다.

"크크크, 이걸로 네놈은 끝이다. 포스케이지에서 빠져나갈 수 있는 방법은 없다."

포스의 힘을 장기로 삼는 보보스는 자신의 포스가 절대로 깨어지지 않는 강도를 지니고 있다고 생각하고 있었다.

다른 마법사라면 몰라도 육탄전을 장기로 삼는 위살이라면 절대로 빠져나갈 수 없다.

더군다나 포스케이지는 물질은 절대 통과 안 시키지만 불이나 뇌전 같은 에너지는 통과를 시킨다. 그런 만큼 공격 마법은 아무런 방해 없이 쓸 수 없는 것이다.

이제는 말라비틀어지기 시작한 위살에게 천천히 공격 마법을 사용하면서 어떻게 하면 죽일 수 있는지 연구하면 된다.

그런데 위살은 전혀 패색이 없다. 위살은 당당하게 서서 주변에 쳐진 눈에 보이지 않는 감옥을 살폈다.

"이게 너의 능력의 전부냐?"

"건방진 놈!"

파파파파파!

방어를 생각하지 않는 보보스의 연속 공격이 쏟아졌다. 위살은 그것을 몸으로 받았다. 피가 튀고 살이 뭉개졌다.

그런데 신기하게도 위살은 쓰러지지 않았다.

"이 정도는 마탑에서 받은 생체 실험에 비하면 아무것도 아니다."

"질긴 놈! 네놈이 정녕 불노불사라면 내 너를 얼린 후에 가루로 만들어도 살아 있나 보겠다."

"차가운 건 싫으니 이제 슬슬 처리해야겠군."

콰콰쾅!

절대로 깨어지지 않는다는 포스 케이지가 산산조각 나버렸다. 위살의 전신에서 뿜어지는 기운은 보보스가 알고 있는 위살의 한계를 훨씬 상회하는 것으로 거의 불칸에 가까운 힘이었다.

“어헛!”

“한 가지 가르쳐 주지. 이 안에서는 누군가를 죽이면 죽인 자의 능력을 모두 흡수할 수 있다.”

“뭣! 그럼 설마 디카도의 마력을?”

“그런 셈이지. 그리고 이제 네 힘도 봤으니 너도 처리하겠다.”

팍!

위살의 말이 끝남과 동시에 바닥에 남아 있던 식인수의 잔재들이 서로 엮이더니 수백 개의 창으로 변해 보보스를 향해 쏘아졌다.

“헛!”

보보스는 얼른 방어막을 쳤다. 그러나 처음 방어막에 닿은 식인수의 목창이 방어막에 달라붙어 방어막을 중화시켰다.

마력을 중화시키는 목창! 이건 디카도의 필살기 중 하나다.

보보스는 얼른 단거리 순간이동을 사용하여 바닥으로 이동했다. 천장에 목창이 부딪쳐 산산이 부서지는 모습이 보였다.

위살이 어느새 보보스의 등 뒤에 나타나 그의 목을 검으로 그었다.

팍!

피가 튀었다.

보보스는 다시 신체 분리 마법을 사용하여 몸을 다른 곳에서 재구성하려 했다.

그러나 이미 사방에는 식인수의 줄기가 자라 있었다. 줄기들은 보보스의 몸을 꽁꽁 묶고 마법력을 빨아들였다.

위살 또한 계속해서 보보스의 전신을 갈기갈기 찢었다.

"끄으으으."

결국 보보스는 비명도 지르지 못하고 죽었다.

잠시 후, 위살은 붉은 구슬 속으로부터 사라졌다.

구경하던 불칸은 천천히 고개를 끄덕이며 중얼거렸다.

"끝났군."

꽝!

붉은 구슬이 깨어지며 디카도와 보보스의 육체가 먼지로 변해 사라졌다.

"말씀하신 것처럼 두 사람의 힘을 얻었습니다."

위살이 천천히 몸을 움직이며 말했다.

"수고했다. 이제 너와 내가 계획의 최후를 성공으로 장식하면 넌 전생자가 될 것이다."

"한 가지 질문이 있습니다."

"무엇이지?"

"어째서 저를 선택하신 겁니까? 냉정하게 비교해 볼 때 셋 중 제가 제일 약했습니다."

위살은 이해를 할 수 없었다. 불칸이 어제 조용히 그를 불러 붉은 수정 안의 비밀에 대해 이야기를 해주었다. 아무나 한 사람만 죽일 수 있다면 그자의 힘을 흡수함으로써 남은 한 명은 더욱 쉽게 처치할 수 있다는 것을.

그걸 모르는 다른 두 사람은 죽이는 것보다 살아남는 데 주력했고, 꼭 자신이 상대를 죽여야 한다는 생각은 하지 못했다.

불칸은 희미하게 웃으며 말했다.

"꼭 너를 선택한 건 아니다. 네 말대로 네가 가장 약했기에 약간의 도움을 줬을 뿐. 넌 네 힘으로 가장 먼저 죽지 않고 오히려 한 명을 죽였지 않느냐? 그게 너의 능력을 입증했다."

"그렇군요."

불칸의 말처럼 정보를 하나 줬다고 해서 가장 약한 위살이 다른 자를 죽이는 건 결코 쉽지 않다. 위살은 불칸의 시험을 훌륭하게 통과한 것이다.

불칸은 말을 이었다.

"그리고 세 사람의 능력 중 너의 불노불사는 가장 특이하다. 이 능력을 이용해 싸우는 것은 오랜 세월 동안 익숙해지지 않으면 안 되는 면이 있다. 마법도 마찬가지이지만 불노불사를 이용한 전투법이 더 어렵지. 그러니 네가 다른 두 명의 힘을 흡수하는 게 옳다."

"하긴 그럴 겁니다. 죽지 않는 몸을 이용해 싸우려면 상대의 공격을 몸으로 받아야 하는데, 저들은 본능적으로 자신의 몸을 지키기에 급급하더군요.”

“그렇다. 어쨌든 내가 원했던 대로 네가 힘을 얻었으니 우리의 계획은 조금 더 성공 확률이 높아지게 되었다.”

불칸은 자리에서 일어나 문 쪽으로 걸어갔다.

“가자. 성녀가 천상계로 가지 못하게 막는 게 이번 계획의 끝이다.”

위살은 묵묵히 불칸의 뒤를 쫓았다.

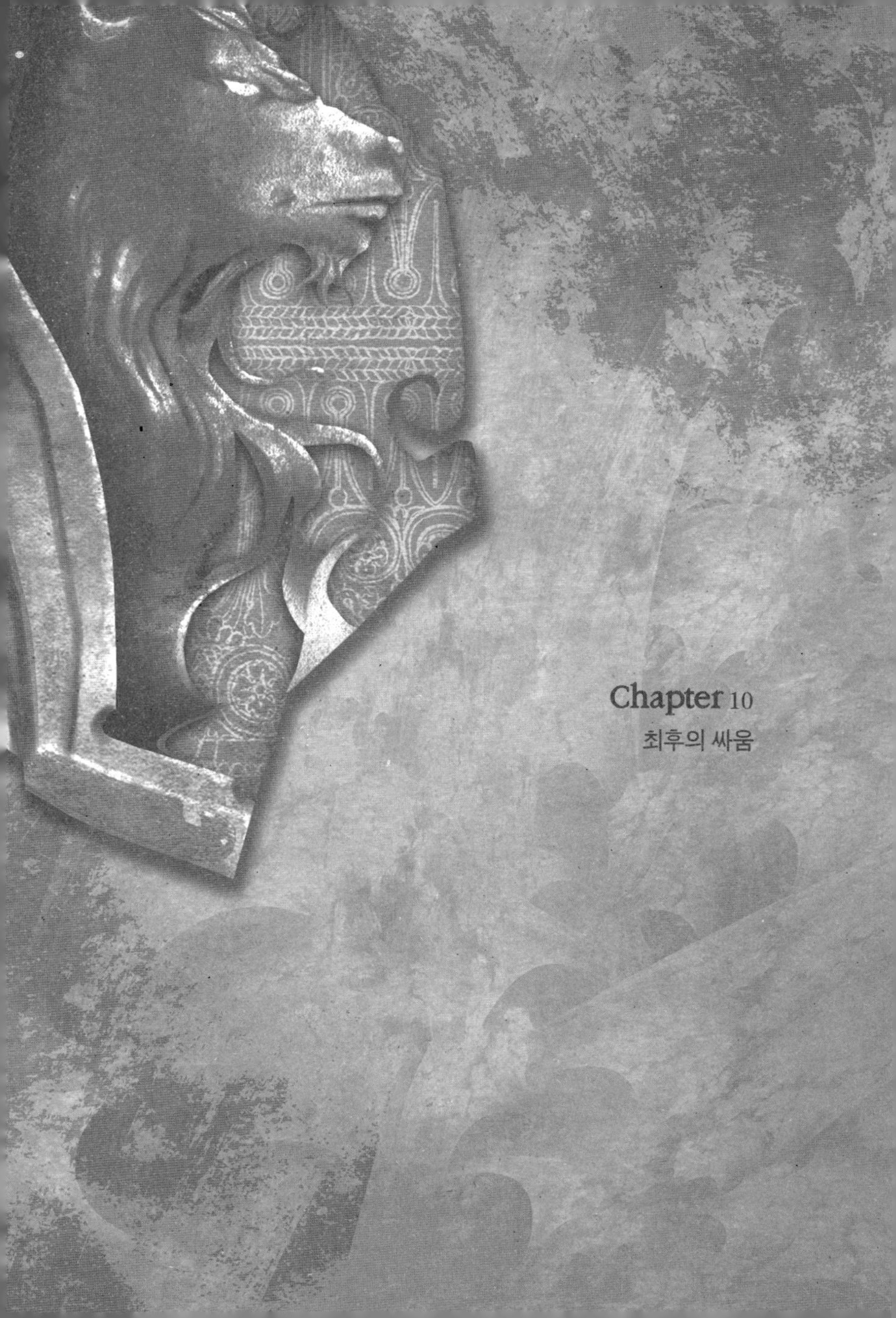

Chapter 10
최후의 싸움

흑사자
마왕

　천상계에서 물질계로 올 수 있는 장소는 의외로 많다고 한
다. 하지만 반대로 물질계에서 천상계로 갈 수 있는 장소는
거의 없다.

　엘미르는 리네와 함께 그레이트 마운틴의 거대 마법진 유
적으로 향했다.

　리네는 가는 내내 슬픈 표정을 짓고 있었다.

　"정말 저는 더 이상 물질계에 있을 수 없나요?"

　"너의 눈동자를 봐. 완전히 하얗게 변했어. 세르기안도 너
와 동화를 끝냈고. 네가 물질계에 있으면 큰 혼란이 올 거야.
어쩌면 디온이 마왕이 된 것보다도 더."

"그럼 전 이미 인간이 아닌 천족이군요."

"미리 말 못해서 미안해."

"아니에요. 사실 전 알고 있었는지도 몰라요. 꿈속에서 세르기안이 이야기를 해주었거든요. 그런데도 전 디온의 도움이 되고 싶어서……."

"그래."

"그럼 디온은 이제 어떻게 되는 거예요? 디온 혼자 마왕의 본능으로부터 벗어나긴 쉽지 않을 텐데요."

디온이 마왕이 되기 시작하면 세르기안의 힘으로만 정화가 가능하다. 완전히 마왕이 되기 전이라면 인간으로 되돌릴 수 있다는 희망으로 리네는 세르기안의 힘을 받아들였다.

그러나 이제는 천상계로 올라가야 한다. 리네가 완전히 천족화된 이상 물질계에 있으면 안 된다는 게 엘미르의 설명이다.

"이제 곧 거대 마법진의 유적이야. 물질계 역사상 가장 큰 마법진이 있었던 곳이지."

엘미르는 리네의 마음을 조금이라도 풀어주기 위해 화제를 돌렸다. 과연 리네는 거대 마법진의 유적에 흥미를 느끼는지 엘미르에게 물었다.

"엘미르님은 그 마법진이 뭐에 쓰였는지 아세요?"

"응, 난 그 광경을 봤어. 거기 말고 그레이트 마운틴 전역에 설치된 72개의 마법진이 연동돼서 대륙을 절반으로 가르는 결계를 치는데, 캬!"

"대륙을 절반으로 갈라요?"

"아니, 대륙이 갈라진 게 아니고 결계가 그렇게 쳐졌다고. 아무튼 그때의 힘이 천상계까지 미쳐서 거기서는 천상계로 올라갈 수 있거든. 물론 허락된 자만."

"그렇군요."

"자, 다 왔다. 어?"

엘미르는 웃는 얼굴로 유적을 가리키다가 갑자기 표정이 굳어 앞을 보았다.

유적지에 서 있는 두 명의 인간, 그중 한 명은 바로 얼마 전 엘미르와 싸운 적이 있는 거한이다.

"저놈들이!"

불칸은 리네와 엘미르를 보자 씨익 웃으며 말했다.

"기껏 힘을 각성시켰는데 천상계로 올라가면 섭섭하지."

"이놈들, 너희들이 무슨 음모를 꾸미는지 몰라도 이번에는 싹 다 쓸어버려 주마!"

엘미르는 극도로 화가 난 표정으로 외치며 신성력을 끌어 올렸다.

그러나 불칸은 손을 저으며 말했다.

"싸우기 전에 대화를 좀 하지."

"너 같은 악당과 할 말은 없다!"

"디온에 대한 이야기라도 말인가?"

"디온에 대해 알고 있나요?"

리네가 나섰다. 그러자 엘미르가 리네에게 말했다.

"리네, 저놈의 말에는 함정이 있을 거야. 그게 진실이라고 장담할 수도 있고, 안 듣는 게 나아."

불칸은 여유있게 웃으면서 말했다.

"함정은 있지만 거짓말은 안 한다. 난 디온이 마왕이 되지 않기를 원하고 있다. 그래서 성녀가 천상계로 올라가는 걸 찬성할 수 없을 뿐이다."

"웃기지 마라. 그런 놈이 날 공격하고 그사이 리네를 납치하려 해?"

"납치하려 한 이유는 지금처럼 성녀의 힘을 완전히 각성시키기 위함이었다. 성녀가 스스로 각성한 이상 납치를 할 이유가 없지."

"그렇다면 디온이 마왕이 되는 것을 막기 위해 성녀가 천상계로 올라가는 것을 막겠다는 것인가?"

"꼭 막겠다는 건 아니다. 잠시만 기다려 달라는 거다."

"잠시만?"

"이제 곧 디온은 마왕이 된다. 그 순간이 되면 내가 알 수 있고 디온이 있는 장소도 알게 된다. 그러니 그때 디온을 정화해 주기를 원한다."

"으음."

엘미르는 천족의 예지 능력으로 불칸의 말이 거짓이 아님을 알았다. 리네 역시 불칸이 믿을 만하다고 판단했는지 고개를 돌려 엘미르를 쳐다보았다.

"엘미르 선생님."

"알았어. 잠시 기다리는 건 상관없지. 그런데 얼마나 기다려야 하는 거지?"

"길어야 일주일 정도다."

"일주일이라……. 좀 아슬아슬하긴 한데 상관없겠지."

엘미르는 고개를 끄덕이며 유적지에 하나의 마법진을 그렸다.

"됐어. 이걸 그려놨으니 당분간은 언제든지 여기로 이동할 수 있어."

"천족의 이동 마법진인가? 특이하군."

"어떻게 천족의 마법진을 알아볼 수 있지?"

"그 정도도 모르고 그대에게 검을 들이댈 거라 생각하는가?"

"흥, 내 언젠가는 네 정체를 알아내고야 말겠다."

엘미르는 큰소리를 쳤지만 리네와 같이 천상계로 올라가면 언제 다시 내려올 수 있을지 모른다.

엘미르에게 있어 물질계에 내려온 목적은 디온이었는데, 그 부분을 포기하고 다시 돌아가는 셈이니 사실은 미션 실패라고 할 수 있다. 그러나 리네를 그냥 물질계에 놔둘 수도 없는 상황이니 어쩔 수 없다.

그래서 엘미르도 불칸의 제의를 받아들였다. 만약 정말로 디온이 마왕이 되는 것을 막고 돌아갈 수 있으면 엘미르로서는 정말 기쁠 것 같았다.

그렇게 불칸 일행과 리네 일행은 유적지에서 같이 지내게 되었다.

*　　　*　　　*

기다리는 시간은 의외로 휙휙 지나갔다.

일주일이 지난 아침, 오늘도 불칸 일행과 리네 일행은 유적지에 있었다.

"오늘이 마지막 날인데, 더 기다릴 수는 없어."

엘미르는 단호하게 선언했다. 천족으로 각성한 리네의 육체가 물질계에 완전히 적응하면 문제가 심각해질 수 있다.

물론 그 확률은 만분의 일도 안 되지만 엘미르는 그런 작은 확률도 무시할 수 없다. 왜냐하면 그 확률이 맞았을 경우 일어날 일은 마왕 강림과 맞먹는 엄청난 사태이기 때문이다.

불칸은 담담한 목소리로 대답했다.

"해가 질 때까지만 기다려 달라."

"좋다. 오늘까지라고 했으니 해가 질 때까지는 기다리지."

엘미르는 불칸의 제의를 승낙하고는 다시 하나의 마법진을 그리기 시작했다. 이번에 그리는 것이야말로 승천을 위한 것으로 천족 마법진 중 가장 강력한 전송 마법진이다.

불칸은 그 작업을 방해하지 않고 묵묵히 지켜보았다. 때때로 그의 눈이 빛나며 내심 천족 마법진의 오묘함에 감탄을 했지만 그것을 겉으로 드러내지는 않았다.

드디어 해가 졌다.

엘미르는 더 이상 볼 것도 없다는 듯 불칸을 무시한 채 리네에게 말했다.

"이제 가자."

"네, 선생님."

리네는 미련이 좀 남았는지 불칸을 힐끔 돌아보았지만 그동안 마음의 정리가 어느 정도 됐는지 머뭇거리지는 않았다.

그런데 그때, 불칸이 말했다.

"때가 되었다."

"뭐라고?"

"이제 너희들이 승천을 못하도록 할 때가 되었다는 뜻이다. 위살!"

"넷!"

불칸의 옆에서 얼주일 내내 한마디도 안 하고 있던 자가 날카로운 목소리로 대답하며 두 손을 번쩍 들어 올렸다.

그러자 유적지의 수풀이 좌악 늘어나며 그 틈 사이로 가시덩굴과도 같은 식인수의 줄기가 뻗어 나왔다.

그것은 땅에서부터 나와 엘미르가 그린 천족의 마법진을

순식간에 파괴했다. 엘미르가 미처 손을 쓰기 전에 일어난 일이다.

"이놈들이! 살려주고 가려 했는데 기어코 방해를 하다니!"

엘미르는 정말로 화가 나서 두 손을 앞으로 뻗었다. 그러자 막대한 신성력이 앞에 모여 거대한 빛의 기둥과도 같은 형태로 불칸을 향해 쏘아져 나갔다.

불칸은 검을 뽑아 엘미르의 신성광파를 정면으로 막으며 위살에게 말했다.

"성녀가 끼어들지 못하게 막아랏!"

"옛!"

위살이 리네에게 달려들자 리네는 얼른 세르기안을 쥐고 외쳤다.

"세르기안, 날 지켜줘! 저 사악한 자들에게 정화의 빛을!"

파파파파파파파!

완전히 각성한 세르기안의 힘은 놀라운 것이었다. 이미 져버린 해가 다시 산 정상에 떠오른 듯한 착각이 들 정도다.

그러나 그 광경을 본 엘미르는 오히려 크게 놀라 외쳤다.

"리네, 더 이상 힘을 쓰면 안 돼!"

"크하하하! 천족, 말이 되는 소리를 해라. 죽을 수 있는 상황에서 힘을 안 쓰면? 그냥 위살에게 사로잡히란 소리냐? 그럼 우린 더 좋지."

"이놈들!"

“흥, 네가 아무리 날뛰어도 물질계에선 날 이길 수 없다.”

불칸은 자신이 전생에 만든 의념의 검을 쉬지 않고 휘둘러 엘미르를 계속 몰아붙였다. 엘미르는 그에 대적할 무기가 없어 어쩔 수 없이 몰려야만 했다.

싸울 수 있는 자는 무기가 없고, 무기가 있는 자는 싸울 수가 없다. 리네 측이 압도적으로 불리한 상황이다.

리네는 급한 마음에 자꾸 세르기안의 힘을 사용했다.

그러나 구파 때와는 달리 위살은 식인수와 마법의 힘을 이용해 리네가 사용하는 천신기의 정화 파동을 막아냈다.

한번 막아낼 때마다 마법력이 급속히 사라지고, 식인수들도 모두 죽어버린다. 위살 본인도 전신이 타는 듯한 고통 속에 빠진다.

그러나 위살은 견뎌냈다. 그의 임무는 디카도와 보보스의 힘이 다 소진될 때까지 버티다가 도망가는 것이다.

위살은 본신이 입는 상처는 전혀 신경 쓰지 않고 리네가 계속 힘을 쓰도록 유도했다.

“아!”

어느 순간 리네가 자리에 주저앉았다. 갑자기 주변의 마나가 요동을 치며 리네 쪽으로 몰려들기 시작했다.

“아, 안 돼!”

엘미르가 절망적인 표정으로 외쳤다.

“크하하하, 드디어 성공이구나! 이제 성녀는 스스로 소멸하든지 물질계에 완전히 정착해야 한다. 물질계에 정착한 천신기와 천족이라……! 이것으로 새로운 종말의 씨앗이 탄생한다!"

"으으, 네놈은 종말의 주종자였군."

"그럼 이런 일을 꾸밀 사람이 우리밖에 더 있을까? 천족, 뭣하면 너도 승천을 포기하고 물질계에 머무는 게 어떠냐? 내 동료로서 받아들여 주겠다."

"미친놈! 웃기지 마라!"

엘미르는 급한 마음에 승천을 위해 남겨두었던 힘마저 사용하기 시작했다. 이대로 가면 정말 엘미르도 물질계에 남아야 할 가능성도 커지지만, 어차피 리네가 남는다면 엘미르도 남는 게 나을지도 모른다고 생각했다.

불칸은 더 이상 무리하지 않고 엘미르의 공격을 살살 피하며 몸을 뺄 준비를 했다.

리네는 전신에 파란 불이 붙어 타오르며 극심한 고통에 시달렸다. 주변의 마나가 그녀를 공격하기 시작한 것이다.

"엘미르… 선생님."

리네는 본능적으로 이 고통에서 벗어나려면 육체 구조를 바꾸면 된다는 것을 깨달았다. 그리고 그녀에게는 그게 가능했다.

만약 바꾸지 않는다면 이대로 물질계의 마나에 타서 소멸해 버린다. 하지만 바꾸는 건 엘미르 선생의 뜻에 어긋난다.

큰일이 날 수 있다고 했다.

갈등하는 리네. 자신의 소멸과 물질계의 위기 중 하나를 선택해야 한다.

'디온, 넌 언제나 이런 고민을 하면서도 그토록 해맑게 웃었구나.'

리네는 겨우 디온의 심정을 조금이나마 이해할 수 있을 것 같은 마음이 되었다.

'그래, 차라리 소멸하자.'

디온이 마왕이 안 되길 원하면서 자신이 더한 위험 요소가 될 수는 없다. 리네는 그렇게 결심했다.

그러나 불칸은 웃으면서 외쳤다.

"독한 년, 소멸을 택할 생각인가? 하지만 그렇게 쉽게 마음대로 되지는 않는다."

좌아아아아아!

땅 속에 숨겨져 있던 거대한 마법진이 모습을 드러냈다. 엘미르와 리네가 일주일간이나 있으면서도 전혀 눈치를 못 챌 정도로 교묘하게 숨겨져 있던 마법진이다.

"아아아아아!"

리네는 자신의 몸이 변화하기 시작하는 것을 느꼈다. 세르기안의 힘으로 마법진을 파괴하려 했지만 변화가 시작되니 전혀 움직일 수가 없었다.

"이런! 네놈들의 음모대로는 되지 않는다."

엘미르는 리네 대신 마법진을 파괴하려 했다. 그런데 불칸이 다시 외쳤다.

"성녀를 소멸시킬 생각이냐? 위험 요소가 될 수 있다고 해서 성녀를 희생하는 게 너의 정의인가?"

"으으으으."

엘미르는 마법진을 파괴하지 못했다. 천족의 마음은 올곧아서 자신이 세운 정의를 위해 모든 것을 바친다.

엘미르가 물질계에 내려온 이유가 바로 대를 위한 소의 희생을 막기 위함이 아니겠는가.

리네가 종말이 씨앗이 된다고 해서 그걸 막기 위해 리네를 소멸시킬 수는 없다.

불칸은 이미 엘미르의 정의를 완벽하게 파악하고 계획을 세운 것이다.

불칸은 웃으면서 외쳤다.

"봐라! 이제 새로운 종말의 씨앗이 탄생한다!"

리네는 거의 무의식 상태가 되어 스스로의 몸의 변화를 관조하고 있었다. 이제 한 시간도 못 되어 리네는 완전히 물질계에 정착할 것이다.

그런데 그때, 갑자기 허공중에 검은 구멍이 생기더니 디온과 다크나이트 모튼이 튀어나왔다.

"늦지 않았군."

디온은 차갑게 중얼거리며 검을 들어 휘둘렀다. 그러자 검에서 나온 기운이 리네의 주변에 있는 모든 마나를 차단해 버렸다.

"리네, 눈을 떠."

"아, 디온? 어떻게 된 거야?"

"난 마왕의 사슬을 끊고 인간으로 남게 됐어. 그런데 그 과정에서 전생의 기억을 되찾고 전생의 부인까지 만났지 뭐야."

"에? 전생의 부인?"

"응. 하하하하!"

디온은 쑥스러운 듯 뒷머리를 손으로 긁으며 웃었다.

리네에 대한 감정은 싹이 트려는 순간 전생의 기억에 의해 사라져 버렸다. 하지만 리네가 자신을 좋아하는 것을 아는 디온은 어떻게 리네를 대해야 할지 알 수 없어 그냥 모른 척하기로 했다.

리네는 고개를 숙이며 작은 목소리로 말했다.

"부인을 얻었구나. 축하해. 네가 마왕이 안 되어서 정말 다행이야."

"걱정시켜서 미안해. 나 때문에 네가 고생했구나."

"난… 괜찮아."

"괜찮지 않아. 하지만 지금은 내가 도울 수 있어. 너를 천상계로 보내줄게."

"그게 가능해?"

"물론. 난 원래 게이트의 마왕이 될 수 있었어. 마왕의 길은 포기했지만 그 능력마저 잃지는 않았거든.”

“그럼 가끔씩 날 보러 와줄 수는 있어?”

“그게… 이미 전생의 기억을 되찾아서 지금 부인과 살아야 하기 때문에…….”

“아참, 그렇다고 했지. 괜찮아. 천상계에는 엘미르 선생님과 같은 분이 많을 테니까. 그곳에서 열심히 살아볼게.”

“그래. 더 이상 도움이 못 돼서 미안해.”

디온은 고개를 숙여 리네에게 사과를 하고는 손을 들어 올렸다. 그러자 대기 중에 커다란 검은 구멍이 생겨났다. 아까 디온이 나올 때와는 비교도 안 되게 큰 구멍이었다.

“여기로 들어가면 돼. 엘미르 선생님, 선생님도 들어가세요.”

“호호호호, 그래. 우린 갈게. 디온, 넌 남아서 잘살아.”

뭐가 뭔지 정확히는 모르겠지만 엘미르는 자신의 맡은 모든 일이 다 완수되었다는 사실을 본능적으로 깨달았다. 천신으로부터 받은 미션이 해결되니 영혼의 상쾌함이 느껴진 것이다.

엘미르는 더 이상 시간을 지체할 수 없다고 생각하고 얼른 리네의 곁으로 다가와 같이 구멍 속으로 뛰어들었다.

“참, 가능하면 저놈들 좀 없애줘! 저놈들은 정말 나쁜 놈들이야!”

구멍 속으로 뛰어들며 엘미르는 외쳤다. 그러자 디온은 미소를 지으며 대답했다.

“염려 마세요. 확실하게 없앨게요.”

위이잉!

검은 구멍에 잔잔한 파문이 일며 두 천족은 사라졌다. 디온의 권능으로 단숨에 천상계로 올라간 것이다.

그사이 불칸은 다크나이트 모튼으로부터 공격을 받고 있었다. 모튼이 든 무기는 불칸의 검보다는 약간 손색이 있지만 어느 정도 비견될 정도는 되었기에 불칸도 손쉽게 모튼을 제압할 수는 없었다.

“이놈! 비켜랏!”

“네가 내 주인도 아닌데 무슨 명령질이냐? 이거나 받아랏!”

모튼은 급하게 외치는 불칸의 노호성을 비야냥거림으로 답하며 열심히 싸웠다.

그사이 도망쳤던 위살이 되돌아왔다.

“어떻게 된 겁니까, 불칸님?”

“위살, 계획은 실패다!”

“그럴 수가! 그럼 전 어떻게 되는 겁니까?”

“일단 이놈을 죽여라.”

“알겠습니다.”

위살은 모튼의 뒤로 돌아가 검으로 공격을 가했다. 모튼은 미처 방어를 못하고 등에 검을 맞았다.

그그극!

다크나이트의 갑옷에 긁힌 자국이 생겨났다. 분명히 갑옷

틈 사이를 찔렀는데, 그곳에도 칼날이 들어가지 않았다.

위살의 검으로는 모튼의 몸에 상처를 줄 수 없는 모양이다.

"으, 이렇게 단단하다니."

위살은 당황해하다가 디온에게로 시선을 돌렸다. 이쪽이 힘들면 저쪽하고라도 싸우는 게 나을 듯싶었다.

그러나 디온은 위살이 자신을 보자 고개를 살살 저으며 모튼에게 말했다.

"모튼, 소환 해제."

파앗!

모튼의 모습이 갑자기 사라졌다. 모튼은 디온이 명하면 즉시 소형의 아공간에 들어가 잠에 빠진다.

겨우 싸움에서 벗어난 불칸은 두 손으로 의념의 검을 움켜잡고 디온에게 외쳤다.

"네놈이 모든 일을 망쳤다! 이렇게 된 이상, 인간이 된 네놈을 죽이기라도 해야 분통이 풀리겠다!"

"그래? 잘됐군. 나도 널 죽이려 했으니까."

디온은 검을 들었다, 바로 살신기 벨케토를.

불칸은 전신의 힘을 의념의 검에 모아 디온에게 달려들었다. 물질계에서 자신의 검보다 더 강한 검은 없다는 것을 아는 불칸은 일부러 검을 부딪쳐 디온의 검을 깨버리려고 했다.

그러나 두 검이 부딪친 순간 쩡 하고 깨진 것은 불칸의 검이었다. 그리고 디온의 검은 그대로 커다란 궤적을 그리며 불칸의 몸을 두 쪽으로 갈랐다.

"크아아악!"

불칸은 가슴이 쩌억 갈라진 채 뒤로 쓰러졌다.

"크윽, 내 검이, 내 검이 부서지다니……."

"강한 것은 더욱 강한 것을 만나면 의외로 쉽게 부서지지. 내 검은 세상에서 가장 강한 검이다."

"크윽, 그랬었나? 좋다, 나의 패배다. 하지만 잊지 마라. 네 놈이 전생을 하는 것처럼 나도 기억을 지닌 채 다시 태어난다. 언젠가는 네놈을 꼭 이기고 말 것이다."

"미안하지만 넌 이제 전생을 하지 못해. 왜냐하면 영혼이 완전히 소멸할 거니까. 잘 가라, 종말의 노예였던 자."

"뭐? 웃기지 마라. 내 전생 능력은 무엇으로도 막을 수 없다. 크하하하하!"

불칸은 디온의 헛소리가 기가 막힌다는 듯 크게 웃으며 그대로 숨이 끊어졌다.

디온은 한숨을 내쉬며 고개를 절레절레 저었다.

잠시 불칸의 시체를 바라보던 디온은 허공으로 시선을 돌렸다.

"보았나? 종말. 넌 지금이 너에게 있어서 최고의 기회라고 생각했겠지만, 운명의 저울추는 항상 균형을 이루는 법. 결과는 너의 생각과는 정반대다."

종말을 원하는 존재는 또 하나의 종말의 씨앗을 탄생시키려 했다. 그러나 모든 계획이 실패로 돌아가고 오히려 전승자인 불칸이 소멸해 버렸다. 그동안 불칸의 힘은 계속 강해져서 이제 곧 그 자신이 종말의 씨앗이 될 수 있었다.

그래서 운명이란 존재는 불칸과 새로운 종말의 씨앗의 탄생을 양쪽 저울추에 놓고 장난질을 쳤던 것이다.

이득만을 보고 그에 따른 위험을 고려하지 않았던 종말은 결국 실패했다. 세상의 수명이 조금 더 늘은 것일까?

"내 알 바 아니지."

디온은 몸을 돌려 천천히 걸어서 산을 내려가기 시작했다.

"게이트를 이용하면 빠르겠지만, 지금은 조금 걸으면서 전생과 현생의 나를 완전히 하나로 융합해야지. 그래야 모라님에게 조금은 더 남편답게 대할 수 있을 테니까."

디온은 혼잣말로 중얼거리며 모라네 가게에서 기다리고 있을 자신의 부인을 생각했다.

『흑사자마왕』 완결

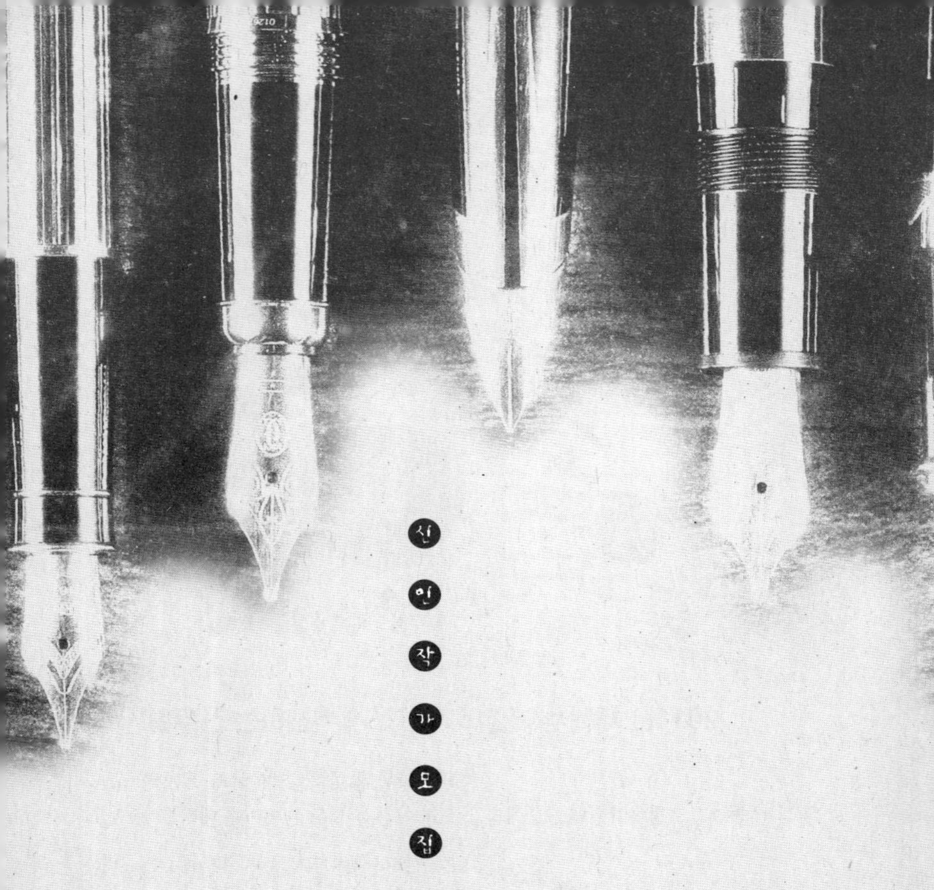

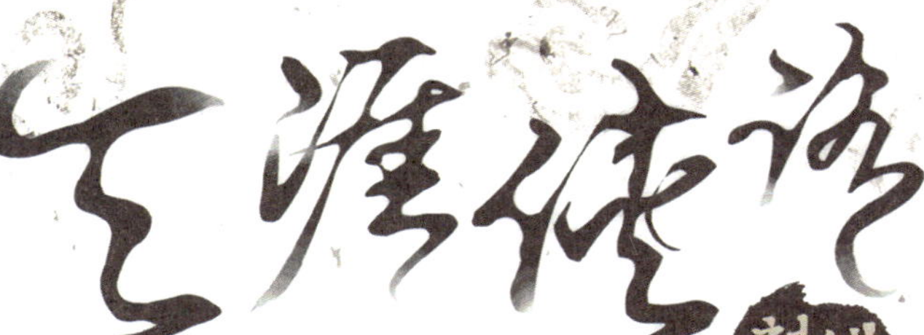

촌부 **新무협 판타지 소설**
FANTASTIC ORIENTAL HEROES

천애협로

『우화등선』, 『화공도담』의 뒤를 잇는
작가 촌부의 또 하나의 도가 무협!

무림맹주(武林盟主), 아미파(峨嵋派) 장문인(掌門人),
군문제일검(軍門第一劍), 남궁세가(南宮勢家)의 안주인.

그들을 키워낸 어머니-
진무신모(眞武神母) 유월향(柳月香)!

어느 날, 그녀가 실종되는데……

"하, 할머니는 누구세요?"

무한삼진의 고아, 소량(少兩)에게 찾아온 기이한 인연.

세상과 함께 호흡을 나눌 수 있다면[天地同息]
천하의 이치를 모두 얻으리래[天下之理得]!

이제, 천하제일인과 그녀가 길러낸
마지막 자손의 이야기가 펼쳐진다!

2011년 대미를 장식할
준.비.된. 작가 정민교의 신무협이 온다!
『낭인무사(浪人武士)』

"죄수 번호 사천이백삼, 담운!"
"……!"
"출옥이다."

만두 하나.
고작 그 하나에 이십 년 옥살이를 한 소년, 담운.
그 답답하고 역울한 마음을 풀어낸다!

무림맹! 구대문파! 명문세가!
겉만 번지르르한 놈들은 다 사라져라!
겉과 속이 다른 너희들을 심판하러 내가 왔다!